HEINRICH　HEINE

ハイネ散文作品集

第6巻
フランスの芸術事情

責任編集／木庭　宏

松　籟　社

フランスの芸術事情

ハイネの音楽論

青柳いづみこ

ハイネの音楽論を読む愉しみは大きくわけて二つある。

ひとつは、臨場感溢れる演奏会レポートとして。一九九九年に翻訳・刊行された『ルテーチア』や本書に収録された『フランスの舞台芸術について』でとりあげられている一八三〇〜四〇年代のパリ楽壇は、有数の音楽マーケットとして大いに賑わっていた。ロッシーニとマイアーベーアが覇を競い、リストとショパンが貴婦人たちを魅了する。音楽史でしか読むことのできない伝説的なエピソードの数々が、ハイネの圧倒的な筆力と喚起能力によって、まさに今目の前にくりひろげられているかのごとく迫ってくるのである。

たとえば、ベルリオーズの『幻想交響曲』がハリエット・スミスソンという女優への恋から生れたことはよく知られている。しかし、次のような情景はハイネでなければ描けないだろう。

パリに出てきてまもないころ、ハイネはパリ音楽院ホールで『幻想交響曲』の演奏に接している。悪魔がミサを読み、カトリックの教会音楽がおどろおどろしい演奏で茶化され、蛇がシューシュー喜びの声をあげる茶番劇だったが、桟敷席の隣の若者が作曲者を示してくれた。ハイネの表現によれば「ノアの洪水以前のものすごい髪型」をしたベルリオーズは、なんとオーケストラの片隅、打楽器のセクションにいてティンパニーを叩いていたのである！　叩きながら彼は前桟敷に座った太った女性のほうばかり見ていて、視線が出会うたびにまた狂ったように太鼓を叩く。この「太った女性」がハリエット・スミスソンだったことは言うまでもない。

もうひとつは、演奏家や作曲家のカリカチュアとして。ハイネのたぐいまれな風刺の精神によって演奏家や作曲家がばっさばっさと切り捨てられ、かゆいところに手が届くような爽快感を味わうことができる。当時のピアノ界は大ヴィルトゥオーゾ時代で、ヨーロッパ各地から腕自慢のピアニストたちが、ハイネの表現によれば「バッタの大群のように」押し寄せてくる。『ルテーチア』には、どちらかというと騒々しい演奏を好まないハイネが、チェコのピアニスト、ドライショックのすさまじい演奏ぶりを描写した抱腹絶倒のレポートが収録されている。

こうしたおもしろさはしかし、表面的なものにすぎない。演奏に携わる立場としてハイネの音楽論が何よりも貴重に感じられるのは、彼の高度に洗練された美意識が、ヴィルトゥオーゾ全盛のさなかに音楽や演奏というものの本質をとらえ、音楽批評のあるべき姿を示唆しているからだ。

文学者が書く音楽論といえば、すぐに思い浮かぶのはフランス象徴派の始祖ボードレールが一八六一年のワーグナー『ローエングリン』上演に際して書いたものである。ジョッキー・クラブによる公演妨害を激しく非難した記事はマラルメ、ヴィリエ・ド・リラダン、ユイスマンスをはじめとする象徴派の詩人たちに多大な影響を与え、一九世紀末のワーグナー・ブームをつくり出すきっかけとなった。

その二〇年ほど前に発表されたハイネの音楽論、演奏家評は、そもそもアウグスト・レーヴァルトが主宰する『一般演劇レヴュー』にフランスの舞台事情を報じる目的で書かれたという性格上、パリ楽壇に直接の影響を及ぼすことはなかったと思われる。それはむしろ未来の音楽評論、二一世紀に生きる我々にこそ啓示を与えるものだ。

『フランスの舞台芸術』の「手紙九」でハイネは、こんなふうに書き出している。「音楽とはしかしいったい何なのでしょう。昨夜は就寝前の数時間、この問題について考えました。音楽というのは奇妙なもので、私は奇蹟だと言いたい」

ハイネによれば、音楽は「思考と現実の間」「精神と物質の間」にある。音楽は精神だが、「拍子を必要とする精神」だ。音楽は物質だが、「空間がなくて済む物質」なのだ。音楽というゆらめきとらえがたいもの、精神的であると同時に肉体的であり、哲学的であると同時に感覚的なものについて、これほど巧みな表現を私は知らない。

「私たちは、音楽が何なのか知りません。しかし良い音楽とは何であるかは知っています。そしてそれよりよく知っているのは、悪い音楽とは何かということです」

少なくともハイネの言う「私たち」には、音楽評論家は含まれていないようだ。私たち演奏家はよく、「赤く弾こうと思ったのに青くなかったと批判する」評論家や、一般聴衆にとっては化学式のような分析用語を駆使した演奏会評を笑い話のタネにするが、ハイネもまた「窮極的な原理原則から屁理屈をつけて、ある音楽作品の価値を加えたり減じたりする」評論家、「実践する芸術家たちにのみ知られているテクニカルタームでいっぱいの」音楽評論を皮肉っている。

ハイネがマルセイユの定食屋で目撃したシーンはじつに興味深い。二人の行商人がロッシーニとマイアーベーアのどちらがより偉大かについて議論をかわしている。それも空々しい言葉をやりとりするのではなく、お互いにオペラの一部分を歌い、どちらがより魅力的かを競いながら。「音楽についてはまったく議論しないか、それとも、こうした現実的なやり方で議論するかのどちらかだ」とハイネは言うが、まったく同感だ。

ハイネはまた、一八三七年四月五日、さる侯爵夫人主催のコンサートでくりひろげられたリストとタールベルクのピアノ合戦にも言及している。

ヴィルトゥオーゾとはもともとラテン語で「真実」をあらわす「vertus」からきているが、いつのころか本来の意味を大きくはずれ、楽器を演奏する技術にすぐれた名人芸の持ち主をさすようになった。

「ふつうヴィルトゥオーゾたちについての比較論は、かつて文学でも盛んだった一つの誤謬、いわゆる困難克服という原理に基づいています」とハイネは語る。

その後詩の分野では、韻律形式が詩人の言語的熟達能力の証明にはならないという考え方が定着した。いずれ音楽においても、名人芸的力業は不要なものとして、手品や見せ物小屋やサーカスなどの領域に追いやるべきだということがわかってくるだろう、とハイネは希望的観測を述べる。しかし、国際コンクールが新人発掘のほとんど唯一の手段となった第二次世界大戦以降、その傾向はいっそう強まったといわざるをえない。

もちろん、演奏も舞台芸術だから、目の前でくりひろげられる見事なパフォーマンスで観客を魅了するような要素があることは否定できない。しかしハイネはあくまでも、演奏に人間精神の発露を求めた。どんなにリストを愛していても、彼の演奏が自分の心に快適に感じられることはない、と彼は言う。なぜなら自分は特殊能力の持ち主で、ピアノの音を聴くと、音楽が姿となって内面の目に見えてくるからだ。

「音楽家は、自らの楽器を完全に意のままに操ることができ、物質的な媒介など完全に忘れて精神だけを聞こえるようにできれば、それで十分なのです」

こうした警告には、こんにちのピアノ界も耳を傾ける必要がある。とりわけ指先の訓練に明け暮れてきたピアニストたちにとって、この「精神だけを聞こえるように」という境地に達するのがどれほど困難なことか、一般読者には想像もつかないだろう。

身体が自然に反応するまで訓練されたスポーツ選手と同じく、指がひとりでに動くように訓練された演奏家は、ともすると運動言語に支配されがちだ。しかし、それは反対であって、指先はあくまでも精神の流れや抑揚、リズムの出口にすぎないのだから、指先が先に立ってはむしろその出口をふさいでしまうことになる。世界的に人気を博しているピアニストですら、この段階にとどまっている人がたくさんいる。

ハイネの美学にもっとも合致する作曲家・ピアニストはショパンだった。

『フランスの舞台芸術について』の初出である「一般音楽レヴュー」でハイネがショパンについて語っていることは重要だ。

「彼の指は自らの魂の召使いでしかなく、そしてこの魂は、音楽を耳だけではなく魂でも聴く、そんな人たちに喝采されるのです」

リストがショパンの死後に書いた伝記では、ショセ・ダンタン街のアパルトマンにやってきたハイネが、極端に明かりを落とした部屋でショパンのピアノにじっと聞き入る様子が描かれている。その情景は、実は『フランスの舞台芸術について』からの自由な引用なのである。

リストのピアノを聴くとライオンの咆哮や鷲の叫びが聞こえ、亡者どもがおしあいへしあいする闘技場が見えるのだが、ショパンが即興演奏すると、「まるで愛しい郷里から昔なじみが訪ねてきて、留守をしているあいだに故郷で起こった奇妙なことをいろいろ話してくれているような気がします」。

ここで二人は、言葉を超えた領域でむすびあい、コミュニケーションをかわしている。

音と言葉にかかわる根源的な問題に鋭く切り込むハイネの音楽論は、すべての音楽教育に携わる人々、音楽評論に携わる人々、そして未来の演奏家と聴衆にぜひ読んでほしいと思うのである。

目次

略記

HSY　木庭 宏編『ハイネ散文作品集』第一～五巻、松籟社、一九八九～九五年。訳者氏名・兼田 博、木庭 宏、久山秀貞、鈴木謙三／和子、高池久隆、深見 茂、宮野悦義、森 良文。

HLY　木庭 宏編／ハインリヒ・ハイネ著『ルテーチア――フランスの政治、芸術および国民生活についての報告――』松籟社、一九九九年。訳者氏名・木庭宏、小林宣之、宮野悦義。

K　Heinrich Heine. Werke und Briefe in zehn Bänden. Hrsg. von Hans Kaufmann. Berlin: Aufbau 1961-64.

DHA　Heinrich Heine. Historisch-kritische Gesamtausgabe der Werke. Hrsg. von Manfred Windfuhr. Hamburg: Hoffman und Campe 1973-97.（デュッセルドルフ版）

HSA　Heinrich Heine. Werke. Briefwechsel. Lebenszeugnisse. Säkularausgabe. Hrsg. v. den Nationalen Forschungs- und Gedenkstätten der klassischen deutschen Literatur in Weimar［dann: Stiftung Weimarer Klassik］und dem Centre National de la Recherche Scientifique. Berlin und Paris 1970ff.（ワイマル版）

凡　例

頁数と巻数の表記の仕方

一、たとえばHSY三―一八五〜八七の場合、HSYは『ハイネ散文作品集』、「三」は巻数、「一八五〜八七」は一八五頁から一八七頁であることを示す。

括弧類の用い方

一、訳文中の〔　〕は訳者による注で、簡単なコメントをここに挿入した。また、他の作品における関連箇所も〔　〕によって指示した。〈　〉は、デュッセルドルフ版の編者が断篇につけた表題であることを示す。

フランスの画家たち

パリの絵画展　一八三一年

サロン〔展示室〕は、五月初めから多数の絵画を出展したのち、いまは休館している。人びとは総じてそれらの作品をざっと流し見ただけである。★01他の事を考えるのに忙しく、彼らの心は政治的不安でいっぱいであった。私といえば、ごく最近首都に来たばかりで無数の新しい印象に心を奪われていたから、しかるべき精神的落ち着きを得てルーヴル宮殿の各部屋を観てまわるのは他の人たちよりも困難だった。そう、ここに約三〇〇〇点の結構な絵画がずらりと並んでいたのだ。忙しげな大衆から、ただ無関心な眼差しの施し物を投げてもらうだけの芸術の孤児たちである。彼らは無言のまま切なげに、少しばかりの共感を、もしくは心の小さな片隅への受け入れを乞い願ったが、まったく無駄だった。人びとの心は自分自身の感情家族に隅々まで満たされていて、これら異邦人たちを受け入れる場所もなければ、恵んでやる食べ物もなかった。じっさいその通りで、この絵画展は孤児院に似ていたのだ。それぞれがみんな天涯孤独、なんの血の繋がりもない寄せ集めの子どもたち。未成年者の寄る辺なさ★02と青年の分裂した内面を目の当たりにしたときのように、彼らは私たちの魂を動かすのだった。

これに対して、あのイタリアのギャラリーに足を踏み入れたときなんと違った感情に捉えられたことだろう。イタリア絵画は、冷たい世界に放り出された捨て子などではなく、偉大なる共通の母の胸から乳を吸い、そして、大家族としてしっかり守られ一致結束している。ボキャブラリーは必ずしも同じではないが、それでも同じ言葉をしゃべっているのだ。

かつては他の芸術にとってもそのような母であったカトリック教会は、いまでは零落して自らが人の助けを恃《たの》む身になっている。どの画家もみな、いまや自分自身の手により、自分自身の勘定で絵を描いている。日常生活の気まぐれ、つまり、金満家あるいは画家自身の退屈な心に去来するむら気が、画家に題材を提供し、パレットが彼らに燦然たる色彩を与え、そして、カンバスがまたなかなか忍耐強い。そこへ今一つ特別な事情が加わってくる。誤解されたロマン主義がフランス画家たちのあいだに蔓延《はびこ》っていて、その主要原理にしたがって誰もが他者とはまったく違った画趣で絵を描《か》こうと、流行の言い回しで言うならば、自分たちの個性を外に表そうと努めている。それにより、時にどのような絵が生まれてくるかは容易に見て取れる。

ともあれフランス人には常識が十分あるので、彼らはいつも失敗作を正しく判断し、真に個性的なものを簡単に見分け、そして色とりどりの絵画の海のなかから本物の真珠を簡単に見つけ出してきた。この展覧会で人びとが最もよく話題にし、最も優秀だと賞賛したのは、A・シェファー、H・ヴェルネ、ドラクロア、ドカン、レソール、シュネッツ、ドラロッシュそしてロベールだった。だから私はここで、フランス人たちの一般的な見解を報告するに止めてよいだろう。私の考えとさほど違わないのである。技術面の長所ないし欠点についての判断はできるかぎり避けたいと思う。じっさいそうした判断は、常設の公的ギャラリーで観覧に供されていない絵にはあまり有益ではないし、ましてや、それらの作品をまったく見たことのないドイツの報告の受け手にはますます無益だからである。絵画の素材に関わる事柄と、絵画のもつ意味についての示唆だけでドイツの読者には十分喜んでいただけるだろう。良心的な報告者として私はまず

A・シェファー

の作品について述べることにする。ドラロッシュとロベールのもっとも優れた作品が後になって出展されたという事情もあって、展覧会の最初のひと月目、五月はシェファーの『ファウスト』と『グレートヒェン』がもっとも人びとの注目を集めた。ともあれ、シェファーの作品をこれまでまったく観たことのない人は、とくに彩色に現れている彼の手法にまず驚かされるだろう。ライバルたちは、シェファーが嗅ぎタバコと緑の石鹸だけで絵を描いている、と陰口する。それがどれだけ不当な言い分であるか、私には分からない。シェファーの褐色の影は、じつに気障《きざ》っぽいことが多く、自らの企図するレンブラント流の光の効果を損

なっている。作中人物の顔はほとんどいやな色をしている。一晩走ったあと朝になって郵便馬車が停車する古い旅館によく緑の鏡がかかっているが、私たちはそんな鏡のなかに寝不足で不愉快そうな自分の顔が映るのを見て、すっかりいやになることがある。シェファーの人物の顔はそうした色をしているのだ。けれども彼の絵をより詳しく、より長く見ているとこの手法に馴染んできて、全体の扱い方がきわめて詩的なことが分かってくる。そうして、ちょうど霧雲《きりぐも》のなかから陽光が差してくるように、陰鬱な色彩のなかから明るい気分が現れ出てくるのが見て取れるのだ。不機嫌に掃いただけ、拭い取っただけのように見えるあの画法、不気味なぼやけた輪郭をしていて死ぬほど疲れきったあの色合いが、ファウストとグレートヒェン像ではかえって優れた効果を発揮している。両者とも膝から上の半身像だ。ファウストは中世風の赤い肘かけ椅子に座っている。羊皮紙の書物がいっぱい載ったテーブルがわきにあり、それが左腕の支えをしていて、無帽の頭がこの腕の上に置かれている。右腕は手の平を返して腰に突き立てている。衣服は石鹸の緑色がかったブルー。顔はほとんど横向きでプロフィール、嗅ぎタバコのような土色。表情は厳しく高貴である。病的で不快な顔の色、痩せこけて窪んだ頬、枯れた唇、深く刻み込まれた破壊の跡。それにもかかわらずこの顔にはかつての美しさの痕跡が残っており、優しく悲しげな両眼の光を注がれて、まるで月光に照らされた廃墟のように見える。そう、この男《ひと》は美しい人間廃墟であり、風化した両眉の上のシワのあいだで、素晴らしく博学なフクロウどもが何かをくわだてており、額の裡の脳内では悪しき幽霊たちが獲物をねらって待ち構えている。真夜中ともなると、そこに死に絶えた望みたちの墓穴が口を開き、青ざめた影が現れ出てくる。そして、頭脳の荒《すさ》んだ部屋から部屋へとグレートヒェンの霊が――足を縛られたまま歩くかのように――そっと忍んでゆく。そう、この画家の功績とは、まさしく男の頭部のみを描いた点に、一瞥しただけでこの男の脳と心のなかで働く感情と思念が伝わってくる点にある。絵の背景にはメフィストーフェレスの頭部も――あの悪霊、悪魔の頭目ベルゼブフの、緑の石鹼のあの神の頭部も認められ〔『ファウスト』の書斎の場、一三三三行目〕、それが、ほとんど目に立たず、一面緑色に、じつにいやな緑色に塗られているのだ。

グレートヒェンは、同じ大きさの対幅画である。彼女もくすんだ赤の肘かけ椅子に座っていて、わきには糸をいっぱい巻いた糸巻き棒があり、糸車は止まっている。手元に祈禱書が開かれている。読んでいるわけでなく、開いた頁から色の褪せた小さなマリア像が慰めを与えるかのように顔をのぞかせている。グレートヒェンは頭をうつむけていて、このため、同じくほとんどプロフィールの顔面の大部分がじつに妙な影で覆われている。まるでファウストの夜の魂がこの静かな娘の顔《かんばせ》に影を投げているかのようである。二点の絵画は隣どうしに掛かっていて、それだけに、ファウスト像ではすべての光の効果が顔に注がれていること、これに対してグレートヒェンの絵では顔にごくわずかだけ、しかしその分だけ強く輪郭部分に照明が当てられていることが、いっそう注意を引きつける。それによってグレートヒェンの顔はさらに、得も言われぬ魔術的な相を帯びることになる。胴衣は柔らかな緑で、黒い小さな頭巾が髪の毛を覆っている。しかし頭巾はほんの一部しかかぶさっていないので、頭の両側から質素なブロンドの髪の毛がそれだけいっそう輝かしく現れ出ている。顔はいじらしく気高い卵型、表情は、謙虚なあまり自分自身を隠してしまいたくなるほど美しい。グレートヒェンはかわいい青い目をしていて、謙虚そのものである。美しい頰を伝って一筋の涙、哀しみの物言わぬ真珠が静かに流れている。たしかにヴォルフガング・ゲーテのグレートヒェンである。だが彼女はフリードリヒ・シラーをすべて読んでしまってい て、素朴というよりはずっと感傷的だ。軽やかで優雅というよりはずっと重く理想主義的である。彼女は優雅たりうるにはあまりにも誠実でまじめ過ぎるのだろう。というのも優雅は動きのなかにあるからである。彼女の人となりにはどこまでも信頼しうるところ、きわめて手堅いところ、まだしっかりとポケットのなかに握っているあのルイドール金貨のように現実的なところがある。一言でいえば、彼女はドイツ娘なのだ。メランコリックなスミレの瞳の奥をのぞきこむと、ドイツのこと、馨《かぐわ》しい菩提樹のこと、ヘルティーの詩のこと、ブレーメン市役所前のローラント★03の石像のこと、年老いた副校長のこと、その薔薇色の姪のこと、部屋に鹿の角を飾る森林管理人の家のこと、安タバコと人の善い徒弟たちのこと、お婆さんの墓場の話のこと、忠実な夜回りのこと、友情、初恋、そしてそのほか様々ないとしい戯言の数々が思い出される。――じつのところシェファーのグレートヒェンは、言葉で記述することなどできはしない。彼女は、外なる形姿よりも内なる情のほうが豊かである。グレートヒェンは絵に描かれた魂なのだ。そばを通ったとき私はいつも、「可愛い子よ！」と思わず語りかけたものである。

残念ながらシェファーのどの絵にも彼一流の、右で述べたような手法が見られ、ファウストとグレートヒェンには適していても、明るくはっきりしていて燃え立つような色の扱いが必要な場合、その手法はまったく気に入らない。例えば、踊っている学童たちを描く小さな絵がそうであり、これだとシェファーは、暗くくすんだ色彩で一群の侏儒《こびと》を描き出しただけのようなものだ。肖像画を描く彼の才能がどれだけ大きくとも、そう、彼の着想のオリジナリティーをどれだけ賞賛せねばならないにしても、肖像画のジャンルにおいても彼の彩色は気に入らない。サロンには一点だけ、まさしくシェファーの手法ぴったりの肖像画があった。モデルの男は、曖昧にして偽りの、死んだ無性格な色でしか描きえないような人物だ〔＝タレーラン〕。この男の誉れは、顔つきから己の考えを決して読み取られないところに、そう、他人にいつも自分の顔つきとは正反対の考えを読ませるところにあった。この男は、私たちが背中に足蹴りを浴びせていても、表面では昼からお決まりの微笑が消えることのないそんな人間だ。これまでに一四回の偽証を誓言した男、そして、何かひどい卑劣行為を行わねばならないとき歴代政府が決まってその虚言の才を利用してきたそんな男である〔ＨＳＹ一－一二三〕。このため彼は、古代の毒盛り女、あのロクスタ★04のことを思い出させるのだ。ロクスタは、まるで一族相伝の邪悪な遺品のごとくアウグストゥス家に住みつづけ、そうして、寡黙にして着実に次から次へとローマ皇帝に仕えては、そのつどライバル皇帝を倒すためお得意の外交的飲み物で奉仕したのだ。シェファーがまったく忠実に描き上げ、ドクニンジン色の絵の具で一四回の偽証までも顔のなかに書き込んだこの不実な男。私は彼の肖像画の前に立ったとき、《この男のロンドンの最新の毒はいったい誰に向けられるのだろうか》と考えて、背筋がぞっとしたものである〔オランダvs.ベルギー紛争をめぐる交渉のこと〕。

シェファーのアンリ四世とルイ・フィリップ一世の、ともに等身大の馬上姿の肖像画は、いずれにせよ特別な言及に値する。前者、つまり、征服の権利と出生の権利に拠って立つ国王は、私よりも前の時代に生きた人である。王がアンリ・カトル〔顎のとんがり鬚〕をたくわえていたことしか知らず、絵が実物とどれほど似ているか私には判定できない。いま一人のほう、つまりバリケード国王、主権者たる国民の恩寵に拠って立つ国王は、私の同時代人であり、肖像画が本人に似ているか似ていないかは私自身で判断することができる。ありがたくも国王陛下のお姿を目にするより前に私はこの肖像画を見ていた。正直なところ、じっさいにご本人を見たとき、それがルイ・フィリップ王だとは最初分からなかった。国王の心があまりにも高揚しているときに見たためなのだろう。この前の革命記念祭一日目の祝日のことだった〔一八三一年七月二七日〕。王はパリのブールヴァール〔大通り〕で、歓呼する国民衛兵と七月の受勲者たちの真ん中を悠々と騎行していった。人びとはみな、狂ったようにパリジェンヌとマルセイエーズをがなり立て、時にカルマニョールも踊っていた。国王陛下は高々と馬に跨っている――凱旋パレードを飾るべしとなかば人から押しつけられた凱旋将軍のごとく、なかば自ら買って出た捕虜のごとく。退位させられた皇帝〔ブラジル初代皇帝ペドロ一世、一八三一年退位〕が象徴的もしくは予言的に王のわきを進み、同じく二人の若い息子がわきを騎行してゆく――花咲く希望のように。王の厚ぼったい頬が大きな顎鬚の森の暗闇から燃えいで、そして、優しい挨拶を送る両の眼《まなこ》が、歓びと困惑に輝いていたものだった。これに反してシェファーの絵の王は、これほど楽しげには見えず、そればかりか、自らの父が斬首されたあのグレーヴ広場を通っているかのごとくほとんど哀しげであり、王の馬も躓《つまず》いているかに見える。加えてシェファーの作品では、王のお頭《つむ》のてっぺんも実物ほどは尖っていないのだ。独特なあの形を見て私はいつもこんな民謡を思い出すのだった。

深い谷間に樅の木が一本立っていて、
　下はどっしり、上はほっそり。

その他の点ではこの肖像画はかなり的確で、実物にたいへん良く似ている。けれども近似性に初めて気づいたのは、国王その人をじっさいに目にしたときのことであり、このことが問題的だと私は思う。シェファーの全肖像画作品の価値にとりきわめて問題的だと思うのである。肖像画画家は二つのクラスに分けられる。一つのグループの画家は素晴らしい特殊な才能を持っている。彼らは、見知らぬ鑑賞者にもモデルの顔の理念を伝えることのできる、そんな相を的確に捉えて描き出す。その結果、当の鑑賞者は絵を通じて見も知らぬ実在人物の性格を即座に把握することができ、本人に出会うとすぐこの人だと分かるのだ。古い時代の巨匠たち、とくにホルバイン、ティツィアーノそしてヴァン・ダイクにそうした手法が見られ、彼らの肖像画には、つとに亡くなった人物と絵との類似性を生き生きと保証するそんな直接性があり、それに私たちは驚かされるのだ。そんなときギャラリーを通っていて、私たちは「これらの肖像画は本物そっくりだと誓ってもいいですよ」と思わず口にしてしまう。肖像画のいま一つの手法は、とくにイギリスとフランスの画家たちに見られる。彼らの意図するところは《容易な再認識》でしかなく、画家たちは、私たちのよく知る人物の顔と性格を記憶に呼びもどせるような、そんな相だけをカンバスに描きつける。これらの画家はほんらい追憶の作業をしているのであり、育ちのよい両親や愛し合う夫婦のあいだで彼らは大人気である。肖像画の所有者たちは食後、自分らの絵を客に見せ、そして、ウジムシが入ってくる前のこの子がどれだけ可愛く本物そっくりに描かれているか、あるいはまた、まだお会いしておらず、ブラウンシュヴァイクからもどって来られて初めて知己を得ることになる、ご主人様とこの絵がどれだけよく似ているかを、どんなに請け合っても請け合い足らないといったふうなのである。

シェファーの『レオノーレ』は彩色の点で彼の他の作品よりも優れている。ストーリーが十字軍の時代に移し変えられている。それによって画家は、よりきらびやかなコスチュームを、そしてそもそもロマン主義的なカラーを用いる機会を得ているのだ。帰国した軍隊が通ってゆく。かわいそうなレオノーレは恋人の姿を見つけることができない。作品全体にやさしいメランコリーが漂っていて、のちに幽霊が出てくるようなことを予感させるものは何一つない。だが私は思うのだ、画家がこのシーンを十字軍の敬虔な時代に移し変えたからこそ、一人ぼっちになったレオノーレは神を誹《そし》ることもなく、また、死んだ騎士が彼女を迎えに来ることもないのだと。ビュルガーのレオノーレ〔有名なバラード、一七七四年〕はプロテスタンティズムの懐疑的な時代に生きていて、彼女の恋人は、ヴォルテールの友人〔プロイセンのフリードリヒ二世〕のためシュレージエンを戦い取らんと七年戦争〔一七五六～六三年〕に従軍する。これに対してシェファーのレオノーレは、カトリック信仰の時代に生きていた。何十万もの人たちが一つの宗教思想に熱中し、上着に赤い十字架を縫いつけ、墓場一つを勝ち取るため巡礼戦士として東方の国へ出かけていった。なんと奇妙な時代だろう。といってもしかし私たち人間はみんな、苦難このうえない戦いのすえ結局は一つの墓場を勝ち取るだけの、そんな十字軍の騎士ではないだろうか。悲しむレオノーレを高い馬の背からあんなに深い思いやりをこめて見下ろす一人の騎士の気高い顔、私はそこにまさしくこの思想を読み取るのである。レオノーレは顔を母親の肩に寄せ掛けている。彼女は哀悼する花であり、やがて枯れてゆくが、神を誹ることはないだろう〔HLY八七〕。シェファーのこの絵は美しい音楽的な構成になっている。悲しげな春の歌のように色彩が朗らかに、哀しげに響いてくるのだ。

その他のシェファーの作品は注目に値しないが、にもかかわらず多くの喝采を博している――シェファーほど傑出していない画家たちのもっと良い絵がいくつも無視されているというのに。巨匠の名にはこれほどの効果があるのだ。王侯がボヘミア・ガラス玉の入った指輪をしていると、ガラス玉はダイヤに嵌めていても、ただのガラス玉だとしか思われない。乞食が本物のダイヤを指に嵌めていても、ただのガラス玉だとしか思われない。

右で述べた考察が私を次の画家に導いてゆく。

オラース・ヴェルネ

この人も今年のサロンを本物の宝石ばかりで飾ったわけではない。彼の展示作品のなかでもっとも卓越しているのは、いまにもアッシリア軍総司令官ホロフェルネスを殺さんとするユーディトである〔旧約聖書続編「ユディト記」〕。彼女はいま総司令官の寝台から起き上がったばかり、花のようにスマートな娘だ。腰の周りへ大急ぎでからげた紫の衣裳が足まで垂れ下がっている。上半身に薄い黄色の下着をつけていて、右肩から落ちかかる袖を左手で、いくぶん肉屋ふうだが、しかし同時に愛らしく魅力的にたくし上げている。眠っているホロフェルネスに向かい右手で湾曲刀をちょうど引き抜いたところだ。魅力的な娘が、処女《おとめ》の境界線を踏み越えたところに今こんな姿で立っている――穢されたホスチア〔聖餐式のパン〕のように、神のごとく清らかで、しかも世の汚辱にまみれて。彼女の顔はすばらしく優美で、不気味なくらい愛らしい。黒い巻き毛はヘビ、それも、垂れ下がってヒラヒラしているのではなく鎌首をもたげた短いヘビのようで、おそろしく優美である。顔にはいくらか影がかかっていて、愛らしい野生、どす黒い優雅、センチメンタルな憤怒が、殺意を固めたこの美女の気高い表情を通って流れている。とりわけ目が、甘い残虐さと淫らな復讐心でキラキラ光っている。醜いこの異端に陵辱された己の肉体の復讐もせねばならないからである。じつのところこの男は、とくに魅力的なわけではないが、それでも根本的にはお人好しに見える。幸せの余韻に浸りきり、じつに柔和な顔つきで眠っている。鼾《いびき》をかいているらしい、あるいは、ルイーゼ〔人物不詳〕の言うところでは、大きな声で眠っているようだ。口づけしているかのように唇がまだ動いている。彼はいまだ幸福の懐のなかにいる、あるいは、幸福のほうもいまだ男の懐のなかにいるようだ。そして幸福に酔わされて、きっとワインにも酔わされたまま、死が懊悩と病の幕間劇を与えることなく、いま彼をそのもっとも美しい天使の手によって永遠の破滅の白夜へと送り込んでゆく。なんと妬ましい終わり方だろう。おお、神々よ、いつか私が死ななければならぬとしたら、このホロフェルネスのように死なせてほしい！

春の陽光が、眠っている者の身体をいわば聖別するかのように差し込んできて、そしてランプが消えるというのは、オラース・ヴェルネのイロニーなのか〔HSY二－一七七、一九九〕。

ヴェルネには、精神面よりはむしろ大胆な描写と彩色という点で推奨できるもう一つの絵画がある。現教皇〔レオ一二世、ただし一八二九年二月一〇日に死去〕を描く作品がそれである。神の僕中《しもべ》の僕たる教皇が頭に黄金の三重冠をかぶり、金刺繍の入った白い衣裳を身にまとい、黄金の椅子に腰掛けて、聖ペトロ寺院のなかを担がれてゆく〔HSY三－二〇五〕。教皇自身は、頬が赤いにもかかわらず虚弱に見え、お香の煙と、そして頭の上へ差しかけられる白い孔雀の羽根扇の白い背景のなかで、ほとんど色あせてゆくかに見える。一方、教皇の椅子の担ぎ手はがっしりした、特徴のはっきりした人物で、えんじ色のお仕着せをつけており、黒い髪の毛が日に焼けた顔に落ちかかっている。担ぎ手は三人しか見えないが、いずれも見事に描かれている。前へかしげた頭だけが、というよりむしろ、広く中剃《なかぞ》りした後頭部だけが前景に見えるカプチン会修道士たちにも、同じ褒め言葉を与えることができる。だがしかし、主要人物がぼやけていてその重みが薄まる一方、わき役が前景に出てきて意味をなしていることこそが、この絵画の欠点なのである。わき役の人物たちは、仕上げの軽やかさと色彩の点でパオロ・ヴェロネーゼを思い出させる。欠けているのはあのヴェネチアの魔術だけ——潟《かた》の薄光にも似て表面的ではあるが、それでいてじつに不思議なほど魂を動かすあの色彩のポエジーだけである。

　オラース・ヴェルネの三番目の絵は、大胆な描写と大胆な彩色により多くの賞賛を獲得している。コンデ、コンティそしてロングヴィル王子逮捕のシーンを描く絵である。[★05] 場面はパレ・ロワイヤルの階段、逮捕された王子たちが段を降りてくる。三人はオーストリアのアンナ〔ルイ一四世の母后〕の命令により剣を差し出したばかりである。階段をこんなふうに降りることで、ほとんどどの人物もそれぞれ完全な輪郭を得ることになる。コンデが最初で、いちばん下の段にいる。物思いをしながら八字髭に手を当てている。彼が何を考えているのか私は知っている。階段の最上段から一人の将校が王子たちの剣を腕に抱えて降りてくる。三つのグループが自然に出来上がり、それぞれ自然にまとまっている。このような階段のアイデアを思い着くのは、芸術のきわめて高い段に上った者だけである。

　オラース・ヴェルネのさほど重要性のない絵画の一つに、パレ・ロワイヤルの庭でベンチのうえに上り、民衆に訴えを行っているカミュ・デムラン[★06]の肖像画がある。左手で木から緑の葉を一枚引きちぎり、右手にピストルを持っている。哀れなカミュよ、君の勇気はこのベンチ程度の高さであり、そこに立ち止まろうとして君は振り向いた。「前進、絶えず前進！」——これこそが革命家たちの志気を維持できる呪文だというのに。立ち止まって振り向けば、革命家はもうお終いである。ちょうど、夫の竪琴の音に導かれて冥界から脱出する途中、ただ一度だけ振り返って地獄の惨状を見やったあのエウリュディケーと同じだ。哀れなカミュよ、哀れな若者よ。あれは自由の楽しい腕白時代だった。君はベンチに跳び上がり、専制政治に石を投げつけ、窓ガラスをぶち壊し、人を街灯に吊るす洒落をいくつも飛ばしたものだ。のちにこの冗談も冴えを失っていった。革命の新入生たちは、恐怖で髪の毛を逆立てる古株の学生になり、君は自分のわきで恐ろしい音が鳴り出すのを聞いた。そして背後から、黄泉の国から、ジロンド党の幽霊の声が君の名を呼び、そうして君は振り向いてしまった……。

一七八九年のコスチュームという点で、この絵はかなり興味深い。そこにはまだこんなものが見られる——髪粉を振りかけたヘアスタイル、腰の辺りからようやく膨らんでくるタイトな婦人服、カラーの縦縞燕尾服、小襟つきの御者ふう外套、腹のうえに並んで垂れ下がる一対の時計鎖、広い折り返しカラー付きテロ・チョッキ。このチョッキがいままたパリで共和主義的青年たちの流行になっていて、ヴェスト・ア・ラ・ロベスピエールと呼ばれている。ヴェルネの絵にはロベスピエールその人も描かれている。入念な身づくろいとおめかしで目立つ人物だ。じっさい彼の外面はいつもギロチンの刃のようにスマートでピカピカだった。しかし彼の内面も心もまた、ギロチンの刃のように公平無私、袖の下が効かず、首尾一貫していた。しかも仮借ないこの厳しさは冷血ではなく美徳であり、それは、私たちが心では断罪しながら理性では驚愕の賛辞を贈る、あのユーニウス・ブルトゥスの美徳にも似ている。★07 そればかりかロベスピエールは、デムラン、あの自らの同級生がとくに好きだったのだ。しかし自由のこのほら吹きが時宜をわきまえず人びとに節度を説教し、そして、国を危うくする弱みを助長せんとしたとき、ロベスピエールは彼を処刑したのである。カミュの血がグレーヴ広場〔正しくはカルーゼル広場、革命広場など〕に流れているあいだ、マクシミリアーンの涙が一人ぼっちの部屋のなかで流れていただろう。これは、お涙頂戴の世俗的な決まり文句ではないという。最近ある友人〔L・H・カルノ〕が、ブルドン・ド・ルワズから聞いたという話を私にしてくれた。ド・ルワズは、あるとき自分が公安委員会の執務室に入っていったところ、ロベスピエールが独り部屋のなかにいて、物思いに沈み、書類をまえにして激しく泣いていたよ、と言ったというのだ。

オラース・ヴェルネのその他のあまり重要でない作品は取り扱わぬことにしよう。彼はきわめて多面的な画家で、聖人像、戦争、静物、けだもの、風景、肖像などありとあらゆるものを、しかもすべて軽いタッチで、ほとんどパンフレット並みの扱いで描いている。

　そこで次に

ドラクロア

に向かうとしよう。彼は、いつも大きな人だかりのできる作品をこのサロンに出展しており、この絵こそ観客の注目をもっとも多く集めた絵画の一つだと私は見ている。作品の聖なるテーマが色づかいへの厳しい批判を許さない。そうでなければ彩色は好ましからぬ評判を得ていたことだろう。いくらか芸術上の欠陥があるにもかかわらず、絵のなかには、私たちの心に吹きつけてきて、気持ちをリフレッシュする偉大な思想が息づいている。あの七月の日々に戦った一つの民衆グループが描かれており、中央にアレゴリー★[08]と言ってもよいような姿の若い女が、赤いジャコバン帽をかぶり、片手に小銃、片手に三色旗をもってすっくと聳え立っている。女は屍《しかばね》を乗り越えてゆく――檄を飛ばし、腰まで肌を露わにして。美しい燃え立つ身体、精悍な横顔、不敵な痛みを浮かべる顔つき。情婦と魚売り女と自由の女神が奇妙に混ざり合った人物だ。そもそもこの女性が自由の女神として描かれているのかどうか、それははっきりとは表現されていない。この人物はむしろ、逃れがたい重荷を払いのける激しい民衆の力を表しているように思える。私はつつまずに言ってしまわずにおれない。彼女はペリパトス学派〔狭義のアリストテレス学派、ペリパトスは「逍遥する」の意〕のあの女哲学者たちを、夜ともなればブールヴァールをあちらこちらへ群をなして浮かれ歩く恋の早駆け女、もしくは速成恋人たちを思わせるのだ。私は言わずにおれない――両手にピストルを持ち路地裏のこのヴィーナスのわきに立つ、小さな煙突掃除のキューピッドが汚れているのは、たぶん煤のためだけではないだろう、死んで地面に横たわるパンテオン入り候補者はたぶん、一晩まえは芝居の外出券を売りさばいていただろう、小銃を手に突進する英雄は顔にはガレー船漕ぎの相を、醜いフロックコートにはきっとまだ陪審裁判所の臭いをつけているだろう、と。そう、実際まさしくその通りなのだ。一つの偉大なる思想がこれらの卑しい人びと、これらの賤民たちを高貴にし、聖化し、そして、眠り込んでいた品位を彼らの魂のなかに呼び起こしたのである。★09

パリの七月の聖なる日々よ。君たちにお願いしたい。決して完全には破壊しつくすことのできない、あれらの人びとの根源的貴族性を永遠に証明してやってほしいのだ。君たちを体験した者は、もはや古い墓地のうえで嘆き悲しむのではなく、いまや喜んで諸国民の蘇生・復活を信じている。聖なる七月の日々よ。あのとき太陽はどんなに美しく、そしてパリ民衆はどれだけ偉大だったろう。かの偉大なる戦いをご覧になっていた天上の神々も、賞賛のあまり歓呼し、いまにも黄金の椅子から立ち上がってパリ市民になろうと地上へ降りてゆかれるところだった。けれども、そもそも神々は妬み深く臆病なものだから、最後には、人間どもがあまりに高く、あまりに輝かしく咲き誇って、天国にまで上ってくるのではないかと心配になり、それで、従順なる司祭たちを使って、「輝くものに墨を塗り、崇高なる物を埃にまみれさそう」〔シラーの『オルレアンの乙女』より〕と図って、ベルギーの反乱〔一八三〇年八月二五〜二六日の夜〕を、つまりあのド・ポテルの家畜画を考案されたのだった。自由の木々が天国のなかにまで繋ってこないようにと配慮されたわけである〔ゲーテ『詩と真実』第三部のモットーのもじり〕。★10

サロンのすべての絵画のなかで、ドラクロアの七月革命ほど艶が消されているものはない。とはいえ、まさしくワニスと微光のこの欠落、そして人物たちを灰色のクモの巣のように覆う硝煙と埃、陽光で乾き切りいわば水滴に焦がれるような色彩、こうしたすべてのものがこの絵に真実を、実体を、根源性を与えており、そして、このなかにこそ七月の日々の本当の相貌が感じ取れるのである。

鑑賞者たちのあいだには、当時いっしょに戦ったか、あるいは少なくとも戦いを見ていた人たちがかなりいて、そうした人びとはこの絵をどんなに褒めても褒め足りなかった。「かっこいい！」、と一人の食糧品屋が言った、「この若者らはまったく巨人族みたいに打ち合ったもんだぜ」。理工科大学《エコール・ポリテクニク》の学生たちが描かれていないわね、他のどの絵にも描かれているのに……と一人の若いご婦人が言った。じっさい七月革命の絵はたいへん多く、四〇点以上も展示されていたのである。[☆11]

　シャルル王党派の小さな娘が、「パパ」と大声で尋ねた。「赤い帽子をかぶってるこの汚い女の人は誰なの？」。――「それはだね――」と、高貴なパパは押しつぶしたようないやらしい微笑を浮かべて嘲った、「それはだね、ユリ〔ブルボン王家の象徴〕の清純さとなんの関わりもない女、自由の女神なんだよ」。――「パパ、あの、シャツも着ていないわ」。――「本当の自由の女神はふつうシャツなど持っておらず、それで、白い下着を着けているすべての人にたいへん腹を立てているのさ」

　男はこんなことをしゃべりながら、カフスをつまんで長い暇な手の上へ少し引きおろしながら、隣の人にこう言った。「枢機卿殿、共和主義者たちが今日、サン・ドニ門のところで首尾よく婆さんを一人国民衛兵に銃で撃ち殺させれば、やつらはこの老婆の聖なる死骸をブールヴァール中引っ張りまわすでしょうね。[★12]そうすりゃ民衆は怒り狂い、革命一丁できあがりってことになります」。――「ますます結構なこと」と枢機卿は囁いた。取っつきにくそうな痩身の男だ。公の場で嘲笑されるのを恐れ、それにたぶん良心の呵責から、この枢機卿もまた、パリのすべての司祭がしているように世俗の衣裳を着て変装していた。「ますます結構なこと、侯爵さん、残虐行為がどんどん起こって升がまたいっぱいになればいいんです。そうすりゃ革命が自らの煽動者たちを、とくに、ありがたくもすでに自滅しているあの自惚れた銀行家どもを飲み込んでくれますよ」。――「そうですよ、枢機卿殿、銀行家のやつらは、なんとしても私たちを叩き潰そうとしたのです。連中をサロンに受け入れてやらなかったからですよ。これこそが七月革命の秘密なんです。彼らは下町の住人どもにカネをばら撒き、工場主たちが労働者を解雇、そして酒屋の亭主たちにも金を支払い、このオヤジさんらはただでワインを振る舞いました。おまけに、暴民どもを熱くするためそれに火薬を混ぜたんですよ。もちろん太陽がありましたがね！」

たぶん侯爵の言うとおりだろう。そう、主役は太陽なのだ。とりわけ七月には、自由が脅かされたときいつも人びとは太陽に酔っ払って、朽ちたバスチーユ監獄に向かって、そしてまた、〔シャルル一〇世の〕奴隷的勅令に対して蜂起したのだった。太陽とパリの町。両者は素晴らしく気心が合い、愛しあっている。海に沈みゆくまえの夕日は、視線を美しいパリの町のうえへ満足げに長く留めおき、そしてその残照で、美しい町パリの数々の塔にはためく三色旗に接吻する〔HSY一－一八〇〕。あるフランスの詩人〔A・バルテレミ〕が七月祭を象徴的な結婚の儀式で祝おうと提案したが、これはなかなかの名案だった。いわく、かつてヴェネチアの総督は毎年、金色の豪華ガレー船に乗り込み、支配者ヴェネチアとアドリア海との婚姻の儀式を執り行った〔HSY五－二六四～六五〕、これと同じように、パリの町も毎年バスチーユ広場で太陽との、あの自由の大きな燃える幸運の星との婚姻の儀式を挙げてはどうだろう、というのである。カジミール・ペリエはしかし、この提案を認めなかった。そのような結婚式の夜のドンチャン騒ぎを、そのような結婚のあまりにも強い熱気を彼は恐れたのである。ペリエがパリに承認するのは、せいぜい太陽との身分違いの関係程度のものでしかなかった。

ああ、私は自分が絵画展のレポーターでしかないことを忘れてしまっている。役目柄、次の画家のことを述べる番である。この画家は、広く一般の注目を呼び起こしていて、私自身も彼の絵にずいぶんと魅せられていて、それらはまるで私の心の声の色づいたコダマでしかないような気がしている。いやむしろ、彼の絵の親和的な色彩の音が私の心のなかへ素晴らしく反響してくるのだ。そのような魔術を私にかけた画家は

ドカン

という。残念ながら彼の最良の作品の一つ、『犬の病院』はまったく見ていない。展覧会にやってきたとき、もう取り外されていたからである。他のいくつかの良い作品も見逃した。多くの絵画のなかから見つけ出すまえに、同じく搬出されてしまっていたのだ。それでも私にはすぐ、ドカンが大物であるとおのずと分かった。彼の小さな絵を初めて見たときのことである。色づかいと単純さが妙に私を驚かせた。トルコの建物が一つ描かれているだけ、白い高層の家、あちらこちらに小さな覗き窓があり、一人のトルコ人の顔がのぞいている。下には静かな水が湛えられていて、白亜の壁が赤みがかった影を落として水面に映えている。素晴らしく静かだ。のちに聞いたところ、ドカン自身トルコに行ったことがあるという。私をあんなに驚かしたのは、オリジナルな色づかいだけでなく、真実、彼の数々のオリエントの絵画から本物の質素な色彩によって語り出されてくる真実のためでもあった。このことがとくに顕著なのは彼の『警邏《けいら》』である。私たちがこの絵に見るのは、自らのミュルミドーン人たち〔アキレスに従いトロヤ戦争に参加したテッサリアの住民、ここでは手下のこと〕を引きつれて町を巡回するスミルナ警察署長、大ハジ゠ベイである。太鼓腹で、馬に高々とまたがり、尊大にふんぞり返っている。侮辱的なほど思い上がった、無知で真っ暗な顔が、盾のような白いターバンで守られている。手に絶対的鞭打ち主義の笏《しゃく》を持っている。署長のわきを徒歩で駆けるのは、上司の意思に絶対的に忠実な九人の執行者たち、脚は短くて細く、ほとんど動物みたいな顔つきをしている。ネコ、ヤギ、サルみたいで、そう、そのうちの一人は、イヌの鼻、ブタの目、ロバの耳、そして子牛の微笑みとウサギの怯えから成っているモザイクだ。彼らが手に持つのはいいかげんな武具、長槍、床尾を上にした小銃で、それらに加えて、正義の支配のための〔拷問〕道具、つまり槍一本と竹竿の束一つもある。一行が前を通ってゆく家々は真っ白で、しかも地面が粘土のように黄色いため、奇怪な黒いフィギュアが明るい後景に沿って明るい前景の上部を急いで走ってゆく姿を見ると、ほとんど中国の影絵のような感じがする。時は明るさのまだ残る黄昏《たそがれ》、人間の痩せた脚と馬の痩せた脚の奇妙な影が、歪んだ魔術的効果を高めている。手下どもがまた、じつに滑稽で見たこともないような跳びはね方で駆けてゆき、馬もまた、半ば腹這いで走るかのように、半ば飛びゆくかのように思えるほど素早く、狂ったように脚を運んでいる――そして、当地の幾人かの評論家たちがこうしたすべての点をもっとも厳しく咎め、不自然だ、カリカチュアだと難じているのである。

フランスにも、お決まりの古い規則に基づいて新しい作品すべてに難癖をつける常設芸術批評家が、アトリエをくんくん嗅ぎまわっては自分の気紛れが心地よくくすぐられると賞賛の微笑を浮かべる、そんな芸術通がいる。そしてこれら通人たちがドカンの絵画に判断を下さずにいることはなかった。それどころか、どの展示会についてもパンフレットを刊行しているジャルとか言う人は、おまけにまだ『フィガロ』で右の絵を貶《けな》そうと試みたのだ。へりくだった身振りをして、自分は悟性的な概念で判断する人間でしかありません、そしてこの哀れな悟性は、悟性だけで認識するわけではない熱狂的な人びととは違って、ドカンのあの絵を偉大な傑作と見ることができないのです、と包まずに言った。こんなへりくだった言い方であの絵のファンを皮肉るつもりだったのだ。だが、ああ哀れな悟性人よ。この人には、自分がいかに正しく自らを裁きにかけているかが分かっていない。芸術作品について判断するとき、哀れな悟性に第一声を発する資格など決してない。それは、なんらかの作品を創作するとき悟性がいまだかつて最初の役割を果たしたことがないのと同じである。芸術作品の理念は心情から立ち上ってくるものであり、そしてその心情は実現の手助けを空想力に求めるのだ。そうすると空想力は、手元にある花すべてを心情に投げ与えて理念をほとんど埋め尽くし、その結果、理念を活かすよりはむしろ殺してしまう――もしも悟性が足を引きずりながらやって来て、余分な花をわきに押しやるか、あるいはピカピカの植木バサミでそれらを刈り取ってしまわなければ。悟性は秩序を与えるだけで、芸術の国のいわば警察のようなものである。日常生活でほとんどの場合悟性は、私たちの愚行を数え上げ加算してゆく冷徹な計算者である。ああ、時としてそれは、ブロークン・ハートの赤字を静かに計算する破産管財人でしかないのだ。

大きな誤りはいつも、批評家が「芸術家は何をなすべきか〔sollen〕」という問いを投げかける点にある。「芸術家は何をしようとしているか」、それどころか「芸術家は何をなさねばならないか〔müssen〕」という問いのほうが、これよりずっと適切だろう。「芸術家は何をなすべきか」という問いは、芸術哲学者たちの提起したものであり、彼らは、自前のポエジーを持たず、もっぱら種々の芸術作品のメルクマールを抽出して、既存のものを基に未来のものすべての基準を確定し、ジャンル分けし、定義と諸規則を考案するだけだった。彼らは、そのようなすべての抽象がせいぜいエピゴーネンの輩の評価にしか役立たないこと、これに反して、オリジナルな芸術家、そればかりか新しい芸術的天才はいずれも、本人自身の立ち上げた美学によって評価されねばならないことを知らなかった。規則やその他の古い教養となれば、そうした才子に適応するのはますます難しい。メンツェル[★13]の言うとおり、若き巨人には剣術など存在しないのだ。彼らはどんな受けでもやってのけるからである。天才はすべて研究されねばならず、彼らは彼ら自身の欲するところによってのみ評価されねばならない。ここで有効なのは、自らの理念を実現しうる手段を持っているか否か、正しい手段を用いたか否か、といった問いへの答えだけである。揺るぎない土台がここにある。異質な現象を私たちの主観的な望みのとおりに作り変えるのはもうやめにしよう。芸術家が自らの理念を具現化すべく神から与えられた手段、これについてこそ理解し合うことにしよう。朗詠芸術にあっては、その手段は音と言葉である。描写芸術では色と形である。音と言葉、色と形、これら現象するものはしかし、そもそも理念の象徴でしかない——聖なる世界精神に揺り動かされたときに芸術家の心情から立ち上ってくる象徴でしかない。彼らの芸術作品は、他の人びとの心情に自らの理念を伝達するための象徴でしかないのだ。最もわずかな、最も単純な象徴によって、最も多くのこと、最も重要なことを表現する者、それが最も偉大な芸術家である。

芸術家が自らの理念を表現するために用いるさまざまな象徴が、その内的意味に加えて、それ自体として人びとの感覚をさらに喜ばせるものならば、それこそ最高の称賛に値するものだと私は思う――ちょうどゼラームの花たち[★14]と同じである。この花々は、それぞれがもつ秘密の意味に加えて、一輪一輪それ自体として華やかで愛らしく、しかも一つの美しい花束にたばねられているわけだ。とはいえ、そのような花合わせはいったい何時でも可能なのか。芸術家は、秘密に満ちた花々を選び、束ねるにさいして自分の意思どおりまったく自由に振る舞っているのだろうか。それとも彼らは、ねばならぬものだけを選び、束ねているのだろうか。私はこの《神秘的不自由》を肯定する。芸術家というのは、夜中にバグダッドの庭園で愛についての深い知識にもとづきこの上なく珍しい花々を摘みとってゼラームを作るが、目覚めたときはその意味をまったく忘れてしまっている、夢遊病の王女さまに似ているのだ。翌朝、王女さまはハーレムに座り、そして夜の花束を眺めてはまるで忘れてしまった夢のように思いをめぐらし、ついにそれを愛するカリフのもとへ贈り届ける。使いに出された太っちょ宦官は、意味など予感だにせず可愛い花々をこよなく愛でるばかりである。しかしハールーン＝アッラシード〔アッバス朝第五代カリフ、『千夜一夜物語』の登場人物〕、イスラム信者たちのこの支配者、預言者アラーのこの後継者、ソロモンの指輪のこの所有者たるカリフは、ただちに美しい花束の意味を読み取るのだ。彼のハートは喜びに歓呼し、そうしてカリフは、どの花にも接吻して、涙が長い髭のなかへこぼれ落ちるほど笑うのだった。

私は預言者の後継者ではなく、秘密の力が得られるというソロモンの指輪も持ち合わせず、長い髭も生やしていない。それでも私は、ドカンがオリエントからもたらしてくれた美しいゼラームの意味を、すべての宦官、その上役のキスラル・アガ（偉大なる学識経験者、芸術ハーレムの取り持ち屋）よりもはるかによく理解しているとあえて主張したい。そのような去勢された専門家たちのおしゃべり、とりわけ連中の伝統的な決まり文句、若い芸術家への善意の助言、ましてや、自然、自然と言い立てる彼らの不快な言い草など私にはおよそ耐え難いものなのである。

芸術において私は超自然主義者である。[★15] 芸術家は自らの原型すべてを自然のなかに見出すわけではなく、もっとも重要な原型は生まれもったイデーの生まれもった象徴として、いわば魂のなかに啓示されてくるもの、と私は思っている。『イタリア研究』〔全三巻、一八二七～三一年〕を著した新しい美学者〔K・Fr・ルモーア〕は、そもそも造形芸術家は自らのすべての原型を自然のなかに見出さねばならぬ、との主張を掲げて、自然模倣という古い原理を調理しなおし、人びとの口に合わせようと試みている。この美学家は、造形芸術のためにそのような最高原則を打ち立てたのだが、これら芸術のなかのもっとも根源的なものの一つ、つまり建築術のことを彼はまったく顧慮しなかった。人びとはいま事後的に作り話を案出して、建築術の原型を森の園亭や岩窟のなかへ置き入れようとしているが、それらはしかし、最初そんなところで見つかったのではなかった。原型は、外部の自然のなかではなく、人間の心のなかにあったのである。

ドカンの絵画には自然が欠けている、ハジ＝ベイの馬の脚の運び方と部下どもの走り方は自然に反している、と非難する評論家に対して、自分はまったくメルヘンに忠実に、夢に見た姿のとおり描いたのだとドカンは臆することなく応えることができるだろう。じじつ、明るい地色のうえに黒い図像が描かれるだけでそれはもう幻想的な姿を帯びてくるのだ。それらは地面から引き剝がされたように見え、たぶんそのために、いくぶん非物質的な扱いが、いくぶんおとぎ話の影絵ふうの扱いが要請されるのだ。さらには、ドカンの絵画の図像に見られる動物的なものと人間的なものとの混交は、怪奇描写の一つのモチーフなのである。そうした人獣混交そのものには古代的ユーモアが宿っている。ヘルクラネウム〔ナポリ近くの古代都市遺跡、ベスビオ火山の噴火で埋没した〕の壁画や、サテュロス、ケンタウロスなどの彫像に面白いものが見られるとおり、人獣混交はすでにギリシア人とローマ人が無数の奇形のなかに巧みに表現したものである。《これはカリカチュアだ！》と言う非難からドカンを守ってくれるのは、彼の作品の統一的調和、つまり、たしかに滑稽だが調和して響いてくる、あの素敵な色彩の音楽、彩色の魔力にほかならない。カリカチュア画家たちが優れたカラリスト〔色彩派の画家〕であることはめったにない。それは、彼らのカリカチュア好みを条件づける、まさしくあの心情の分裂のためである。彩色の名人芸とは、画家の心情から生まれてくるまったく特別なものであり、ひとえに画家の感情の統一性の有無にかかっている。ロンドンのナショナルギャラリーでホガースのオリジナルに私が見たものは、たがいに罵《のの》り合う色とりどりの絵の具の染み、どぎつい色彩の反乱以外の何物でもなかった。

ちなみに、私はドカンの先の絵に数人の若い女性が描かれていることを言い忘れていた。それはベールを着けていないギリシアの女たちで、窓辺に腰掛けてあのおかしな隊列が飛び過ぎてゆくのを見ている。女たちの静と美が、この一行と途方もなく魅力的なコントラストをなしている。女たちは笑みを浮かべていない。馬に乗った高慢さとわきを駆ける犬たちの従順さはいつもの光景だからだ。このためなおのこと私たちは、自分らが絶対主義の祖国へ本当に置き入れられたように感じるのである。

朗らかな気分でこの絵を描くことができたのは、自らもまた自由な国家の市民である、そんな芸術家にして初めて可能なことだった。フランス人以外の画家なら、もっと強烈でもっと鋭い色を載せただろうし、ベルリン・ブルー〔一八世紀の初めに発見された〕か、少なくとも緑がかった胆汁を混ぜ込んだことだろう。そしてそれによって、風刺の基調色を損なってしまっただろう。

この絵にこれ以上引き止められないよう次の絵画へ速やかに向かってゆこう。それは、

レソール

という作者名の読める作品である。素晴らしい真実性に、謙虚さと単純さの大盤振る舞いに、誰もが惹きつけられる絵である。作品のまえを通ると、私たちははっとして立ちすくんでしまう。『病の弟』と目録にある。みすぼらしい屋根裏部屋のみすぼらしいベッドに一人の病気の少年が横たわり、裸の壁に取り付けられた原木のままの十字架を焦がれるような目で見つめている。足元に少年がもう一人、目を伏せて、心配そうに、悲しげに座っている。短い小さな上着と半ズボンは清潔だが接ぎだらけ、布地はきわめてラフである。ベッドのうえの黄色いウールの毛布と、家具、というより家具の欠如が貧窮への怯えを証している。素材とその取り扱い方が完全にマッチしている。当作にもっともよく似ているのはムリーリョ〔バルトローメ・エステバン、スペインの画家〕の乞食絵である。――鋭く切り取った影と、激しく堅い真剣な線。色は一掃きで塗られたのではなく、ゆっくりと大胆に載せられていて、不思議なほど和らげられているが、それでいてくすんではいない。こうしたすべての扱い方の特徴をシェイクスピアは《自然のつましさ》と言い表す〔『ハムレット』第三幕第二場〕。きらびやかな豪華額縁に収められた他の輝かしい絵画に取り囲まれ、しかも、この絵の額縁は中古で、色は黒くいぶした金色、これが絵の素材と取り扱い方に完全に合致していたため、それだけ当作は人目を引かずにいなかったのだ。こんなふうに表現のすべてが首尾一貫していて、周囲のすべてと対照的だから、レソールの絵画はすべての鑑賞者に深いメランコリックな印象を与え、人びとは得も言われぬ同情心に魂が満たされるのだった。――それは、晴れやかな社交会の催されている明るい広間からとつぜん暗い通りに歩み出て、そして、空腹と寒さをかこつボロボロ服の同胞に声をかけられたときに私たちがしばしば襲われるあの同情心である〔HSY一－二〇～二一、一一七〕。レソールの絵は、わずかな線で多くを語り、そして、そんな語りかけよりはるかに強く私たちの心を掻き乱すのだ。

シュネッツ

は有名である。しかし私はこの画家のことを、今まで芸術界でほとんど名を挙げられることのなかった前者レソールほど大きな喜びをもって述べるのではない。芸術愛好家たちがシュネッツに多くの折り紙を付けるのは、たぶんこれまでに彼のもっと良い作品を見ているためだろう。そうしたことを顧慮して私もこの報告でシュネッツに特別席を与えねばならない。彼は上手に描くが、しかし私の見るところ良い画家ではない。今年のサロンの彼の大型サイズの絵は、聖母像のまえで奇蹟の助けを乞い願うイタリア農夫たちを描いており、細部はじつに素晴らしい。とくに、痙攣が起こって硬直した少年が見事に描かれており、画家のたいへんな名人芸が至るところ技術面で証明されている。けれども絵全体には、描かれたというよりむしろ編集された観があり、雄弁を振るうような姿で人物たちが舞台に配置されていて、内的な直感、根源性そして統一性に欠けている。シュネッツは何かを言うために線を多用しすぎ、しかもその線によって言うところには、時として偉大な芸術家でも、時と月並みな人と同じく、あまり良くない作品を世に出すことがあろう。けれども余分なものを提供することがあろう。は決してないのだ。高きを目指しての努力、そして大きな志。凡庸な芸術家にあってそれらはたしかに尊敬に値するが、しかし人前に現れたそんな芸術家の姿がきわめて不愉快に感じられることがある。天翔《あまか》ける天才たちが人を惹きつけるところは、彼らの飛翔の確実性にほかならない。私たちは彼らの上空飛行を楽しみ、そして、その飛翔の迫力に納得すればするほど、それだけ信頼に満ちて自分らの魂も芸術の太陽のこのうえない清純な高みへと翔け上ってゆく。しかし舞台上で役者を吊り上げる結び紐が外から見えてしまうような演劇界の天才たちの場合、観客はこれとはまったく違った感じ方をするものだ。私たちは、今にも墜落するのではないかと怖れながら、彼らの崇高さを身震いしつつ、不快げに眺めるしかない。シュネッツを宙に浮かばせている結わえ紐は細すぎるのか、それとも彼の才能が重過ぎるのか、そのいずれかを決定するつもりはないが、いずれにもせよ、シュネッツが私の魂を引き上げたのではなく、下に押し付けたことだけはたしかだと言いことができる。

習作と素材の選び方においてシュネッツはもう一人の画家と類似点があり、そのため両者はよくいっしょに名を挙げられる。しかしこちらの画家は今年の展覧会において、シュネッツだけではなく、わずかな例外を除き同僚たちすべてを凌駕しており、そしてまた当人はレジオンドヌール勲章を受賞しており、公にその功績が世に認められている。

L・ロベール

というのがこの画家の名である。「この人は歴史画家なのか、それとも風俗画家なのか」とドイツの画壇ギルドの親方たちが尋ねる声が聞こえてくる。残念ながら私は、ここでこの問いへの対応を回避することができない。訳の分からないこれらの表現をいくらか整理して了解事項を作り、きわめて大きな誤解が二度と起こらないようにしておきたい。歴史（Historie）と風俗（Genre）というあの分け方は、まるでバビロンの塔の建設に加わった芸術家たちの考案になるかと思えるほど錯綜している。この分類の仕方はいずれにしても後世のものである。芸術の最初期にはそもそも歴史画しかなかったからだ。つまり、キリストの聖なる歴史から画題を取った絵画しかなかったのである。後になって人びとは、聖書や聖人伝ばかりでなく俗世の歴史や異教の神々の話からも素材を取った絵画を、きわめて明瞭に歴史画という名で呼んだわけである。しかもそれらと意識的に区別されたのは、ふつうの日常生活を描いた絵画の数々であり、これはとくにオランダで興った流れである。オランダでは、プロテスタントの精神がカトリックの素材や神話的素材を拒否し、じじつまた、その種のモデルもセンスもたぶんこの国には存在していなかったのだろう。だがこの地にはすでに修行を終え、仕事を探す画家がじつに多くいて、絵を買いたいと思う絵画愛好家もじつに多かったのである。かくて日常生活のさまざまな絵画表現が、さまざまな「風俗」Genres〔本来はジャンルの意〕と呼ばれたわけである。

きわめて多くの画家が市民の卑近な日常生活のユーモアを意義深く描き出したが、残念ながら彼らの主眼は技術上の完璧さにあった。とはいえそれらの絵はいずれも、私たちに歴史的興味を引き起こす。というのもミーリス、ネッチャー、ヤン・ステーン、ヴァン・ドウ、ヴァン・デル・ヴェルフらの素晴らしい絵を見ていると、この時代の精神が私たちに見事に啓示されてくるからである。いわば一六世紀の窓をのぞき込んでいるみたいで、★16 当時の人びとの営みやコスチュームを盗み見することができる。後者、コスチュームに関しては、オランダの画家たちは素材の点でかなり恵まれていた。農夫の衣裳は絵画に不向きではなかった。市民階層の着衣は、男性の場合、オランダ的くつろぎとスペイン的威厳とのじつに好ましいコンビネーションになっており、女性の場合は、極彩色の気紛れとこの国伝来の鈍重さとの混交物であった。ブルグントのビロード外套に騎士ふう縁無し帽をかぶるムネール〔オランダの紳士〕が、陶器のパイプを口にくわえている。ミフロウ〔淑女〕は、重くてきらきら輝くヴェネチア繻子の長い裾のドレスを身にまとい、ブリュッセルの縁取りレース、アフリカの駝鳥の羽根、ロシアの毛皮、東西文明を結ぶスリッパ、そして手にするのはアンダルシアのマンドリン、あるいはザールダム種のアア人の子ども、色とりどりのオウム、異国の花々、アラベスクの打ち出し模様のある大きな金銀の食器、こうしたものによりあのオランダのチーズ生活がオリエンタルのメルヘン的微光さえ放っているのだ〔HSY三－五二、五五〕。

ずいぶん長いあいだ眠っていたあと、芸術が私たちの時代にふたたび目を覚ましたとき、芸術家たちは絵になる題材探しで少なからず当惑することになった。聖なる歴史と神話へのかつての趣味や愛好は、ヨーロッパのほとんどの国、それもカトリックの国々でさえ完全に消失してしまっており、そのうえ、私たちの同時代人のコスチュームは、絵画にもあまりに不向きであり、俗世の歴史や日常生活の描写を促進しなかった。現代の燕尾服にはじじつ、何か根本的に散文的なところがあり、絵画ではパロディーにしか用いることができないだろう。画家たちもまたそのような考え方をしており、そこで彼らは、絵になりそうなコスチュームを求めて辺りを見まわしたのである。そのさい一昔まえの歴史的素材への好みが特別に助長されたようで、かくてドイツに一つの完全な流派がお目見えすることになった。★17 この派にもちろん才人もいないわけではなかったが、彼らはしかし、最も今日的な感情をもつ最も今日的な人間たちに、あろうことかカトリック・封建中世の服飾を、修道服と鎧兜をまとわせようと不断に試みたのである。他の画家たちは、他の対応策を試み、迫りくる文明によってもいまだにオリジナリティーも民族衣裳も剝ぎ取られていない、そんな部族を題材に選ぶことになった。ミュンヘンの画家たちの絵にじつによくチロルの山岳風景が見られるのはこのためである。チロルの山々は彼らにはきわめて近しいものであり、そこの山地住人のコスチュームも、現代のダンディーたちのそれより絵画的だった。イタリア庶民の生活を描く、あの楽しげな描写もやはり同じ動機から来ている。そうしたイタリア人の生活はたいていの画家たちにやはりたいへん近しいものだった。ローマ滞在中に彼らは、芸術家の心が恋焦がれるあの理想的な自然と、あの高貴な人間の型と、そして絵のようなコスチュームをイタリアの地に発見していたのである。

ロベールはフランス生まれで、若いころはエッチング作家、のちに何年もローマで暮らしている。今年のサロンに彼が出展した絵画は、いま述べたジャンル、つまりイタリアの庶民生活を描くグループに属するものである。「だから彼は風俗画家だ」と言う画壇ギルドの親方の声が聞こえてくる。そして私は、ロベールに対して鼻にしわを寄せる一人の女流歴史画家を知っている。しかし「風俗画家」という呼び方を私は認めることができない。というのも昔の意味での歴史画はもはや存在しないからである。深い思想を表現するすべての絵画のためにこの名称「歴史画」を求め、そして、どの絵画についても、なんらかの思想がそこに存在するか否かを争点にするようなことは、あまりにも茫漠とした試みであろう。そんな論争は、詰まるところ、一つの単語のほか得るものは何もないのだ。もしも問題の名称がもっとも自然な意味において、つまり世界史のなんらかの場面を描写する絵画に用いられたならば、歴史画というこの言葉こそ、いまやこれだけたくさん繁茂し、そしてドラロッシュの傑作のなかにその花がすでに認められる、そんなジャンルにぴったりのもののはずである。

しかしながら後者、ドラロッシュを特別に論評するまえに、ロベールの絵画についていま少し軽く触れておくこととしよう。それらは——すでに示唆したとおり——もっぱらイタリアを描く絵、しかもこの国の魅力をじつに素晴らしく私たちの目の前に見せてくれる絵である。長きにわたってイタリアの誉れだった芸術がいまやイタリアの素晴らしさの案内人になり、そして、この画家の雄弁な色づかいがイタリアのもっとも秘められた魅力を私たちに明かしてくれる。かつての魔力がまたその力を発揮しはじめ、これまでは武器によって、のちには言葉によって私たちを屈服させたこの国、イタリアが、いまやその美によって私たちを屈服させるのである。そう、イタリアはつねに私たちを支配するだろう。そしてロベールのような画家たちが私たちをまたローマに縛りつけるのである。

もし私の間違いでなければ、このサロンに出展されているロベールのピッフェラロ〔フルートや風笛を奏する楽師〕はすでにリトグラフ〔石版画〕で知られるところだろう。ここには、アルバニアの山中からやってきた笛吹きたちが描かれている。彼らはクリスマスの時期にローマへやってきて、マリア像のまえで演奏し、いわば聖母マリアにセレナードの贈り物を捧げるのだ。★18 この作品は、色づかいよりもデッサンのほうが良く、たとえば彩色銅版画のような、なにか素っ気ないところ、くすんだところ、ボローニャ的なところがある。それでも私たちは、ちょうどアルバニア山のあの羊飼いたちの吹く朴訥で敬虔な音楽を聞いているかのごとく、この絵に心を動かされるのだ。

一体の遺骸を描いたロベールのいま一つの絵はこれほど単純ではない、いや、たぶんそれよりずっと意味深長だろう。死屍《しし》は布で覆われることなく、イタリアの風習のとおり、慈悲深い信心会によって墓地へ運ばれてゆく。会のメンバーは、すっぽり黒衣に身を包み、黒い頭巾の二つの穴から眼だけが不気味にのぞいていて、まるで幽霊の行列のようにしずしずと歩んでゆく〔HLY二三五〕。前景のベンチに、死者の父親、母親そして弟が鑑賞者のほうに向かって腰掛けている。年老いた男がみすぼらしい身なりで、深い憂いに沈み、頭を垂れ、両手を重ねて妻と少年のちょうど真ん中に座っている。老人は黙りこくっている。なんといっても、自然の掟に背き、自らの子どもより長生きした父親の苦しみほど大きな苦しみはこの世にないからである。血の気がなく皮膚の黄ばんだ母親は、絶望して嘆き悲しんでいるように見える。哀れなうすのろのような少年は手にパンを持っていて、食べようとかじってみるが全くおいしくない。われ識らず兄を共に悼んでいるためで、それだけに表情がいっそう悲しげに見える。亡くなったのは長男、家族の支えにして誉れ、一家を支える大黒柱のような若者である。青年は、若々しく華やかに、優美で、微笑すら浮かべて棺台に横たわっている。この絵では、生が憂鬱で醜く悲しげに見え、それに対して死はかぎりなく美しく、そう、優美で笑みさえ浮かべているかのように見えるのだ。

死をこんなに美しく晴れやかにする画家はしかし、生をそれよりもはるかに輝かしく描き出す術を心得ていた。ロベールの大傑作、『刈り入れ人夫』はいわば生礼賛の作品である[★19]。これを見たとき人は、黄泉《よみ》の国があることなど忘れてしまい、そもそもこの地上よりもっと輝かしく、もっと明るい所があるのかどうか疑わしく思えてくる。「この世は天国であり、そして人は聖なる神の力に隅々まで満たされている」。これが、至福の色彩に包まれて絵から輝きでてくる偉大なる啓示である。かりにいま、絵に描かれたこの福音書を聖ルカが世に出していたとしよう〔ルカは画家で、絵画の守護聖人〕。パリの公衆はきっとロベールの場合ほど好意的に受け入れていなかっただろう。パリっ子たちはいま、ルカに冷たい偏見さえ抱いているのだ。

私たちがロベールの絵に見るのは、じつに晴れやかなイタリアの、夕日に映えるロマニャ〔イタリア北東部〕の荒れ野である。中央には、重い鎖で繋がれた二頭の大きな野牛に引かれる一台の百姓車があり、農夫一家が乗っていて、ちょうどいま車を止めようとしている。右側には、女の刈り入れ人夫たちが穀物の束のわきに座って一休みしている。娘たちが一服している間に、一人の男がバッグパイプを演奏し、その音《ね》に合わせていま一人の陽気な若者が、心から満ち足りて踊っている。そうしてまるで、

美しい娘さん、注いで、
注いでおくれ、美味なるワイン

といったメロディーと歌詞が聞こえてくるような気がする。左手からも同じく、女たちが実り豊かな麦束を抱えてやってくる。若くて美しい、麦穂に煩わされる花たちだ。そして、同じ方からさらに二人、若い刈り入れ人夫がやってくる。一人は目を地面に向け、いくぶん異性を求めるみたいにふらふらしており、もう一人は鎌を高く振り上げて歓呼している。二頭の野牛のあいだにがっしりした褐色の胸の若者が立っている。ただの下男のようで、立ったまま休息している。車の上では、片側の軟らかそうなベッドにお祖父さんが横たわっている。温和な、疲れきった老人だが、たぶんこの家族の車を精神的に導いているのだろう。反対側に息子の姿が見える。大胆にして冷静な、じつに男らしい人物で、一頭の牛の背に足を組んで座り、目に見える支配者の印、笞を手にしている。車の少し上に、この男の若い美しい妻がほとんど崇高な感じで子どもを腕に抱いて立っている。ツボミをつけた一輪の薔薇だ。そして女のわきに、若い盛りの優美な若者が立っている。きっと彼女の弟で、ちょうどいま、テントの支柱に巻き付けた亜麻布を広げようとしている。仄聞するところ、この絵は目下エッチングの制作が行われ

ているという。来月には銅版画としてドイツへ旅立つことになるだろうから、これ以上の詳述はいっさい省くことにしよう。とはいえその銅版画も、言葉によるなんらかの叙述と同様、絵の本来の魅力を表現することはできないだろう。魅力が色づかいにあるからだ。絵の人物はいずれも、バックよりは暗いが、天空からの照り返しでじつに神々しく、じつに素晴らしく照明されている。このために彼らはそれぞれ、それ自身として好ましい明るい色彩で輝いていて、それでいてどの人物も輪郭がくっきりと浮かび出ているのだ。幾人かは肖像画のようである。画家はしかし、多くの同僚の愚かしいやり方に従って自然を忠実に筆で写し、顔を外交的に正確に描き取ったのではなく、ある才気溢れた友人が述べたとおり、ロベールは自然が与えてくれた人物をまずは自らの心情のなかへ取り込んでいるのだ。そもそも浄罪火のなかの魂たちは、清らかな姿で天国へ上ってゆくまえに、その火で自らの個性ばかりかこの世の澱《おり》も落としてしまうものである。それと同じようにロベールの人物も、芸術家の心情の燃え立つ深い炎のなかで浄罪火のように清められ純化され、その後ようやく芸術の天国へと晴れやかに上ってゆく。この芸術の天国にも、やはり永遠の生と永遠の美が支配していて、ヴィーナスとマリアは崇拝者を決して失うことがない。ロミオとジュリエットも死することなく、ヘレナはいつまでも若い。そして、少なくともヘカベー〔トロヤ王プリアモスの第一の后〕はそれ以上に年をとることがないのだ。

ロベールの絵の彩色にはラファエロ研究の跡が見て取れる。人物群の構成の建築学的美しさも同じくラファエロを想起させる。個々の人物、とくに子どもを抱いた母親は、ラファエロの絵画の人物、それもまだペルジーノ〔ピエトロ・ヴァヌッチ〕の厳格なタイプを不思議なほど忠実に、だがしかし優美に和らげて再現していたころの、ラファエロ早春期の人物に似ている。

私はロベールと、カトリックが世界を支配していた時代の最大の画家ラファエロとのあいだに平行線を引くような気はしないが、★20 それでも両者のあいだに親近性を認めざるをえない。もちろんそれは、形式上の物質的親近性であって精神的な親和性ではない。ラファエロはカトリック・キリスト教にどっぷり浸っていた――精神と物質との戦い、あるいは、天上と地上との戦いを宣言し、物質の抑圧を企て、物質の抗議をことごとく罪と名づけ、そして、地上を精神化しようとするというよりむしろ地上を天上の犠牲にしようとするそんな宗教、カトリックに浸っていたのだ。これに対してロベールは、カトリックが消滅してしまったそんな国の国民の一人である。というのも、ついでに言うならば、《カトリックが国民大多数の宗教である》という憲章の表現は[★21]、じつのところノートルダム・ド・パリ向けの慇懃なフランス式社交儀礼にすぎないからである。そしてこの寺院のほうもまた、同じくらい礼儀正しく自由の三色旗を頭につけているのだ[★22]。それは二重の猫かぶりであり、先ごろ粗暴な民衆があちこちで教会を取り壊し、聖人像をセーヌ河に投げ込んで水泳を教えてやったのは、いくぶん荒っぽいけれども、そんな偽善に対する抗議行動だったのである。ロベールはフランス人である。そして彼は、ほとんどの同胞と同じく、それとは識らずに、いまはまだベールで覆われている一つのドクトリンを信奉している。それは、精神と物質との戦いなど何一つ知ろうとせず、この世での確かな享楽を人間に禁じず、その一方で、天上の喜びはますます気軽にいくらでも約束し、というよりは、すでにこの地上で人に至福を与えんとし、そして、感性の世界をも精神の世界と同じくらい神聖と見なすそんな〔サン・シモニズムの〕ドクトリンなのである。「なぜなら神はここに在るすべてだからである」。ロベールの『刈り入れ人夫』はしたがって、罪がないというだけではない。そもそも罪を知らないのであり、人夫たちの日々の働きは礼拝であって、彼らは唇を動かすことなく絶えず祈っているのだ。彼らは天国なしに天福にあずかっており、犠牲なくして贖《あがな》われており、絶えず身を浄めることなく清らかで、まったく神聖なのである。カトリック絵画は、頭だけを精神の居場所と見なし、その周囲を光輪で照らして精神を象徴するのだが、これに対して私たちはロベールの絵に、物質もまた聖化されているのを見るのである。人間全体が、身体も頭もまったく同じように、まるで光輪によるがごとく空の光に包まれているのである〔HLY一五一～五五〕。

　カトリックはしかし、新生フランスで消失してしまっているだけではなく、芸術への遡及的な影響力すらもっていない。この点で私たちのプロテスタントのドイツとは違っている（ここではカトリックが、どのような過去にも内在するポエジーの力によって新たな効力を獲得している）。フランス人のあいだで歴史の他のあらゆる現象に途轍もなく大きな興味が起こっているというのに、彼らがカトリックの伝統に対して嫌気を覚えるのは、おそらくは今もなお尾を引いている静かな憤りのせいなのだろう。このコメントを私は一つの事実によって証明できるが、その事実がまた、まさしくこのコメントによって説明されるのだ。今年のサロンでは、旧約聖書と新約聖書のキリスト教の物語〔歴史〕を、さらには伝統と聖人伝のなかのキリスト教の物語を描く絵画はきわめてわずかであり、他方、世俗的なジャンルの下位区分のさらなる下位区分のほうが、それよりはるかに多くの、しかも本当にずっと良い作品を出展しているのである。カタログを正確に数えてみて私は、出展作品三〇〇〇点の内、かの聖なる絵画が二九点しか記載されていないのに気づいた。その一方で、ワルター・スコットの小説のシーンを描く絵だけでも三〇点以上にのぼるのだ。それゆえ私がフランスの絵画を云々するとき、「歴史画」や「歴史派」〔本来はザヴィニーなどの歴史法学派の呼び名〕という表現を言葉のもっとも自然な意味で用いても、およそ誤解を恐れる必要がないのである。

ドラロッシュ

が右で述べてきたような流派のリーダーである。この画家は過去それ自体をとくに好むわけではなく、彼の興味は歴史の描写、歴史の精神の具現化、つまり色彩による歴史記述にあるのだ。このような傾向は現在フランスの画家たちの大半に見られ、サロンは歴史の一コマ描写でいっぱいだった。〔ウジェーヌ・〕デヴェリア、シュトゥバンそして〔アルフレド・〕ジョアノの名は特筆に値する。☆23

偉大な歴史画家たるドラロッシュは今年の絵画展に四作を出展している。そのうち二点はフランス史に、残る二点はイギリス史に関係している。前二者はともに小型の絵で、いわゆるキャビネット判に近く、人物がたいへん多く描かれ、まさしく絵のように美しい。一つはリシュリュー卿〔ルイ一三世の宰相〕を描いている〔五五・二×九七・八㎝〕。「卿は瀕死の病身ながら、タラスコンからローヌ川を上り、そして、自身の船に結わえつけたボートにサン・マルスとド・トゥーを乗せ、二人を自らリヨンに運び、そこで斬首の刑にせんとしている」★24。相前後して進む二艘の船は、技巧を凝らした構図になっていないが、それでもきわめて巧みに取り扱われている。彩色は輝かしい、それどころかまばゆいばかりで、数々の人物が夕日のきらめく金色のなかを泳いでいるかのようだ。しかもそれは、三人の主人公がいま向かってゆく運命とその分だけ悲しくコントラストをなしている。花も盛りの二人の青年が処刑場へと引かれてゆく――それも死にかけの一人の老人によって。二艘の船は、どれだけ色華やかに飾られていても、詰まるところ死者たちの冥界へと下ってゆくのだ。輝かしい太陽の金色《こんじき》の光は、別れの挨拶でしかない。時は夕暮れである。そしてこの黄昏時《たそがれ》もまた沈んでゆかねばならない。夕陽が血のように赤い光の帯を地上に投げかけるだけ、さすれば、すべて闇夜である〔HLY一五九〕。

同じく瀕死の枢機卿大臣マザラン〔フロンドの乱を鎮圧、リシュリューの政策を継続しフランスの絶対王政を確立した〕を描く歴史的な対幅画〔五七・二×九七・八㎝〕も、同じく輝かしい色づかいがなされていて、絵の意味もやはり悲劇的である。宰相は色とりどりの豪華ベッドに横たわり、朗らかな廷臣や侍従たちに彩りも華やかに取り囲まれている。人びとはおしゃべりし、トランプに興じ、そぞろ歩きをしている。いずれも、さまざまな色に輝く余計な人物ばかり、臨終の床にある人間にはまったく余計である。人びとの衣裳はフロンド時代の美しいコスチュームで、まだごてごてと金の房や刺繡やリボンやレースで飾り立てられていない。こちらはルイ一四世後期の全盛時代のもので、そのころになると、最後の騎士たちも慇懃なカヴァリエに変わってゆく――昔の段平がしだいに洗練され、ついには愚かしい礼装用の剣になってゆくのとまったく同じである。いま私が述べている絵画の人物たちの衣裳は質素で、上着もチョッキもいまだ貴族たちの本来の武具を思い出させる。帽子の羽飾りもまだ大胆不敵、必ずしも宮廷の風向きどおりになびいているわけではない。男性の髪の毛はいまだ自然にカールしていて、肩の上へ流れ落ちてゆき、婦人たちはセヴィニェふうの面白い髪型をしている〔髪が中分けされ、コルク抜きのような巻き毛が耳の前に垂れ下がる〕。だがドレスにはもう、のちの時代の無粋さへと変わりゆく兆しが現れている。腰から下を大きく膨らませ、裾を長く引きずる例のフープスカートが見て取れるのである。コルセットはしかしまだ素朴で愛らしく、二つの白い魅力が豊穣の角の花のようにこぼれ出てくる。絵に見えるのは美しいご婦人ばかり、美しい宮廷マスクばかりだ。顔には愛の微笑み、たぶん心は憂鬱なグレー、花のごとく無邪気な唇、奥にずる賢い蛇の小さな毒の舌が潜む。病人のベッドの下手にそうした淑女が三人座り、ふざけたり、ひそひそ囁き合ったりしている。わきには、地獄耳でとがった目をした司祭が辺りを鼻でくんくん嗅ぎまわっている。上手では三人のシェヴァリエ〔男爵の下の爵位をもつ貴族〕と一人の淑女が腰掛けてトランプをしている〔マザランは大のトランプ好きだった〕。きっと傭兵〔ドイツ語の「傭兵」に由来するトランプ遊び〕に違いない。たいへん面白い遊びで、私もゲッティンゲンでこれをやり、いちど六ターラーを儲けたことがある。赤い十字模様入りの濃紫色のビロード・マントをまとった高貴な廷臣が、部屋の真ん中に立って、深々とお辞儀をしている。絵画の右端には二人の女官と神父がそぞろ歩きをしている。神父は、たぶん自作のソネットだろう、何か紙に書いたものを一人の女官に読んで聞かせながら、目はもう一人の女官を盗み見ている。彼女のほうも恋の空中信号機、つまり扇子をせわしく動かしている。二人の婦人はじつに愛らしい。一人は曙のなかに花開く薔薇のよう、もう一人は恋こがれる星のごとく黄昏を待ち受けている。絵画の背景にも、やはりおしゃべりをしている宮廷人がいて、たぶん国家のペチコート秘話について四方山《よもやま》話をしているか、あるいは、マザランがあと一時間で死ぬかどうか、賭けでもしているようだ。じっさいマザランはまさにご臨終というところである。顔は死人のように青白く、目も光を失い、鼻が心配なほど尖っている。心のなかでは、私たちが生と呼んでいるあの痛々しい炎がしだいに消えかかっている。内部が暗く寒くなってゆき、夜の天使の羽ばたきがいま彼の額に触れる。とその瞬間だ、カルタをしているご婦人が振り向いて、手持ちのカードを見せ、切り札のハートを切るべきかどうか尋ねているかに見える……。

ドラロッシュのあと二つの絵はイギリスの歴史上の人物を描いている。等身大で、描き方は前二者よりも単純である。一つの絵に描かれているのは、リチャード三世が塔のなかに幽閉して殺させようとする二人の王子である。★25 若い王とその弟が古風な寝台に座っている。子犬がドアに向かって走ってゆく。吠え声を上げ、殺害者の到着を知らせているかのようだ。若い王は半ばまだ子ども、半ばもう青年、その姿はじつにいじらしい。スターンが感じるとおり、捕らわれた国王というイメージそのものがはや物悲しい想念である。しかもここでは、捕らわれた国王がほとんどまだ無邪気な子どもで、なす術もなく陰険な殺害者の手に委ねられているのだ。若年にもかかわらず彼はもうずいぶん苦しみを味わってきたように見える。病的な青白い顔にはすでに悲劇の国君の面影があり、そして、青いビロードの長いくちばし靴〔先端が嘴状になった靴〕を着けた両足が寝台から垂れ落ちていて、しかも足は床まで届いていない。その様はまるで手折られた花のような、くずおれた印象を与える。いっさいは右のとおりきわめて単純であり、それだけにかえって力強い効果があるのだ。ああしかし、私はさらにいっそう心を動かされる理由《わけ》がある。というのも不幸な王子の顔に私の友人の優しい目を、あんなにもよく笑いかけてくれ、王子のさらにもっと優しい目とこんなにも愛らしく似通っている、そんな目を見出したからである。ドラロッシュの絵のまえに立ったときいつも私の記憶によみがえってくるのは、いとしいポーランドの美しい城でかつて友人の肖像画のまえに立ち、彼のかわいい妹と友人の話をしながら、妹の目と友人の目を見比べたときの情景である。私たちはその時また、しばらく前に亡くなったこの肖像画の描き手のこと、そして、人間が一人また一人と亡くなってゆくことなども話し合った——ああ、私の親友その人も死んでしまった、プラガ〔ワルシャワの市区、ヴァイクセル河右岸〕で射殺されたのだ。美しい妹のあのかわいい目まで同じく消えてしまった。彼女の城は焼け落ちてしまったのである。[★26] そして私は、こんなに早く消えゆくのは愛しい人たちばかりではない、彼らといっしょに過ごした場所ですらなんの痕跡も残りはしないのだ、と思って寂しくなり、孤独感を覚えるのだった。まるでそんなものなど存在していなかったかのように、すべてが一場の夢でしかなかったかのように……。

ところで、イギリス史の別のシーンを描くドラロッシュのもう一つの絵は、これよりずっと痛ましい感情を呼び起こす。それは、フランス語にも翻訳され〔＝ルイ一六世の処刑〕、海峡のこちら側でもあちら側でもあれだけ多くの涙を誘い、そしていまドイツの鑑賞者たる私の心をもきわめて深く揺れ動かす、あの恐るべき悲劇の一シーンである〔＝ピューリタン革命とチャールズ一世処刑の場面〕。絵には悲劇の二人のヒーローが見られる。一人は棺のなかの死屍《しし》、いま一人は、生命力に満ち溢れ、死んだ敵の姿を見ようと棺の蓋を持ち上げている。いや、それとも二人はひょっとしてヒーローそのものではなく、世界の監督者〔＝神〕からあらかじめ役柄を決められ、そして、二つの抗争する原理をそれと識らずに演じている悲劇役者でしかないのだろうか。ここでその二つの敵対し合う原理の名を言うつもりはない。その二つの原理は、創造する神の胸のなかでもきっとすでに鬩《せめ》ぎあっていて、いましもこの絵のなかで対峙する二つの偉大な思想なのである。一方の思想はチャールズ・スチュアートの役回りで、不名誉な傷を負って血を流している。他方はオリバー・クロムウェルの役を演じて、勇猛なる勝者となっている。

ホワイトホール〔チャールズ一世の宮殿、王はこの前で処刑された〕の薄暗い部屋の一つのなか、連ねて並べた暗赤色のビロード椅子に、首を刎ねられた国王の棺が載せられている。まえに一人の男が立ち、静かに手をかけ、蓋を持ち上げて死屍を眺めている。男はただ独りで立っている。体つきはがっしりしていて小太り、態度はだらしなく、顔は農民ふうで実直である。身なりはふつうの戦士の服装で、ピューリタンらしく飾り気がない。長く垂れ下がる黒褐色でビロード地のベスト、その下に黄色い革のジャケツ、黒いズボンがほとんど見えなくなるほど腰まで届く長い乗馬長靴、胸に汚い黄色の剣帯が斜《はす》に掛かり、鐘形つばの剣がそれにぶら下がっている。短く刈った頭髪のうえに赤い羽根つきの、縁を折り返した黒い帽子、首に小さな白い折り返しカラー、その下にまだ甲冑の一部が見える。汚い黄色の皮手袋、剣のつば近くの一方の手は短いステッキを、もう一方の手は、国王の安置された棺の蓋を持ち上げている。

そもそも死者たる者は、そばにいる生者が小者に見えてしまうような、そんな表情をしているものである。気品ある無感動さと気品ある冷たさにおいて死者はつねに生者を凌駕しているからだ。こうしたことを人びとは実際またよく感じ取っており、現に歩哨は、死体が運ばれてゆくとき、死者に備わるより高いステータスへの敬意から、どれだけ貧しい繕い仕立て師の骸《むくろ》であっても、それに捧げ銃《つつ》の礼を行うのである。したがって、オリバー・クロムウェルの立場が――みまかった国王とどう引き比べてみても――いかに不利であるかは容易に理解できるのである。いま蒙ったばかりの受難に浄められ、不運という威厳によって聖化され、首に高価な緋色の飾り〔＝血〕を着け、蒼白の唇にメルポメネー〔悲劇の女神〕の接吻を受けた国王は、武骨に生きる野蛮なピューリタンの姿とは好対照をなし、彼を上から徹底的に押さえつけてしまう。落ちた栄耀栄華の最後の輝きの跡、つまり棺のなかの豪華な緑色の絹の枕、ブラバントのレースで縁取りされたまばゆいばかりに白い屍衣の優美さ、それらがクロムウェルの着衣とまた凄まじいほど意義深い対照をなしているのだ。

画家ドラロッシュはここで、わずかな筆運びでなんと大きな世界苦を表現したことだろう。むかしは人類の慰めであり華であった王国の栄光が、いまや惨めにも血を流して地に横たわっている。イギリスの生は、あれ以来、色を失ってグレーになってしまった。そうして驚愕したポエジーは、かつてこの上なく明るい色彩で飾ってやった自らの郷里を見捨ててしまったのだ。いつか真夜中ころホワイトホールのあの不吉な窓のそばを通りかかり、そうして、今のイギリスの冷たく湿った散文に背筋がぞっとするような思いをしたとき、私はこのことをどれだけ深く実感したことだろう。ところが最近、ルイ一六世の亡くなったあの恐ろしい広場をはじめて通っていったとき、私の心はいったいどうしてこれと同じ深い感情に捉われなかったのだろう。思うに、ルイ一六世が亡くなったとき王はもはや王でなかったからなのだろう、頭が首から落ちるまえ、すでに王冠が失われていたからなのだろう。だがチャールズ国王の場合、王が頭を失ったときは王冠といっしょだったのである。彼はこの王冠を信じていた、自らの絶対的な権利を信じていた。そしてこの王冠と権利のために彼は騎士らしく大胆かつスマートに戦い、貴族として誇らかに死んでいった、自らを裁く法廷の合法性に抗議しながら。彼は王権神授説の真の殉難者だったのだ。哀れなあのブルボン王〔＝ルイ一六世〕はその名誉に値しない、彼の頭はすでにジャコバン帽によって退位させられていた。[★27] 彼はもはや自分自身を信じていなかった、彼は自らの裁判官たちの権能をしっかりと信じており、[★28] ただ自らの無実を主張するだけだった。じじつ彼は、市民として道徳的であり、善良な、ただしあまり痩せてはいない家長だったのである。彼の死には、悲劇的というよりはむしろセンチメンタルなところがある。あまりにも強くオギュスト・ラフォンテーヌの家庭小説を想起させるのだ――ルイ・カペ〔ルイ一六世の市民名〕のためにお涙を、チャールズ・スチュアートのために月桂冠を！

「異国の犯罪の下劣な焼き直し」。これが、〔一七九三年〕一月二一日コンコルド広場で起こったあの暗い出来事を特徴づけるシャトーブリアン子爵の言葉である。[★29] 子爵は、黒い大理石の大きな水盤から水がほとばしり出て、辺りを洗い清めてくれる噴水をこの場に造ろう、と提案する――そして、「君たちは、私が何を言っているのかよくご存知のはず」と情熱的かつ秘密めかして付け加える〔一八三一年四月一二日付の書簡〕。そもそもルイ一六世の死は、高貴な子爵がいつも乗りまわす喪章つきの馬なのである〔人を乗せずに国葬の葬列に随行する黒衣の馬〕。ずっと以前から彼は、《ルイ聖王の息子の昇天》というフレーズを散々利用してきており、彼の熱弁にこもるあの洗練された毒々しさ、そして、喪章つきのこじつけジョークこそまやかしの心痛を証するものなのだ。もっとも不愉快なのは、フォブール・サン・ジェルマン〔シャルル王党派が多く住んでいた〕のハートから彼の言葉がコダマしてくるときであり、そして、かつての亡命貴族一味が偽善的な溜息まじりに相も変わらずルイ一六世を嘆き悲しむときだ。まるで自分たちが王の本来の身内[★30]であるかのようではないか。王がもともと自分らの一族であるかのようだ。そして王の死を悼む特権が自分たちにあるかのようなのだ。だがしかしこの死は、世界全体にとっての不幸であった[★31]。それは、まったく取るに足らない日雇いにも関わること、チュイルリ宮殿の最高位の儀典長にも関わることであり、ものを感じるすべての人間の心を果てしない悲しみで満たさずにいないものである。ああ、なんと抜け目のない輩だろう。私たちの喜びを簒奪《さんだつ》できなくなってしまったので、今度は私たちの苦しみを簒奪しようというのだ。

おそらく今は、一方で一般国民がもつそうした苦しみの権利を取り返すべき時なのだろう。国民はうまく言いくるめられて、《国王というのは、王に関わるすべての不幸を我が物として哀悼できる選ばれたわずかな特権的人間のものであって、私らのものではない》などと思い込んではならない。そして他方で今はまた、この心の痛みを大声で表現すべき時でもあろう。なぜなら今また冷賢なデマゴーグ〔＝ドイツの共和主義者〕どもが、つまりあの素面《しらふ》の《理性のバッカス信徒》どもが何人か輩出してきているからである。連中は持ち前の狂気の議論でもって、太古からの王制の秘蹟が要求するあらゆる畏敬の念を、私たちの心の底から論理的に汲みあげてしまおうとしているのだ。――しかしそれはともかくとして私たちは、上述の痛みを引き起こした不透明な原因を決して〔英国からの〕盗作だとか、ましてや犯罪だとか、それどころか不名誉だなどと呼ぶつもりはさらさらない。私たちはそれを神の配剤と呼ぶのだ。なぜなら、シャトーブリアンが黒い洗面器〔黒にはイエズス会のイメージがある〕から流れ出る水で拭い去ろうとするあの血潮を好き勝手に流せるほどの巨人の力と、そして同時に邪悪さを人間に認めてしまうと、一方では人間を高く持ち上げすぎ、他方では同時に、あまりにも低く貶めることになるからである。

実のところ、当時の状況をよく考え、そして生き証人たちの告白を収集してみると、ルイ一六世の死に人間の自由意志がどれだけわずかしか働いていなかったかが分かってくる。死に反対せんとした幾人かの者は、演壇に上り、そして、政治的絶望の暗い狂気に捕らわれて逆のことをしてしまった。ジロンド党員たちは、自分自身への死刑判決を同時に宣告したと感じていた。票決にさいして行われた演説のなかには、ただただ自己幻惑に資するだけのものもあった。シエース神父は不快なおしゃべりに吐き気を覚え、きわめてあっさりと死刑に賛成した〔シエースは賛成演説をしなかった〕。そして演壇から降りたとき彼は友人に、「私は四の五の言わず死刑に賛成した」と言ったのである。陰口はしかし、この個人的な発言を悪用した。「四の五の言わず死刑」という恐怖のフレーズが、議会発言としてきわめて穏健なこの人物に押し付けられたのである。今日それはあらゆる教科書に載っていて、学童たちが暗記している。人びとが口を揃えて私に確言するところ、一月二一日には驚愕と悲しみがパリ全市に広がっていた、もっとも憤激していたジャコバン主義者さえも苦しい不快感に押し潰されているかに見えたそうだ。私がいつも乗る、折りたたみ幌付き馬車の御者は年老いたサンキュロットで、この御者の話によると、国王が死ぬのを見たとき、「自分の肢体の一つがノコギリで挽かれるような」気がしたという。そして、「あっしゃ、胃が痛くてさ、一日中食べ物を見るのがいやだったね」と付け加えた。[★32] 彼はまた、「老ヴェト」[★33]は抵抗の身構えをしているみたいで、かなり動揺しているようだったよ、とも言った。いずれにせよ、ルイ一六世がチャールズ一世ほど偉大な死に方をしなかったことだけは確かである。イギリス王は、まずは静かに自らの長い弁論書を読み上げ、しかもそのおり、斧には触れるな、切れ味が悪くなってしまうから、と周囲の貴族たちに幾度か要請するほど沈着だった。覆面をしたホワイトホールの不気味な刑吏にも、顔を丸出しにしたサンソーン〔パリの世襲死刑執行人〕よりは怪奇文学的な趣がある。フランスでは、宮廷と死刑執行人が最後のマスクを取り外してしまっていて、散文的お芝居になっていたのだ。さだめしルイも、開口一番早々と太鼓が王の無罪宣言などほとんど聞き取れないほどやかましく打ち鳴らされていなかったなら、長いキリスト教的和解の演説をやっていたに違いない。シャトーブリアンとその仲間が絶えずパラフレーズするあの崇高な昇天の言葉、「聖ルイ王の息子よ、天国に行け！」は断頭台で口にされたわけでは決してなかった。善きエッジワース〔ルイ一六世の贖罪神父〕が語ったとされるこの言葉は、そもそも神父の日常的な醒めた性格におよそ似つかわしくないものである。あれはシャルル・イスという当時のジャーナリストの捏造で、その日のうちに彼が印刷させたものなのである。もちろん訂正などいまさらまったく無意味である。あらゆる歴史ハンドブックに載っており、とっくに人びとが暗誦しているからである。もし訂正されれば、かわいそうに学童たちはさらに加えて、当の言葉が決して口にされなかったことを暗記せねばならなくなるわけだ。

ドラロッシュがこの出展作品により、二つの事件の歴史比較を意図的に促した可能性は否定できない。そして、ルイ一六世とチャールズ一世の場合と同様、いつもクロムウェルとナポレオンの間にも平行線が引かれるのだ。私はしかし、後二者の比較は両者を不当に扱うことになる、とあえて言いたい。なぜならナポレオンは、最悪の殺人罪の咎めから免れていたからであり（あのアンジャーン公爵の処刑は謀殺でしかなかった）[★34]、他方クロムウェルは、司祭〔＝教皇ピウス七世〕に塗油してもらって皇帝の位に就くほどまでに、皇帝たちの従兄弟になるほどまでに、革命の裏切り息子とならなかったからである。彼はまた、王冠を乞い求めるほどまで身を落としてはいなかったのだ。クロムウェルの人生には血の染みが、ナポレオンの人生には油の染みがついている。しかも両者とも自らの密かな罪を十分に感じていたのである。ヨーロッパのワシントンになりえたはずが〔ヨーロッパ統一への期待〕、ヨーロッパのナポレオンにしかならなかったボナパルト。彼は皇帝の緋のマントにくるまっていても決して心地よく思えなかった。打ち殺された母親の霊のごとく[★35]自由に追いまわされ、どこにいてもその声が聞こえてきた。夜、娶り獲った正統性〔オーストリア皇帝フランツ一世の皇女マリ・ルイーズ〕の腕に抱かれているときも彼は、自由の声に驚かされて臥所から起き上がった。そんなとき人びとは、コダマするチュイルリ宮殿の大広間を忙しく走りまわる彼の姿を目撃した。ナポレオンは罵りまわり、荒れ狂っていた。そしてそんな一夜が開けた翌朝、疲れた青白い顔をして枢密院にやってくると、イデオロギーだ、イデオロギー、いや、じつに危険なイデオロギーだ[★36]とぼやき、そうして、コルヴィザール〔ナポレオンの侍医で当時の名医〕がやれやれと頭を振るのだった。

　クロムウェルもまた、同じく安眠できず、不安にかられて夜中にホワイトホールを走りまわったとすれば、彼を追い立てたのは、敬虔なるカヴァリエたち〔王党派、ＨＳＹ一－一二三〕が言うような、血を流した王の幽霊などではなく、自らの罪に対する生身の復讐者たちへの恐れであった〔クロムウェルをねらうテロが頻発した〕。クロムウェルは敵の物理的な匕首《あいくち》を恐れていたのであり、そのためチョッキの下にいつも甲冑を着けていたのである。その後オリバー・クロムウェルの猜疑心はますます嵩じてゆき、そればかりか、『暗殺は殺人にあらず[★37]』という小著が世に出たとき、二度と微笑むことがなくなってしまったのである。

　護国卿クロムウェルと皇帝ナポレオンの比較に類似点がほとんど見られないとすれば、他方、スチュアート家の失策とブルボン家の失策との対比、両国の王政復古時代の対比にはそれだけ豊かな成果がある。両者に共通して見られるのは、ほとんど一つにして同じ没落の歴史である。フランスの新しい王朝〔七月王朝〕にもかつてのイギリスと同じく擬似正統性が存在している。ここでも、イエズス会の遊歩廊で聖なる武器がかつてと同じように鍛造され、唯一成誠教会〔ローマカトリック教会の自称名〕が同じように奇蹟の子ども[★38]のために嘆息し、策謀をめぐらせている。今ではもう、フランスのこの王位要求者がかつてのイギリスのジェームズ二世のように帰国しさえすればよいというところだ[★39]。そう、帰ってくるなら帰ってくるがよい。私は彼に、父親のロバを探しに行って王冠を見つけたサウル〔「サムエル記」上第九～一一章〕とは正反対の運命を預言しよう——若いアンリがフランスにやってきて王冠を探したところで、そこに見出すのは祖父〔＝シャルル一〇世〕のロバどもばかりだと。

　クロムウェルの絵の鑑賞者たちにもっとも関心があるのは、死んだチャールズの棺のわきに立ったとき彼が抱いたであろう感慨の解読である。歴史はこのシーンを二つの違った言い伝えによって報告している。一つの言い伝えは、クロムウェルが夜たいまつの明かりのもとに棺を開けさせ、身体をこわばらせ顔を歪め、まるで物言わぬ石像のごとく棺のまえに長く立ちすくんでいた、と伝えている。別の言い伝えによれば、クロムウェルは昼間に棺を開けてゆっくり死屍《しし》を眺め、そうして、「なかなか頑強な体つきの男《ひと》だったな。もっと長く生きることができたろうに」と述べたとされる。私の見るところ、ドラロッシュの念頭にあったのは、こちらの民主主義的伝説だったにちがいない。彼の描いたクロムウェルの顔には、驚きや訝《いぶか》しさやその他の感情の嵐がまったく表現されていない。それとは逆に、この男のぞっとするような恐るべき沈着さが鑑賞者の心を震撼させるのだ。そんな姿が、大地にがっしり足をすえた堅固な姿が、「一つのファクトのごとく残酷」に、冷徹で猛々しく、デモーニッシュで自然に、不可思議にしてありきたりに、アウトローながら不死身で立っているのだ。★40 この男は、まるで今しがた一本の樫の木を切り倒した樵《きこり》のごとく、自分のなした仕事を眺めている。樵は大きな樫の木を、かつてイングランドとスコットランドの上にきわめて誇らしく枝を広げていた巨木を、平然と切り倒したのだ。二つのこの王国の木陰では、あんなに多くの美しい家系が花開き、ポエジーの妖精たちがこのうえなく愛くるしい輪舞を踊ったというのに。男は禍々《まがまが》しい斧で樫の木を平然と切り倒した。そしていまその木が、すべての美しい枝葉と侵すべからざる王冠ともども地面に横たわっているのだ。なんと禍々しい斧だろう。

「ギロチンというのは素晴らしい進歩だと思われません？」。これは、私の後ろに立っていたイギリス人が英語でカエルのように鳴いて語った言葉である。男はこの質問により、いましがた右のように書いた私の気持ちを、チャールズの首の傷口を見ていてわが心をあんなにも悲しく満たした気持ちを断ち切ってしまった。傷口の赤い血の描き方はあまりに鮮烈すぎる。棺の蓋も完璧に描かれていて、まるでバイオリンケースのような感じがする。しかしその他の点でこの絵はじつに見事に描かれている。ヴァン・ダイクの繊細さとレンブラントの大胆な陰影が駆使されていて、他の追随を許さない。とりわけこの絵で私が思い出すのは、レンブラントの大きな歴史画に見られる共和派戦士たちの姿、アムステルダムの吹き抜け階段室で見たあの夜警たちである。

ドラロッシュと彼の大部分の芸術仲間の性格は、そもそもフランドル派にもっとも近い。違うところは、フランスの優美さが対象をより可愛く軽やかに扱っている点、対象のうえにフランスの洗練さが美しく浅薄に漂っている点だけである。それゆえ私はドラロッシュを優美で洗練されたオランダ人と呼びたいのだ。

ドラロッシュの『クロムウェル』の前でじつによく耳にした会話は、どこか別のところで報告することになるだろう。民衆の感情と人びとのホットな意見を聴き取るのにここ以上に適当な場所が他にないのである。――クロムウェルの絵は縦長ギャラリー入り口の大演壇に掛かっていて、隣には、ロベールのこれに劣らず意味深い傑作が、慰めと和解を与えんとするかのように並んでいた。事実そうなのだ。戦場のままの野蛮な姿のピューリタン、つまり刈り取った国王の首を手にした恐るべき刈り入れ人夫が、一方で暗い背景から現れいで、そして鑑賞者の心を震撼させてあらゆる政治的情熱を掘り起こすとすれば、他方で鑑賞者は、それよりもっと美しい収穫、麦穂をかかえ愛と平和の収穫祭へもどって来ていま澄みきった大空の光のなかに咲き誇る、あの別の刈り入れ人夫たちを目にして、その心はすぐにまた落ち着くというわけである。私たちは一方の絵画を見て、天下分け目の戦いがいまだ終わっていないことを、足元で大地が震えるのをなおも感じ、また、いまにも世界をなぎ倒さんばかりに嵐が吹きすさぶ轟音を耳にし、さらには、流れる血を大口を開けて貪欲にすする深淵を目の当たりにして滅亡の恐怖にぞっとするとすれば、いま一つの絵に私たちが見るのは、たとえローマの普遍悲劇の全篇がありとあらゆる剣士、皇帝、悪徳そして象を引き連れてドシンドシンと上から踏みつけたところで、それでも大地はどれだけ穏やかで確かでありつづけるか、どれだけ大地は相も変わらず愛に溢れ、世に金色の果実をもたらしてくれるか、という一事なのだ。一方の絵に私たちが見るのが、世界史と呼ばれる歴史、つまり、血と泥にまみれて戯《おど》け者みたいに転げまわるかと思えば、何世紀ものあいだ間抜けのごとく動かぬまま、と思えばまたも忙《せわ》しなくぶきっちょに跳び上がり、やみくもに暴れまわるそんな歴史だとすれば、もう一方の絵に私たちが見るのは、これよりもっと大きな、それでいて牛の引く一台の百姓車の上にさえ宿りうる歴史、永遠に繰り返し、海や空や四季と同じほど単純な、始まりも終わりもない歴史、詩人が記述し、その資料館がどの人間の心のなかにも潜んでいるそんな聖なる歴史、つまり人間存在の歴史なのである〔HSY五－一五〇～五二〕。

そう、そのとおり、ロベールの絵がドラロッシュの作品の隣に置かれたのは救いであり、たいへんに有益だった。クロムウェルを長いあいだ眺めつづけ、すっかり彼のなかへ沈潜してゆき、その思想が、そっけないぶっきらぼうな彼の言葉が——遠くから聞こえてくる海の轟きとミズナギドリのけたたましい鳴き声にも似たあのイギリス方言の特徴のまま——無愛想にブツブツ、シュッシュと口から語り出される〔HLY二五四〕のが聞こえるほどになったとき、しばしば私は、隣の絵の静かな魔力によってそっと我に呼びもどされるのだった。そんなとき私は、美しい音色が微笑《ほほえ》むのを聞いているような気分、トスカナの甘い言葉がローマ人の唇から響くのを聞いているような気分になり、心がなだめられ、晴れやかになってゆくのだ。

　ああ、世界史のこの騒然とした不協和音のなかにあって、私たちの魂が、不朽にしてメロディアスで優しい人間存在の歴史に慰撫されることはたしかに必要なのだ。いまこの瞬間にも、戸外から騒然とした不協和音が、頭を混乱させる轟きがこれまでより激しく、耳を聾さんばかりにどよめいてくる。太鼓が憤激し、武器がカチャカチャ鳴り、群衆の海がいきり立つ。途方もない痛みと呪いの声を上げてパリ民衆が横丁を練り歩き、そして、「ワルシャワ陥落！　われらが前衛部隊倒壊！　大臣たちを打倒せよ！　ロシアに戦いを！　プロイセンに死を！」と吠えている。——静かに書き物机に座りつづけ、哀れなこの芸術レポートを、わが平和な絵画評を最後まで書き終えるのが困難になってきた。だがしかし、もしもいま私が通りに出て、そしてプロイセン人だと分かってしまうと、七月の英雄の誰かから脳ミソを押し潰され、おかげで私の芸術理念すべてがぺっちゃんこになってしまうかもしれない。そうでなければ、わが胸の左側へ銃剣を一突き食らうやもしれない（そこではハートがすでに自《おの》ずと血を流しているのだが）。いやそれどころではない。外国人騒乱者として詰め所に監禁されるかもしれないのだ。

　私のすべての思念と形象はこのような騒ぎのなかで錯乱し、たがいに入れ替わってゆく。ドラクロアの自由の女神が、まったく違った顔つきになり、激しい目にほとんど不安の色を浮かべて私のほうへ向かってくる。ヴェルネの教皇像が奇蹟のように変容する。キリストの年老いた弱々しいこの代理人が、突如として、じつに若々しく健康そうに見え、微笑みながら肘掛け椅子から立ち上がり、そして、教皇の椅子の屈強な担ぎ手たちが口を大きく開けて、まるで「神よ、あなたを褒め称えます」〔アンブロシオ典礼〕と唱えているかのようだ。[☆41]死んだチャールズもぜんぜん違った顔になり、とつぜん変身が始まるのだ。よく見てみると、黒い棺のなかに横たわっているのは国王ではなく、虐殺されたポーランドであり、棺のまえに立つのも最早クロムウェルではない。それはロシアのツァー[★42]、貴族のリッチな姿であった〔HSY二ー一五二〕。何年かまえに私がベルリンで見たツァーの姿だ。プロイセン国王と並んでバルコニーに立ち〔一八二九年六月〕、そして王の手に接吻するツァーのまったく輝かしい姿なのだ。三万人の物見高いベルリン市民が「万歳！」と歓呼し、そして私は心のなかで、われわれみんなに神のご慈悲があらんことを！と祈るのだった。というのも私は、「まだ切り落としたくない手ならば、それに接吻しなければならない——[☆43]」というスラヴの諺を知っていたからである。

　ああ、私は思う。プロイセン国王はあの時にでも、左手に接吻を受けながら、右手で剣を握り、そして、義務と良心が求めるとおり祖国のもっとも危険な敵に対応したらよかったのにと。もしこのホーエンツォレルン家が北方の帝国代官を僭称していたとすれば、彼らは迫りくるロシアに対しても自分たちの辺境を守らねばならぬはずなのだ。ロシア人は勇敢な民族であり、私は喜んで彼らを尊敬し愛したい。だがワルシャワ陥落以来、つまりロシア人と私たちを隔てる最後の防壁が崩れてこのかた、不安な思いに駆られるほどわれわれのハートのすぐそばまでロシア人が近づいてきているのだ。

　ロシアのツァーがもし今またやってくれれば、今度は私たちが皇帝の手に接吻する番になるのではないだろうか——われらみんなに神のご慈悲があらんことを！

われわれみんなに神のご慈悲があらんことを！　われらの最後の防壁が倒れてしまった。自由の女神が青ざめる。われらの友人が地面に横たわり、そして、ローマの大坊主が陰険な笑みを浮かべて立ち上がり、勝利する貴族階級が勝ち誇って民衆の棺のそばに立つ。

仄聞するところ、ドラロッシュはいまクロムウェルへの対幅画、セント・ヘレナ島のナポレオンを描いており、そのさい彼は、民主主義のこの偉大なる代表者の遺骸の蓋をハドソン・ロウ卿〔セント・ヘレナ島の総督〕が持ち上げる瞬間を選んだという[★44]。

さて、ここで元のテーマにもどり立派な画家たちをさらに幾人か賞賛すべきところだが、しかしどんなに努力をしても、彼らの静かな功績をゆっくり論じるのは不可能である。戸外の嵐のような騒ぎがあまりにも大きすぎ、心のなかでそんな嵐がコダマするとき考えをまとめるのは不可能である。そもそもパリでは、いわゆる平穏な日々にあっても、個人的な気持ちを街頭のさまざまな現象から切り離して、私的な夢に身を委ねるのはきわめて難しい。ここでは他のどこよりも芸術が栄えているが、それでもこれを楽しむとき、いつなんどき生活のなまなましい騒音に妨げられるかもしれない。パスタとマリブランのかぎりなく甘い声も、極貧に喘ぐ人たちの救いを求める叫び声で台無しにされ、ロベールの色彩の喜びをうっとりとすすり込んだばかりのハートも、社会の悲惨さを目にすると酔いがすぐに醒めてしまう。この地で曇りない芸術を享受するといった境地に達するには、ほとんどゲーテ的なエゴイズムが必要である。そして、芸術評論となればその執筆がどれだけ困難になるか、このことを私はいまこの瞬間に感じているのだ。ともあれ、その間に私は昨日ブールヴァールのほうへ出かけ、青ざめた死にかけの人間が一人、空腹と貧窮のため倒れているのを見かけた。それでも私はまだなんとかレポートを書きつづけることができた。だがしかし、一国民全体がヨーロッパのブールヴァール〔＝ワルシャワ〕で一度に倒れたとなれば――そうなれば、静かに物を書きつづけることなどもはや不可能である。批評家の目が涙で曇ったとき、その判断の価値はもはや高くない。

このところ芸術家たちは不和対立を、社会全般に広がる反目を嘆いているが、それも無理はない。絵画にはあらゆる点で平和のオリーブの木が必要だ、と言われることがある。たしかに、どこかで戦争ラッパが鳴っていないだろうかと、心配げに聞き耳を立てる心には、甘美な音楽に必要な注意力が欠けてしまう。そんなときオペラの聴衆は聞く耳を持たず、バレエは無関心・無表情に凝視されるだけ。「そしてその責任は七月革命にあるのだ」と芸術家たちは嘆き、彼らは、それらがすべてを飲み込んでしまい、自分たちのことなどまったく話題にもならないと、自由を、厭わしい政治を呪う。[★45]

私の聞くところ――といってもおよそ信じ難いことだが――ベルリンでも演劇のことはもはや語られず、〔イギリスの〕改革法案の下院通過〔一八三一年九月一九日〕を昨日報じた『モーニング・クロニクル』は、この機会に、ラウパッハ博士〔本書九九頁以下〕がいまバーデン・バーデンに居て、自分の芸術の才能が滅んでしまうと時代を嘆いている旨伝えている。

私はたしかにラウパッハ博士の大変な崇拝者で、『学童の笑劇』、あるいは『制服の七人娘』、あるいは『職人たちのお祭り』、あるいはそのほか彼の作品が掛かったときはいつも芝居を見に行ったものである。それでも私は、ラウパッハ博士がその芸術の才能ともども滅んでゆくときに私が感じるであろう悲しみよりは、ワルシャワ没落の悲しみのほうがはるかに大きいことを否定できない。ああ、ワルシャワ、ワルシャワよ、たとえラウパッハ並み三文文士の森まるごとと引き換えだと言われても、私はお前を差し出しはしなかっただろう。[★46]

ゲーテの揺り籠に始まり、そして彼の棺桶で終わるであろう《芸術時代の終焉》という私のかつての予言〔W・メンツェル著『ドイツ文学』へのハイネの書評において〕が、いま実現に近づいているように思える。現在の芸術は滅びるほかない。なぜならその原理はいまだに時代遅れの古きレジームに、神聖ローマ帝国の古《いにしえ》に根差しているからである。そのため今の芸術は、あの過ぎ去った時代の萎れた残存物すべてと同様、現在と不愉快きわまりない矛盾をきたしているのだ。芸術にかくも有害なのは、この矛盾であって、時代の動きそのものではない。いや逆だ。そうした時代の動きはかえって、かつてのアテネとフィレンツェにおけるごとく、芸術に有益となるに違いない。これらの町ではまさしく激烈な戦争と派閥抗争の嵐のなかで、芸術が燦然たる花を咲かせたのだった。もちろんかのギリシアとフィレンツェの芸術家たちは、利己的で孤立した芸術生活を送っておらず、詩作する暇な魂も、時代の大きな苦しみや喜びにぴしゃりと扉を閉ざしてはいなかった。それとは逆に、彼らの作品はその時代の夢みる鏡像でしかなかったのだ。そして彼ら自身が完全なる男であり、その個性は彼らの造形する力と同じほど強大だった。ミケランジェロとフェイディアスは、自らの彫刻作品とまったく同じく一刀彫りの人間であり、彼らの作品がギリシアとカトリックの神殿にぴったりだったように、二人の芸術家もまた、自分らの環境との聖なる調和のなかにあった。彼らは自分たちの芸術を日々の政治と分かつことはなく、また、二人の制作を促したのは、どんな素材のなかにでも楽々と嘘をついて入り込んでくる、あのしみったれた個人的感激などではなかった。アイスキュロスは『ペルシアの人々』を、マラトンでペルシアと戦ったときに〔前四九〇年〕わが目で見た真実のまま詩作し、ダンテは、請負詩人としてではなく逃亡中のゲルフェ党員として喜劇を書いた。追放と戦争の窮地のなかにあって彼が嘆いたのは、自分の才能の滅びではなく、自由の滅びだったのである。

さてしかし新しい時代はまた、この時代そのものと熱狂的に和合するそんな新しい芸術を生みだすだろう。それは、色あせた過去から象徴を借りてくる必要を感じず、そして、従来のものとは異なった新しい技法[★47]すら生みだすに違いない。その時が来るまでは、色はなやかに、かつ、音色豊かに、自己陶酔した主観性、世界の手綱を解かれた個性、神のように自由な個人が、あらんかぎり生を謳歌し闊歩するがよいのだ。そのほうが、古き芸術の死んだ見せかけよりは何といっても有益なのだから。

それとも、そもそも芸術と世界そのものが佗しい終末を迎えるのだろうか。[★48] いまヨーロッパ文学のなかに現れている圧倒的な精神性、ひょっとしてこれは、間近に迫る死滅のしるしではあるまいか——臨終の場でとつぜん透視能力を得て、青ざめゆく唇でまったく霊的な秘密を語り出す人たちにも似て。それとも、老いぼれたヨーロッパは若返るのだろうか。この地の芸術家や作家たちの、あのぼんやりと明るい薄明の精神性は、死を間近にした者たちの不思議な予見能力などではなく、じつは、身震いするような再生の予感、新しい春の意味深きそよ風なのだろうか。

今年の展覧会は、不気味に忍び寄る死の恐怖を幾多の絵画によってはねのけ、そうして、より良い未来の約束を表明した。パリ大司教はコレラに、死に、すべての救済を期待する。[★49] 私は自由に、生にそれを期待する。私たちの信仰の相違点はここにある。フランスはきっと、新たな生の心の奥底から、その息吹とともに新しい芸術を生み出すだろうと私は信じている。この難題もきっとまたフランス人たちが——蝶にもなぞらえたくなる身軽で移り気なこの国民が、解決することだろう。

とまれ、蝶はまた魂の不死と魂の永久《とわ》の若返りの象徴である。

補足

一八三三年

一八三一年の夏〔五月二〇日〕パリに来たとき、私が何に驚いたかと言えば、ちょうどそのとき開催されていた絵画展であった。きわめて重要な政治的革命、宗教的革命〔＝サン・シモニズム〕に注意を惹きつけられていたけれども、私はまず、ここフランスの芸術の国で起こっている大革命について書くことをやめられなかった。そして右のサロンはこの革命のもっとも重要な現象と見てしかるべきものであった。

フランスの芸術、とくにフランスの絵画には、私も他のドイツの同胞たちに劣らぬほどおよそ芳しからぬ偏見を抱いていて、そのためこの芸術の最近の発展状況にまったく不案内のままだった。ともあれフランスの絵画にはそれなりに独自の事情があるのだ。たしかにこの絵画芸術も社会的運動につき従い、そして、ついには国民そのものとともに若返っていった。けれどもその若返りの過程は、すでに革命以前から変容を始めていた他の姉妹芸術、音楽と文学[★50]ほど直接的に進行したわけではなかった。

ルイ・ド・メナール氏は『ヨーロッパ文学』に今年のサロンに関する一連の記事を投稿しており、それらは、かつてフランス人が芸術について書いたもっとも面白いものの一つである。同氏は、右の私の所見に関することを次のような言葉で語っている。以下に、彼の表現の愛らしさと優美さをできるだけ損なわないよう忠実に翻訳しておく。

「一八世紀の絵画も、同じ時代の政治と文学と同じような形で活動を始め、同じような形で一定の完全な発展段階に到達したが、フランスですべてが崩壊したのと同じ日にこの絵画も崩壊した。それは、ルイ一四世の死〔一七一五年〕にさいしての哄笑で始まり[★51]、そして刑吏の腕のなかで、デュバリー夫人[★52]名づけるところの《刑吏殿》の腕のなかで終わってゆく奇妙な世紀だった。ああ、あの世紀はすべてを否定し、すべてを嘲弄し、すべての神聖さを汚し、そして何一つ信じない時代であり、まさしくこのためにそれは、破壊という大事業にそれだけいっそう有能だった。あの世紀は、破壊するばかりで何かを再建することはまったく出来なかったし、また再建する気もなかった。

とはいえ、諸芸術がたとえ同じ運動に従うとしても、まさかいずれもが同じ歩調で進んだわけではなかった。たとえば絵画は一八世紀のまま残りつづけた。それは、クレビヨーン〔名声の高い劇作家〕のような人を生み出したが、ヴォルテールやディドロのような人物を生み出さなかった。いつだって上流社会のパトロンの世話になり、いつだって権勢を誇る側室たちのスカートの下に保護されていて――どうしてなのか私には分からないが――絵画芸術の大胆さと力はしだいに消失していった。絵画は、どんなに破目を外したときでも、私たちを引きさらい、目を眩ませ、そうして趣味の悪さをカバーするあの猛烈さ、あの感激を披露することは決してなかった。それは、可愛い装飾用ご婦人がソファに寝そべり、しどけなく扇子を使うそんな閨房《けいぼう》の圏内で、冷やかし半分に遊びながら、使い古した小技《こわざ》を用いて不快げに活動するのだった。ファヴァール[★53]とそのキャラクターたち、エグレーやジュルマのほうが、ワトーやブーシェとそのコケットな羊飼いの女や牧歌的な司祭たちよりずっと真実味があった。ファヴァールは、物笑いの種になってもそれでも真剣だった。あの時代の画家たちは、フランスで準備されていたことにほとんど関わらなかった。革命の勃発に驚かされたとき、彼らはネグリジェ姿だったのである。それぞれ一人の特別な人間が代表する哲学、政治、学問、文学は、まるで酔っ払いの群のごとく、自分たちの知らない目標へ嵐のように突進していった。だが目標に近づけば近づくほど、それだけいっそう熱は鎮静化し、顔つきは穏やかに、歩みは確実になっていった。自分たちに分からなかったあの目標をおぼろげに予感していたのかもしれない。というのも彼らは、人の喜びがすべて涙で終わることを神の書で読んでいたはずだからである。しかも、ああ、彼らはあまりにも放埒なあの歓呼の宴からやってきていたのだ。だから、深刻このうえない恐るべき出来事に行き着かずにはいなかったのである。一八世紀のこのドンチャン騒ぎの甘美な陶酔のなかで時おり彼らを不安に陥れた心配事をよく観察してみると、断頭台が――これらすべての狂った歓びを終わらせることになるあの断頭台が、すでに遠くから、幽霊の暗い頭のように、彼らに合図を送っていたと思ってよいだろう。

当時、ワインと女のせいで疲れきっていたためか、あるいはまた、自分たちの参加を甲斐なきものと見たためか、それはともかくとして、真剣な社会的運動から遠ざかっていた絵画は、最後の瞬間まで薔薇と麝香《じゃこう》と牧人劇の間でだらだら生活を送っていた。ヴィアンとそのほか幾人かは、どんな代償を払ってでも絵画をそんな生活から引き出さねばならないと感じていたが、ではどうすればよいかとなると皆目わからなかった。ダヴィドの先生からたいへん高く買われていたレシェールは、新しい流派を興すことができず、この事実を自認するしかなかっただろう。精神の王国まですべてがマラーやロベスピエールのような人間の権力下に陥ったそんな時代のなかへ投げ出されて、ダヴィドも先の芸術家たちと同じ困惑を感じるのだった。というのも私たちは、ダヴィドがローマに赴き、そうして、旅立ったときと同じヴァンロ〔オランダ－フランスの画家一族〕ふうのまま帰ってきたことを知っているからである。ダヴィドの精神がようやく花開いたのは、のちにギリシア－ローマの古典精神が説教されるようになったその時のこと、ジャーナリストや哲学者たちが古代人の文学的、社会的そして政治的形式に戻らねばならぬと思いついたその時のことであった。彼は、生まれ持った大胆さをことごとく発揮して、芸術をそれが落ち込んでいた香水かおる牧羊ごっこから強力な手で引きずり出し、そしてそれを古代英雄精神の真剣な圏域へと引き上げたのである。反動は――すべての反動がそうであるように――無慈悲なものであり、ダヴィドはこの動きを極端にまで推し進めた。絵画界でも彼のもとでテロリズムが始まったのである」

ダヴィドの創作活動のことはドイツでも十分に知られている。フランスの客人たちがナポレオンの帝政時代のあいだに、偉大なるダヴィドのことを散々私たちに話して聞かせたからである。そのおり、師匠を各人各様に引き継いだダヴィドの弟子たち、ジェラール、グロ、ジロデ、ゲランについて語られるのもしばしば耳にした。ドイツであまり知られていないのは、同じくGの頭文字で始まり、そして、フランスの新しい流派〔歴史派〕の、創設者とまで言えぬまでもその開祖である今一人の男である。ジェリコがそれである。

新しいこの流派のことは本論で直接情報をお伝えした。サロン・一八三一年の最優秀作品について書くことで私は同時にまた、新しい巨匠たちのじっさいの特徴づけも行ったわけである。あのサロンは、一般的な評価によると、かつてフランスが提供したもののなかでもっとも卓越した絵画展であり、芸術の年代記のなかに記念碑として残りつづけるという。私がコメントを捧げた絵画はこれから何世紀も生き残り、そして私の言葉はきっと絵画史への有益な寄与となるだろう〔シュネッツとレソールには当たらなかった〕。

サロン・一八三一年の測りがたいほどの重要性に私が完全な確信をもてたのは今年〔一八三三年〕のこと、二ヵ月のあいだ閉鎖されたのちルーヴル宮殿の各部屋が四月一日〔実際は三月一日〕に再開され、フランス芸術の最新作が私たちに挨拶を送ってきたときのことである。ナショナル・ギャラリーを構成する古い絵画がいつものように折りたたみ式屏風で覆われ、そして、この屏風に新しい絵が掛けられた。そのため、一人のネオロマン派画家のゴシック的悪趣味絵画の背後から、古代イタリア神話の傑作がじつに愛らしく聞き耳を立てる、といった具合になっている。展覧会全体が一種の再録羊皮紙[★54]に似ているわけで、ギリシアの神々のポエジーがネオバーバリズム・テキストによりどんなに汚されてしまったかを知ったとき、なおいっそう腹が立ってくるのだ。

三五〇〇点ばかりの絵画が出展されているというのに、傑作は何一つなかった。あまりにも大きな興奮ののちのあまりにも大きな疲労の結果なのだろうか。自由への陶酔と狂騒が蒸散したのち、いまフランス人の政治生活のなかにも認められる、あの国民的二日酔いが芸術のなかにも現れているのだろうか。今年の展覧会は今年の議会の色つきのアクビ、色つきのコダマでしかないのだろうか。サロン・一八三一年が七月の太陽でまだ灼熱していたとすれば、サロン・一八三三年には六月の陰気な雨がいまだに滴り落ちていた。この前のサロンで賞賛された二人のヒーロー、ドラロッシュとロベールは今回まったく勝負に打って出ていないし、私が以前に褒めたその他の画家たちも今年は優れたものを何一つ出展していない。ドイツ人のトニー・ジョアノ〔ドイツ生まれのフランス人、ハイネの肖像画も描いている〕の一作を除けば、私の心に気持ちよく訴えてくる絵はただの一点もなかった。シェファー氏はまたマルガレータを出展している。技術面で大きな進歩はうかがえるが、さして大きな意味はない。あるのは同じ理念で、描き方には前より熱気があるが、考え方は前より冷たい。オラース・ヴェルネも大きな絵を出しているが、細部がきれいなだけである。ドカンは、きっとサロンと自分自身を面白がらせようとしたのだろう、ほとんどサルの絵ばかりを出展している。そのなかに、歴史画を描いているまったく素晴らしいサルがいる。このサルのドイツ・キリスト教的に垂れ下がった長髪は滑稽で、私はライン河の彼方《かなた》の友人〔ナザレ派の画家〕たちを思い出す。

今年もっともよく論評され、賞賛と反論によって讃えられているのはアングル氏である。彼は二作出展しており、一つは若いイタリア女性の肖像画、今一つはあるフランスの老人、ベルタン・シニア〔当時の新聞界の大物、政府系新聞『ジュルナル・デ・デバ』の主宰者〕の肖像画だった。

政治の国のルイ・フィリップのように、今年はアングル氏が芸術の国の王だった。氏は、前者がチュイルリ宮殿を支配するようにルーヴル宮殿を支配している。アングル氏の性質も同じく中道主義、つまりミーリスとミケランジェロのあいだの中道主義である。彼の絵画には、ミーリスの英雄的な大胆さとミケランジェロの繊細な彩色が見られる。

今年の展覧会では、絵画が呼び起こしえた感激は少なかったが、その分だけ彫刻が輝かしい姿を見せ、出展された作品のうち多くのものが人びとに大きな希望を抱かせた。それどころか、この芸術の最優秀作品とさえ競い合うことのできる作も一つあった。それはエテクス氏のカインである。左右対称の、そう、記念碑的な美しさをもつ群像で、ノアの洪水前的な特徴に満ちていながら、同時に現代的な意味にも溢れている。妻と子どもを伴ったカイン、自らの運命に服し、考えもなく思案する絶望的平静さの石化。この男は自らの弟を殺した――献げ物をめぐる争いのために、宗教上の争いのために。そう、宗教が最初の兄弟殺しを引き起こしたのであり、それ以来宗教は額に血の印を着けているのだ。

現在では、画家よりも彫刻家の方にはるかに多く認められる、あの途轍もない躍進について語ることになったとき、私はエテクスのこのカイン像にまた戻ってくることになるだろう。チュイルリ宮殿の庭で目下いっしょに陳列されているスパルタクス〔古代ローマの奴隷反乱の指導者〕とテーセウス〔アテーナイの国民的英雄、ヘーラクレースに対抗して多くの英雄譚が作られた〕は、庭を散歩するたびに私のなかに賛嘆と、そして瞑想を呼び起こす。ただし、雨が降るなかで現代芸術のそのような傑作が屋外の空気にすっかり晒《さら》されていることに、私の心は時おり痛むのだ。当地の天候はギリシアほど温和ではなく、しかも、ギリシア本国にあってさえ優れた彫刻作品はふつう考えられるほど無防備に風雨に晒されていることは決してない。良い作品は十分に保護されていて、たいていは神殿のなかに入れられている。とは言えこれまでのところ、チュイルリの新しい彫像には天候被害がほとんど出ておらず、新緑のマロニエの繁みからそれらが目も彩《あや》な白さで挨拶を送ってくる光景は、なかなか晴れやかである。そしてそのおり子守女たちが、《あんなに怒って剣を手にしている大理石の裸の男〔スパルタクス〕は何を意味しているのか》、あるいは、《身体は人間、頭が牡牛で、もう一人の別の裸の男〔テーセウス〕に棍棒でぶちのめされているあいつ〔半人半牛の怪物ミーノータウロス〕がどんなに妙な変わり者であるか》を、そこで遊んでいる子どもたちに時おり説明して聞かせている様子も、聞いていてなかなか面白い。子守女たちは、あの牛人間は小さな子どもをたくさん食らったんだよ、と言うのだ。ここを通りかかる若い共和主義者たちはいつも、このスパルタクスはじつに怪しげにチュイルリ宮殿の窓のほうを横目で見ているぜ、と言い、そしてミーノータウロス像に王政を見て取るのだった。他の人たちはまた、おい、その棍棒の振り方は拙いぜ、とテーセウスを咎め、そんな格好で打ちかかると間違いなく自分の手が粉々になるだろう、と言い張るのだ。とはいえ、それはともかく、これまでのところ万事はまだ大変うまく行っているように見える。けれども何回か冬が過ぎてゆくと、これらの立派な彫像もきっと風化して脆くなり、コケがスパルタクスの剣に生え、平和な昆虫一家がミーノータウロスの牛の頭とテーセウスの棍棒のあいだに巣を造ることだろう――もっとも、その間に棍棒もろとも手が折れてしまっていた、というのなら話は別だが……。

パリではしかし、あれだけ沢山むだな軍隊を養わねばならないのだから、チュイルリ宮殿の国王はすべての彫像のわきに歩哨を立たせ、雨が降ってくると雨傘を広げさせればよいのだ。市民王政雨傘の下であれば、言葉の真の意味で芸術がしっかりと保護されることだろう。

国王の倹約精神の行き過ぎをかこつ芸術家たちの不満は一般的である。オルレアン公爵だったころ王は、芸術をいまよりは熱心に保護したと言われている。人びとは、国王からの絵画の注文が比較的少なすぎ、支払う金額も比較的少なすぎる、とぼやいている。ルイ・フィリップは、バイエルン国王を除くと王侯たちのあいだで最大の芸術通だと言うではないか。たぶん国王の精神は、目下あまりにも政治にとらわれていて、芸術の事柄にかつてほど熱心に関わることが出来ないのだろう。だが、王の絵画と彫刻好みがいくらか冷めたとしても、彼の建築趣味は嵩じに嵩じてほとんど狂暴の域にまで達している。パリではこれまで、いま国王の指図で行われているほど多くの建物が造られたことはなかった。至るところに新しい建造物とかまったく新しい道路のための工事場ができている。チュイルリ宮殿とルーヴル宮殿ではずっと金槌の音がしている。新しい図書館のプランは考えられるかぎりの壮大さである。かつての栄誉の殿堂たるマグダレーナ教会が完成に近づいている。[★55]ナポレオンがセーヌ右岸に建造させようとしたが、まだ半分しか出来上がっておらず巨人の城の廃墟のように見える公使邸宅――この巨大な建造物もいままた工事が続行されている。それらと並んで、公共の広場に素晴らしく巨大な記念建造物が聳え立っている。バスチーユ広場に国民の力の意識と強大な理性を代表する巨象が聳える〔HLY二五二〕。コンコルド広場ではすでに、木製の模造ではあるがルクソールのオベリスクが見られる。数ヵ月のちにはエジプトの本物がそこに立ち、[★56]かつて一月二一日にこの場で生じた恐ろしい出来事の記念碑となるだろう〔HS

Y三―一四二〜四三〕。不思議の国エジプトからの、象形文字で覆われたこの使者が、たとえ何千年という経験を私たちのもとにもたらすとしても、ここ五〇年来コンコルド広場に立っている若い街灯の柱のほうがこのオベリスクよりずっとずっと奇妙な事を体験しているのだ。いつかある静かな冬の夜、浮薄なこのフランス街灯ポールがおしゃべりを始め、そして、両者〔オベリスクと街灯〕がいま立っている広場の歴史を語ったならば、古くて赤い神聖このうえない巨大石も恐怖に青ざめて震えだすだろう。

　土木建築は国王の中心的情熱であり〔HSY一―二六二〕、そしてこの情熱がひょっとして王の失墜の原因になるかもしれない。どんなに断念の口約束をしても、個別堡塁設備[★57]の思いは王の心から消えないのではないかと私は恐れている。このプロジェクトでは、国王の大好きな工具、左官鏝《こて》と金槌が用いられるからであり、金槌のことを考えると、王のハートは喜びのあまりトントン鳴りはじめるのだ。そしてこのトントンという心音がいつか賢明な彼の声を掻き消してしまうかもしれず、要塞こそが自らの唯一の幸福、そしてその建造など容易に実行できると思い込むと、それとは識らずに王は、自分の大好きな気紛れに説き伏せられてしまうかもしれない。だから私たちは、建築という媒体を通してたぶん政治上の最大の運動へ到達するだろう。あの要塞と国王自身のことに関して昨年〔一八三二年〕七月に書いたメモワール[★58]から、ここに一つの断篇をご披露したい。

「革命的諸党派の秘密のすべては、もはや政府を攻撃するのではなく、逆に、政府サイドからなんらかの大きな攻撃を待ちうけ、それを機に事実上の抵抗に打って出るという目論見にある。したがって、パリでは政府の特別な意思なしに新たな反乱は起こりえないのだ。政府がまずなにか重大な愚行をやらかして、きっかけを与えねばならないからだ。もし反乱に成功すれば、フランスはただちに共和国宣言をなし、全ヨーロッパに革命が押し寄せてゆく。そうなるとヨーロッパの古い制度は、粉微塵にされないまでも、少なくとも大きく揺さぶられることになる。反乱が失敗すると、ついぞ耳にしたことのないような反動がフランスで始まり、その後いつものとおりの不器用さで近隣諸国が猿まねをし、そして、同じく既成制度の改革がいくつも生じることだろう。いずれにしてもヨーロッパの平安は、フランス政府が革命の利益に反して行う途方もないすべての行動と、政府が革命的諸党派に向けるすべての敵意によって危機に晒《さら》されることになるのだ。ところで、フランス政府の意思はどこまでも国王の意思であるから、ルイ・フィリップの胸こそ、突然この世に流れ出すやもしれぬすべての悪を収めた本来のパンドラの箱である。残念ながら彼の顔から心の思いを読むことは不可能である。変装術にかけてはオルレアン家の新系譜も旧系譜と同じくらい名人だからである。この世のいかなる俳優といえど、われらの市民王ほど自らの顔を意のままに操ることはできず、いかなる者も彼ほどみごとに自らの役割を演じ切ることはできない。おそらく彼はフランスの最も器用で、最も機知に富み、そして最も勇気ある人間の一人であろう。にもかかわらず王は、いざ王冠の獲得が問題になったとき、いかにも無邪気で俗物的で、引っ込み思案の顔つきができたのである。そして、さして苦労もなくルイ・フィリップを玉座に担ぎ上げた人びとは、きっと、こんど彼を投げ落とすときは造作がもっと少なくてすむ、と思ったのだ。今回は王制がブルトゥスの愚劣な役割を演じたわけである。[★59] だからフランス人たちは、白いフェルト帽と大きな雨傘姿で描かれたルイ・フィリップのあのカリカチュアを見るとき、そもそも王ではなく、自分たち自身を笑うべきなのだろう。帽子と傘は小道具であって、握手と同じく彼の役割の一部をなしているのだ。歴史家は将来いつか、王がこの役を上手に演じたことを証明するだろう。国王たる自分をジョークの標的に選んだ諷刺文やカリカチュアを前にして、ルイ・フィリップは名演技の意識によって自らを慰めることができるだろう。そんなふうに嘲弄する雑誌や戯画の数は日に日に増えており、家屋の壁には至るところグロテスクな洋梨が描かれている〔=ルイ・フィリップの肖像画、HSY一－一〇五～〇六、一五八〕。そもそも王侯たる者が、自分自身の首都でルイ・フィリップほど嘲弄された例はかつてない。だが彼は、最後に笑う者こそ最高の笑いができるもの、お前たちが梨を食うことはない、梨がお前たちを食うのだと考えている。もちろんのこと彼は、自分に加えられたすべての侮辱を感じていないはずはない。彼は人間だから だ。王はまた、復讐などしたくないと思うほど情け深い子羊のような性格の人間でもない。王は人間だ、それも、自分の一時的な怒りを抑えることができ、自らの情熱を支配できる強い人間なのだ。時来れりと思ったとき、彼はきっと打ち掛かってゆくだろう、まずは内部の敵に対して、そしてその後、侮辱によって自分を内部の敵よりはるかに深く傷つけた外部の敵に対して。この男はどんなことだって出来る。ありとあらゆる人と握手してあんなに汚れてしまった手袋をいつか挑戦の手袋として神聖同盟全体に投げつけることなどない、と誰が言えるだろうか。じっさい彼には王侯としての気概が欠けていないのだ。七月革命のすぐあと私が見たフェルト帽と雨傘姿の王は、共和主義者たちを屈服させた前年のあの六月六日、私の目に突如どれだけ変貌したことだろう。★60 それはもはやお人好しで海綿腹の俗物、肉づきのよいニコニコ顔などではおよそなかった。いつもの肥満体さえもとつぜん王に威厳に満ちた外観を与えた。かつて祖先の誰かがやったように、昂然と頭をもたげ、堂々たる威風ですっくと立ち上がったのである。正真正銘の国王だった。だがしかし、それでもまだ自分の頭に王冠がしっかりと載ってはおらぬ、まだいくつか悪天候がやってくるやもしれぬと感じたとき、王はどれだけ素早く以前のフェルト帽をかぶり、雨傘をまた手に取ったことだろう。二、三日ののち、あの大閲兵式で彼はまた、仕立屋や靴屋のオヤジさんにどれだけ市民的な会釈をしたことだろう、右へ、左へどれだけ心をこめて握手したことだろう、いや、手ばかりではない、目を、微笑む唇を、それればかりか頰髯まで用いて握手したのだった〔HSY 一―二五二～五四〕。そしてそれにもかかわらず、微笑み会釈し乞い懇願する善良なるこの男は、心に一四基の堡塁をもっていたのだ。

これらの堡塁がいま、まったく容易ならざる数々の質問の対象となっており、それらの答えは恐ろしいものとなって全地球を震撼させるかもしれない。それはまた、賢明な人びとを破滅に追い込む呪いでもある。彼らは、自分たちがどの国民よりも賢明だと思っているが、しかし経験の教えるところ、大衆のほうがいつも正しい判断を下すものであり、大衆は自分たちの国家元首のすべてのプランとまでゆかなくとも、彼らの意図をつねに見抜いてきたのだ。国民は全知であり、すべてお見通しである。国民の目は神の目だ。というわけで政府が国父面を装って、神聖同盟から国民を守ることができるようにパリの防備を固めるのだ、と言い繕ってみても、フランス国民は憐れんで肩をすくめるばかりだった。ルイ・フィリップ一人が自分自身をパリから防衛せんとしているのだ、と誰もが感じていたのである。国王にパリを恐れる十分な理由があるというのは本当である。革命の遊歩廊、パリに大きな炎がまだ燃えあがっているかぎり、王冠が頭のうえで赤く燃え、そして王の付け巻き毛を焦がすからだ。だがどうして王はこの恐怖をおおっぴらに語らないのだろう。どうして彼は依然としてこの炎の忠実なる番人として振る舞っているのだろう。食料雑貨商やその他の同志たちにあっさり次のとおり告白してしまったほうがためになるのではないか――余はパリを完全に掌中に収めるまでは、君たちと自分自身を代表することが出来ない、だから余はいま、首都を一四基の堡塁で取り巻き、この堡塁の大砲で上からすぐいかなる暴動にも沈黙を命じることが出来るようにしたいのだ、と。大事なのは自分の頭と中道主義の頭なのだ、と公に認めたほうがたぶん良い効果をもたらしただろう。しかし今は、野党各派ばかりか、小売商人や中道システムのほとんどの支持者までが堡塁設備をまったく腹立たしく思っており、どうして彼らが腹を立てているのか、その理由をジャーナリズムは十分に分析してきた。つまり大抵の小売商人たちは今こんなふうに考えているのである――ルイ・フィリップはまったく立派な国王であり、彼には犠牲を捧げる値打ちがある、そう、時として王のために自分らの身を危険に晒《さら》してもよい、たとえば六月五日と六日がそうだった、あの時は自分たち四万が二万の常備軍とともに数百の共和主義者を敵にまわして命を晒したものだった、だがしかし、のちにもっと大きな暴動が起こったとき、王を守護せんがためにパリ全市、とはつまり妻子および小売店舗ともども自分たちが一四の高所から砲撃を受けてなぎ倒されるようなリスクを冒す価値はない……。なぜなら自分たちは――と彼らはまた言うのだ――ここ五〇年来、考えられるかぎりの革命に慣れてきた、そしてその際しっかりと勉強してきたのだ、些細な暴動ならばこれに干渉してすぐ平安を回復させること、規模の大きな反乱ならばすぐ降伏して、これまたすぐに平安を回復させることを。そして彼らはまた次のようにも言うのだ。余所者《よそもの》たち、パリであれだけカネを蕩尽してくれる金満家の余所者たちもいまや、そもそも革命は静かな見物人にとって危険なものでないことを、そうした革命は大きな秩序のなかで、それどころか大きなエチケットのもとに生じることを、このためパリでの革命体験は外国人にとりアトラクションであることを見て取っている、ところがパリを堡塁設備で取り囲んでしまうと、ある朝早く自分らも撃ち殺されているかもしれぬという恐怖心が外国人と地方人を、つまり余所者ばかりか、ここに住む多くの金利生活者までパリから追っ払ってしまうだろう、そうなれば砂糖、胡椒、ポマードの売り上げが減少し、家賃収入も少なくなる、要するに商工業が滅んでしまうだろう――小売商人たちはこう言うのである。右のような次第で、自分たちの持ち家の賃貸し料のため、小売店舗のお客たちのため、そして自分らと家族のためいつもびくついているパリがもはや昔どおりの明るく屈託のないパリでなくなるような、そんなプロジェクトの敵対者となったのである。中道主義に属してはいるが、しかし革命のリベラルな原理を放棄しておらず、依然としてルイ・フィリップ以上にそのような原理を愛している人たち、そんな人たちは、建造物のたぐいによるよりは制度によって市民王政を守ってほしいと思っている。堡塁といった建物が、かの古き封建時代を、城塞の所有者により町が好きなままに支配された時代をあまりに強く思い出させるからだ。ルイ・フィリップはこれまでのところまだ——と人びとは言う——あんなに多くの血で戦い取った市民的自由と平等の忠実な番人である。しかし彼もまた人間であり、人間のなかにはいつも絶対支配への密かな欲望が住まっているものだ。堡塁設備を所有すると、ルイ・フィリップは知らぬうちに、好きなままに自らの気紛れを満足させるようになる、そうなると彼の支配は、革命以前のかつての国王たちよりもずっと無制約になるだろう。以前の王たちは個々の不満分子をバスチーユに放り込めただけだが、ルイ・フィリップは全市をバスチーユで取り囲もうとしている、パリ全体を投獄しようとしているのだ。そう——と人びとは続ける——現王の高貴な志操はまったく確かであるにしても、だからといって後継者たちの志操に保証があるわけではない、ましてや、術策か偶然のおかげでいつか堡塁設備を手に入れ、そうしてパリを自由自在に支配できそうな、そうしたすべての人物の志操となればなおのこと問題的である……。そして、このような異論よりもはるかに重要な心配が別にあった。それはあらゆる方面から持ち出されているもので、いままで政府に、いや、一度として革命に賛否の姿勢を示したことのないそんな人びとの心までも揺れ動かしたものだ。全国民の最高にして最重要の利害、つまり国家の独立に関わる心配がそれである。フランス人は自尊心から一八一四年と一八一五年のことなどいっさい思い出したくなかったのだが、それでも、三回目の侵攻がまったく可能性の埒外にあるわけでないこと、同盟国軍がもしパリを占領しようとすれば、堡塁設備などさしたる障碍にならぬこと、それればかりか、同盟諸国がまさしくこの堡塁を奪取してパリを永遠に支配するか、永遠にとはゆかぬまでも、パリを撃ち倒すかもしれぬこと、密かにこうしたことを彼らは自認せずにおれなかったのだ。私はここで、次のようなことを確信するフランス人たちの見解だけを報告しておこう。かつての外国部隊の侵攻においては、パリ住民大衆を制御する拠点が見つからなかった、このために軍隊は町から立ち去っていった、ところが現在、同盟国諸侯の心の奥底に宿る切なる望みは、まさしく革命の遊歩廊、つまりパリを根底から破壊することなのだ。――」

今こそ堡塁建設のプロジェクトを永遠に断念すべきではないのだろうか。それはしかし、国王たちの腎臓の中を見ている神のみの知るところである。★61

ひょっとすると自分たちは党派心に目が眩んでいて、本当は国王ルイ・フィリップのもくろみがきわめて公益的であって、神聖同盟に対してだけ王はバリケードで自らの身を守るつもりなのだ、と私は述べずにはおれない。だがそんなことはあり得ない。むしろ神聖同盟のほうにルイ・フィリップを恐れる理由がいくつもあるのであり、加えて彼らにはまだルイ・フィリップの安泰を望むきわめて重要な根本理由があるのだ。まず第一に、ルイ・フィリップはヨーロッパ最強の君主であり、彼の物質的な力は、それに内在する行動力〔=ヨーロッパ最高の道路網〕によって十倍にもなるからである。さらには、必要なときに意のままにできる精神的な力〔=革命の伝統と民族解放思想へのアピール〕は十倍、いやそれどころか百倍も強力である。そして、それにもかかわらず同盟君主たちがこの男の失墜を引き起こしたとなれば、自らが、ヨーロッパ王制のもっとも強力にして、そしてたぶん最後の支柱を転覆したことになるのだ。そう、王侯たちはむしろ、王冠と玉座の創造者〔=神〕に日々ひれ伏して、ルイ・フィリップがフランス国王であることに感謝すべきなのだろう。すでに彼らは一度、共和主義者たちをいちばん強力に押さえ込むことのできた男、あのナポレオンを殺すという愚行をやってのけている。ああ、君たちが自らを《神の恩寵による国王》と名乗るのは正しい。ジャコバン主義がまたも斧を手にして、今にも古い王制を叩き壊そうとしたとき、王たちのもとに今いちど一人の男〔=ルイ・フィリップ〕を送ってピンチを救ったのは、神の特別なる恩寵だったからである。君主たちがいまこの男まで殺してしまうと、神はもはや助けることができない。ナポレオン・ボナパルトとルイ・フィリップ・オルレアン、この二人の奇蹟を送り込むことにより、神は二度にわたって王制に援助の手を差し伸べたのだ。というのも神は理性的で、共和主義的な統治形式が古いヨーロッパにきわめて不適合、非効果的で不愉快であることを見抜いているからである。そして私も同じ見方をしている〔HSY一－一一三～一四、二二一以下〕。しかし諸侯とデマゴーグたちの幻惑には私たち〔！〕二人ともたぶん歯が立たないだろう。愚かしさというものは、私たち神々が戦っても甲斐のないものだからである〔シラー『オルレアンの処女』より〕。

そう、共和主義がヨーロッパ諸国民にとって不適合、非効果的で不愉快、そればかりかドイツ人にはまったく不可能だというのは、私の神聖このうえない確信である。わけも分からずにフランス人の猿まねをして、ドイツのデマゴーグたちがドイツ共和国を説教し、そして、国王たちばかりか、私たちの社会の最後の保証である王制そのものまでも怒り狂って誹謗中傷せんとしたときに、私は、〔一七九三年〕一月二一日に関し本文で行ったとおり自説の開陳を自らの義務と考えたのである。前年〔＝一八三二年〕の六月二八日★62以来、私の王制主義はいくぶん苦いものになってしまったが、そんなふうに圧力が強められても、私は先の発言を削除しようとは思わなかった。愛撫や陰謀によっても、脅迫によっても無分別と迷誤の道へ引き込まれぬ勇気をかつて持っていたこと、このことを私は誇りに思っている。心が迫り理性が許す所まで進まない者は臆病者であり、自らが欲した以上に進む者は奴隷である。

断篇

〈燕尾服の由来〉本文四一頁上段六行目句点の後に

まだ最近のことだが、私はこのことでベルリン、プロイセンのある町の哲学者と論争した。彼は燕尾服の神秘的な意味とその形の自然史的なポエジーを私に説明しようとして、次のような神話を語ってきかせた。この世に創られた最初の人間は、スッポンポンの不作法な姿ではなく、パジャマのなかにすっぽりと縫い込まれていた。のちにこの人の肋骨から女が生まれたとき、パジャマも前の部分を大きく切り取られ、この布地が前掛けとして女に役立てられることになった。この結果パジャマが切り抜き部分のせいで燕尾服となり、そして燕尾服は女の前掛けに自らの自然な補完物を見出したというわけである。燕尾服のこうした結構な由来譚と、両性の相互補完という詩的な意味にもかかわらず、私はやはり燕尾服の形には馴染むことができない。画家たちも私のこの嫌悪感を共有しており、こうして彼らは絵になりそうなコスチュームを探しまわったのである。

訳注

☆のついた注にカギ括弧付きで掲げたテキストは、単行本とジャーナル稿（『朝刊紙』）との異同に関わるもの。

★01　ハイネのこの言は全面的に正しいわけではない。専門誌のほかに『ル・グローブ』『ナシオナル』『ジュルナル・デ・デバ』などさまざまな雑誌が評論を載せていた。とはいえ、当時はまだ七月革命から一年経ったばかりのころで、フランスは内政外政とも難問山積、まさしく内憂外患悲喜こもごもという状態だった。こんなふうに政情がきわめて不安定だったから、人びとが自分たちのことで精いっぱいだったことは確かである。なお、サロンの閉じられていた期間は一八三一年五月一日~八月半ばまでである。

★02　一般のハイネ全集では unwürdiger Hilflosigkeit となっているが、ここではデュッセルドルフ版に従って、unmündiger Hilflosigkeit を取った。

★03　ローラントもしくはローランはカール大帝をめぐる伝説圏の人物、大帝側近の一二人の騎士のなかでもっとも有名である。フランス最古の武勲詩『ローランの歌』（一一世紀末作）の主人公でもある。勇将ローランは、カール大帝のスペイン遠征の帰途マルシル王の大軍に取り囲まれて壮烈な討死をする。友である知将オリビエの忠告に従わなかった傲慢な性格がまねいた悲劇である。一四世紀以降ブランデンブルク、ブレーメン、ハルバーシュタット、ハレなど北ドイツ諸都市の広場に甲冑騎士の柱像が建てられているが、この像の由来と意味については議論の分かれるところである。司法権の標徴と見られる一方で、カール大帝をめぐる伝説上あるいは歴史上の人物ローラントとする説がある。いまもブレーメンの市役所前にこの石像が立っている。

★04　古代ローマ時代のもっとも有名な毒殺者。ロクスタの毒で皇帝クラウディウスやブリタニクスが殺害された。

★05　フロンドの乱（一六四八~五三年）。国王の絶対王政に対する貴族たちの最後の反乱である。国王側は一六五〇年、三人の公爵を逮捕したが、非難があまりにも激しかったため、翌年彼らを釈放した。こうして王権は最大の危機に直面したが、フロンド党が高等法院、コンデら旧貴族派そして小市民派に分裂し、国王側に立ち直りのチャンスを与えた。

★06　フランス革命期のジャーナリスト・政治家。一七八九年七月一二日パレ・ロワイヤル広場で行った煽動演説で有名になる。『自由なフランス』、『パリ人への街頭演説』等を著し、《街頭の検事長》とあだなされた。ダントンとともにロベスピエールの恐怖政治を攻撃し、寛容を唱えたため捕らえられて処刑された。夫の逮捕に抗議した妻も処刑された。ゲオルク・ビューヒナー『ダントンの死』（一八三四年）参照。

★07　ユーニウス・ブルトゥスについて、「私たちが心では断罪しながら理性では驚愕の賛辞を贈る」とあるが、情の面で断罪せずにおれないのは、カエサルの信頼、厚情・厚遇を裏切って暗殺に及んだブルトゥスの行為に対して、他方、理性の面で彼に多大な賛辞を贈るのは、ブルトゥスの一貫した共和主義的志操と、そしてその徳性や公平無私の精神に対してなのだろう。じじつプルタークは、カッシウスとは正反対のブルトゥスの徳性を讃え次のように述べている。ブルトゥスは「その徳操によって民衆に尊敬せられ、友人に愛せられ、もっとも優秀なる人士に嘆賞せられ、敵にすら憎まれなかった。いかんとなれば彼は稀に見る温雅の質、高大なる精神を有し、憤怒、もしくは快楽もしくは貪欲の念を絶し、その正義と信じたことにたいする目的を固持することにおいて確乎不撓の士であった。そうして彼に最大なる敬愛と声望をもたらしたるゆえんは、彼のあらゆる意図において一点の私心をまじえなかったことである」（プルターク著／鶴見祐輔訳『プルターク英雄伝』潮出版社、二〇〇七年〔＝潮文学ライブラリー〕、四四五頁、ルビは省略した）。ハイネがブルトゥスにロベスピエールとの親近性を見出した理由がここからよく理解できよう。注59参照。

★08「中央にアレゴリーと言ってもよいような姿の若い女が〔……〕聳え立っている」とあるが、よく知られる例を基に、ここに言われるアレゴリーの意味を説明しておこう。ローマ神話のユスティティアは正義の女神で、ギリシア神話のディケーに当たる。日本の法曹関係の施設にこの女神像がよく置かれている。手に天秤と剣を持ち、目は布で塞がれている。そしてこの秤と剣と眼帯の意味を知るには、絵解きをする必要がある。つまりアレゴリーとは、体系的に謎掛けをされたメタファーなのである。ドラクロアの描く自由の女神は、「赤いジャコバン帽をかぶり、片手に小銃、片手に三色旗をもって」いるとある。彼女はまた、胸をはだけた半裸の姿で描かれている。つまりこんな姿形の自由の女神もまた、ユスティティアと同じく、見る人に謎解きを迫っているのだ。「アレゴリーと言ってもよいような」とハイネが述べているのはこのためであり、彼のこの絵画の評論はその意味で一種のアレゴリー解釈でもあるわけだ。

★09 一條正雄『ハイネ』清水書院、一九九七年〔「人と思想」一五一〕、一〇一頁参照。一條氏はこのくだりを誤読しているように思える。木庭 宏「一條正雄著『ハイネ』を読む」神戸大学ドイツ文学論集刊行会編「ドイツ文学論集」第二七号（一九九八年）、一二九〜一三三頁参照。

★10「ド・ポテルの家畜画」には、オランダ派の動物画家パウル・ポター（Paul Potter、一六二五〜五四年）と、ベルギーのカトリック・リベラル派指導者ルイ・ド・ポテル（Louis de Potter）が掛けられている。ハイネはここで、七月革命に連鎖して起こったベルギーの民衆蜂起が、オランダ王室と強い利害関係をもつ市民階級によって制御・抑制され、十分な展開を遂げなかったことを批判している。つまり、ベルギー革命とは神々が天国のためにこしらえたバリケードのようなものだ、とハイネは述べているのである。一條正雄前掲書一〇二頁参照。一條氏のテキスト理解の問題性がここにも見て取れる。木庭 宏、前掲論文一一五～一一七頁参照。

☆11 パリ理工科大学の学生はじじつ七月革命で大きな役割を果たしていた。木庭 宏『ハイネ――挑発するアポリア――』松籟社、二〇〇一年、一一八～一二〇頁参照。ジャーナル稿（『朝刊紙』）にはこの文のあとに次のくだりが入っていた。「エルザスのある伍長がドイツ語で同僚にこう話した。『絵画というのは何と偉大な芸術なんだろう。これらすべては何と忠実に写し取られていることだろう。あの地面に横たわる死人、まったく自然のままだね。あの人は生きている！ と断言してもいいくらいだ』」。

★12 七月革命のさいに人びとは、戦闘で倒れた人の遺体や負傷者をじっさい市中に引きまわして、民衆と国民衛兵の志気・戦意を鼓舞していた。木庭 宏『ハイネ――挑発するアポリア――』松籟社、二〇〇一年、一一七～一一八頁参照。そして、ハイネがここで侯爵の口に上らせたことは一八四八年の二月革命において現実になった。二月二三日、外務省前で射殺された蜂起者たちを人びとは車に乗せて行列を行い、それが二月革命のシグナルとなったのである。

★13 この時点でハイネがヴォルフガング・メンツェルの言を引用しているのは注目に値する。その後のメンツェルの言動、メンツェルとハイネたち「若きドイツ」との対立については二〇四～〇五頁参照。

★14 ハーレムなどで流行したオリエントの花束のこと。個々の花がさまざまに組み合わされて、物言わぬ恋文の役割をになった。

★15 一八世紀の神学論争に由来する概念で、超自然的な啓示を信じる立場。芸術における啓示説は、模倣論を基本とする啓蒙主義ではなく、ロマン主義的な立場に基づくものである。

★16 一七世紀のオランダ画家たちを一六世紀に移し入れるハイネの歴史化の試み。ヘーゲルにその例が見られる。

★17 オーヴァーベック、ペーター・コルネーリウス、ヴィルヘルム・フォン・シャドーらが創設したナザレ派のこと。デュッセルドルフ・アカデミーの主流となり、他のドイツのアカデミーに広がっていった。精神的に歴史法学派に近く、王政復古体制の文化政策によって支持された。コルネーリウスはデュッセルドルフ生まれ、ハイネはミュンヘンで彼と知り合っている。HSY二―一九六～九七頁参照。

★18 ハイネの勘違いのようである。じっさいは、聖母マリアに秋の豊潤な収穫を願って聖霊降臨祭に行われる春の巡礼が描かれている（春のアレゴリー表現）。この絵画、『ナポリ近傍アーチの聖母マリア巡礼の再来』は一八二七年の作で、すでに前回のサロンに出展されていた。リトグラフとして出回り、ロベールの名声を基礎づけた作品である。

★19　ハイネはサン・シモニズムの思想を現すとも思えるこの絵をこよなく愛し、当作のエッチングを自室に飾っていた。
★20　サン・シモニズムの考え方に拠る。『ル・グローブ』一八三一年五月一二日付の記事によれば、近代絵画の歴史が二つの大きなエポックに分けられ、キリスト教期と呼ばれる第一期はサン・シモニズム登場までの時期で、絵画は唯心主義からインスピレーションを得ていた。
★21　一八三〇年改正のこの憲章の表現は、一八一四年にカトリックを国教と定めた王政復古時代の憲章の当該条項を改めたものである。
★22　七月革命の記念祭においてノートルダム寺院はじっさいにトリコロールを掲揚した。もちろん七月革命のおりにもここに三色旗が掲げられた。木庭 宏『ハイネ――挑発するアポリア――』松籟社、二〇〇一年、一一五頁参照。
☆23　この文のあとに『朝刊紙』のジャーナル稿には次のくだりが入っていた。「姉妹芸術にもそのような傾向は支配的であり、とりわけフランス人たちの文学に顕著である。この分野ではヴィクトール・ユゴーがそうした流れの信奉者としてもっとも輝いている。歴史学におけるフランス人たちの最新の進歩と、現実の歴史記述における彼らの偉大な功績とはそれゆえ孤立した現象ではないのである」
★24　ルイ一三世に庇護されるサン・マルスは、自らの名誉心の前に立ちはだかるリシュリューを追い落とすべく、友人のド・トゥーと組みスペインの支援を恃んで謀反を企てた。リシュリューは、サン・マルスとスペインとの協定文書のコピーを入手して謀反を立証し、一六四二年九月に謀反者は処刑された。引用文は、カタログの解説から取られたものである。
★25　ランカスター家（赤薔薇）とヨーク家（白薔薇）が王位をめぐり三〇年間にわたって繰り広げたイギリスの内乱、薔薇戦争（一四五五〜八五年）末期の出来事。一四八三年、エドワード四世の弟グロスター公リチャードは、王の死後その跡を襲った一二歳の長子エドワード五世と弟リチャードとを国事犯監獄塔（ロンドン塔）のなかで殺害させ、自らをリチャード三世と名乗った（HSY五－一一）。その後、大陸に亡命していたランカスター系のリッチモンド伯ヘンリー＝チューダーが一四八五年にウェールズに上陸、ボズワースの一戦でリチャード三世を敗死させた。ヘンリーはイングランド国王として即位し、ヘンリー七世と名乗ってチューダー朝を開くこととなる。ちなみにシェイクスピアの『リチャード三世』では、二人の王子に手を下すのはリチャード三世が雇ったジェイムズ・ティレルとその手下、ダイトンとフォレストである（第四幕第三場）。
★26　ハイネは一八二一年から一八二三年三月までベルリン大学で学んでいる。そのころ大学にはポーランドから多くの留学生が来ていた。彼はその中のエゥゲニゥシュ・ブレザ伯爵（一八〇二〜六〇年）と親交を結び、ブレザの招待で一八二二年の夏にポーランド旅行をしている。そのおりグネーゼンのブレザ一族の所領に逗留した。本文に言われる「友人」とは、エゥゲニゥシュの義兄弟ルートヴィヒ・ミュチェルスキー（一七九九年生まれ）と考えられる。彼は七月革命の影響を受けて起こったワルシャワ蜂起でロシア軍と戦い、一八三一年初めに戦死している。ワルシャワ陥落は同年九月のことである。ハイネの『ポーランドについて』とその注参照（HSY二－一五～四二、四四、二九七～九八）。

★27　一七九二年六月二〇日の騒擾のさいにルイ一六世は、反乱者たちに強いられて、棒の先につけて渡されたジャコバン帽を自ら頭にかぶった。

★28　ハイネのこの主張には裏づけがないとされる。

★29　シャトーブリアン子爵が一八二八年六月一八日貴族院で行った演説。「一月二一日」については他にHSY一－一五四～五五頁参照。

★30　ハイネは、宮廷のいわゆる奸臣と貴族とを同一視しており、何世紀にもわたって続くフランス貴族のブルボン王家に対する忠誠心を無視しているとされる。

★31　『イギリス断章』には、「民衆がこれまでに犠牲に供したのは二人の王だけである。しかも、両者とも国民の王というよりむしろ貴族の王であり、この行為がなされたのは決して平和時でも低級な利害関係のためでもなく、国民が王たちに裏ぎられたことを知り、そして自分たちの方もおよそ惜しみなく自らの血を流す、絶体絶命の戦局においてのことであった」（HSY一－一七六頁）と述べており、本文で言われるところはこの辺りの議論といくらか平仄が合わない。

★32　ルイ一六世の処刑当日パリの街はいつもと変わらず平静だった。劇場は開いていたし、喫茶店も客の出入りが多かった。ただし一八三一年の時点で、悔悟の念から人びとが自分たちの記憶を無意識的に操作して、当日の雰囲気を脚色した可能性はある。御者の話が本当だとすれば、話し相手が外国人のハイネだったからなおのことと首肯できる。

★33　ルイ一六世の綽名、王が二度ヴェト（拒否権）を行使したことに由来する。

★34　ブルボン王家の血筋を引く王子アンジャーン公爵は、一八〇四年三月バーデンで誘拐され、王党派の謀反に加担したとの口実でパリに連れてこられた。具体的な証拠が欠けていたにもかかわらず、第一執政ナポレオンは王子を軍法会議にかけ、法廷は死刑判決を下した。公爵は一八〇四年三月二一日銃殺刑に処された。

★35　ルートヴィヒ・ベルネは『ユダヤ人のために』（一八一六年）という小論において、ユダヤ教が「幽霊のごとく、打ち殺された母親の霊のごとく〔……〕揺り籠の時からキリスト教につきしたがい、嘲り、脅かしてきた」と述べている。「打ち殺された母親の霊のごとく」の原語は wie der Geist einer erschlagenen Mutter であり、これは本文の原語とまったく同じである。まずは偶然の一致だと考えるべきだろう。しかしハイネが――かりに『ユダヤ人のために』を読んでいなかったとしても――この比喩的表現をベルネの口から直接聞いた可能性は否定できない。キリスト教によるユダヤ教の弾圧は、二人のあいだの共通の怨念となっていたからである。だとすれば、ベルネの強烈な表現がハイネの脳裡に強く刻み込まれていたとも考えられよう。木庭 宏『ハイネとベルネ――ドイツ市民社会の門口で――』松籟社、一九九六年、一八四頁参照。

★36　執政政府（一七九九～一八〇四年）の初めころ、「イデオローグ」たちがインテリゲンチャの小さなグループを形成し、スタール夫人のサロンに出入りしていた。彼らはまた、選出されたばかりの議会の幾人かのメンバー、たとえば執政政治を厳しく批判するバンジャマン・コンスタンなどと関係を持っていた。メンバーはデスチュット・ド・トラシー、ジョルジュ・カバニス、フランソワ・ド・ヌフシャトー、コンスタンタン・ヴォルネなどで、ナポレオンは彼らを不倶戴天の敵と見なし、「水に投げ込んでしまうべき一二ないし一五人の空論家」だと、また「害虫」だとも呼んだ。HLY二三九～四一参照。

★37　一六五七年刊行のC・S・タイタス（ペンネーム：ウィリアム・アリン）の著と推測される。

★38　正統王朝派が真のフランス王と見なすボルドー公爵アンリ・シャルル（一八二〇～八三年）。父は王党派の領袖ベリ公爵でシャルル一〇世の第二子、一八二〇年二月一三日に暗殺された。アンリは、その七ヵ月後、一八二〇年九月二九日に生まれたので、「奇蹟の子ども」とされた。一八三〇年八月二日シャルル一〇世はこの孫に王位を譲るべく退位したため、彼はアンリ五世と呼ばれた。HSY一一二七、二六五～六六頁参照。

★39　ジェームズ二世はチャールズ一世の次男で、一六四八年ピューリタン革命のために大陸に亡命。一六六〇年王政復古とともに帰国し、そして一六八五年に即位する。カトリックの復興と絶対主義の強化を図って議会と激しく対立した。一六八八年議会がオレンジ公ウィリアム（三世、一六五〇～一七〇二年）を迎えると、フランスに逃亡した。その後一六八九年、ルイ一四世の援助のもとに王位回復を試みたが、一六九〇年七月一日ボイン川の戦いに敗れた。

★40　ハイネの得意なレトリック、撞着語法 Oxymoron の羅列である（この羅列も列叙法と呼ばれるレトリック）。日本語には訳しづらいので以下に原文も挙げておく。gewaltig ohne Pathos, dämonisch natürlich, wunderbar ordinär, verfehmt und zugleich gefeit。レソールの章に見られる「謙虚さと単純さの大盤振る舞い」、ドラロッシュの章に見られる「素面《しらふ》の《理性のバッカス信徒》」というのも、このレトリックに属するものである（三七、五五頁参照）。

☆41　「ヴェルネの教皇像」から「唱えているかのようだ」までは、ジャーナル稿では「若いイギリスの王子がくずおれ、そして死にぎわに彼は、私のよく知る友人の眼差しで、ポーランド人特有のあの切なげな真摯さで私を見つめた」となっていた。

★42　ニコラーイ一世、在位一八二五～五五年、フリードリヒ・ヴィルヘルム三世の長女シャルロッテ（ツァレヴナ）と結婚した。

☆43　検閲削除を示すこの二つの線から六三頁上段一二行目の「賞賛すべきところだが、」までは、ジャーナル稿ではかなり違った内容になっている。以下に訳出しておく。「ああ、ドイツの右手は麻痺している、接吻で麻痺してしまったのだ。そして私たちの最良の防壁が倒れ、私たちの前衛部隊が倒れ、勇敢なるポーランドが棺に入っている。ロシアのツァーがもし今またやってくれば、今度は私たちが皇帝の手に接吻する番だ――われわれみんなに神のご慈悲があらんことを！〔段落〕もはやここでは国王弑逆《しいぎゃく》と――――――――――〔検閲削除〕の問題ではないので、これ以上の議論はすべてやめにするとして、私の本来のテーマにもどることにしよう。〔段落〕私は立派な画家たちをさらに幾人か賞賛すべきところで、たとえば二人の海の画家ギュダンとイサベー、さらに幾人かの日常生活の優れた描き手、センスのあるデトゥシュと機知豊かなピガルがそれである」

★44　ハドソン・ロウ卿はセント・ヘレナ島の総督。彼のナポレオンの扱い方にはさしたる敬意もなかったと言われる。ＨＳＹ二－七七～七八頁。

★45　ハイネのこの言及にはかなりの誇張がある。多くの芸術家がブルボン家の崩壊を歓迎していたし、その後ルイ・フィリップは芸術の振興を積極的に図っていたという。

★46　この段落と前段落はハイネ特有の風刺的反語構造であり、文面の他愛なさの裏にラウパッハへの強烈な嫌みが隠されている。『モーニング・クロニクル』がラウパッハのことに言及するはずなどないし、また「自分の芸術の才能が滅んでしまう」という嘆きは、ルートヴィヒ・ローベルトが語ったとされるもので（ルートヴィヒ・ベルネの言）、わざとラウパッハに押し付けられているのだ。ラウパッハの作とされる一連の戯曲はじつはルイ・アンジュリの作品で、ラウパッハの作ではない。アンジュリはフランス喜劇の素材をもとに戯曲を創作する劇作家で、その作品は当時のドイツ戯曲のベストセラーとして誰もが知るところであった。

★47　ここに言われる「従来のものとは異なった新しい技法」でハイネが何を念頭に置いていたかは、サン・シモニズムの機関誌『ル・グローブ』から明らかになってくる。それは、当時パリの観衆に感激を呼び起こしていた「パノラマ」（全景画）と「ジオラマ」（透視画）のことである。パノラマは、円形の部屋の内部の壁に取り付けられて光を上から受けるようにされた風景画で、鑑賞者はじっさいにこの風景を見ているような錯覚に陥る。一八世紀末のスコットランドで発明された技法で、すぐフランスに導入され、世紀末まで大変な人気を博した。ジオラマは照明効果を工夫することでパノラマをさらに発展させたものである。『ル・グローブ』は五～六月にかけて、さらなる開発の余地あるこの技法を高く評価し、ここには未来があるとして、画家のみならず機械工や技師も協力して、パノラマの原理を改良するように呼びかけている。

★48　サン・シモニストたちにとって、時代遅れの唯心主義への忠誠はもはや大衆の共感が得られず、文学と芸術の死を意味するものだった。

★49　ロシア軍の侵攻に伴ってコレラもポーランドに入っていった。疫病の流行はポーランドに壊滅的な結果をもたらし、一八三一年五月、フランス政府はポーランドへの医学調査団の派遣を決定している。調査団の報告は、疫病の猖獗《しょうけつ》と、戦闘行為によって引き起こされた大量虐殺や町の荒廃との関連性を強調した。そればかりか政府紙は、絶対主義者たち（ロシアと、これを支援するオーストリア、プロイセン）は自由主義原理の広まりを疫病によって妨げようとしているのではないか、との疑念も呈した。コレラのパリ到着は一八三二年三月二九日に公表された（ＨＳＹ一－一七〇頁参照）。――なお、パリの大司教モンセニョール・ド・ケラン（Monseigneur de Quelen）のコレラによる救済の期待というハイネの言であるが、大司教は一八三二年九月二七日、聖職者たちへ書簡を送り、コレラ禍の蔓延をまえにして必要となってくるキリスト教の隣人愛の実行を義務として準備するよう、切々たる言葉で要請している。だとすれば、ハイネの主張はこの事実を意図的に捻じ曲げていることになる。これはデュッセルドルフ版の注釈の述べるところだが、大司教の書簡の日付はハイネの執筆時期より一年も後のことであり、これだけを根拠に彼の意図を詮索することはできない。そうするには、大司教のそれ以前の動向についてのより慎重な実証的調査が必要だったはずである。

★50　音楽の新しい美学は、一八三〇年一二月五日に演奏されたベルリオーズの『幻想交響曲』のなかに姿を現し、他方、フランスのロマン主義文学はユゴーとともに二〇年代末に確立した。

★51　ルイ一四世の死後、オルレアン公爵が王位後継者ルイ一五世が成人するまで国政を導いた。公爵の摂政政治は、上流社会にとっては絶えざる祝祭のようなものになった。宴会と贅沢三昧が、ルイ一四世の晩年に広がっていた厳粛で敬虔な雰囲気に取って代わったからである。

★52　デュバリー夫人はルイ一五世の最後の愛人。夫人の名は、政府の逸脱行為を象徴するものとなっていた。フランス革命時の恐怖政治のさいに裁判にかけられ、一七九三年一二月八日ギロチンで処刑された。断頭台に上ったときデュバリー夫人は、死刑執行人に「刑吏殿」と呼びかけ、刑の執行猶予を乞い求めたと言われる。

★53　ファヴァールは、ルイ一五世の愛妾ポンパドゥール夫人の被保護者でコミック・オペラの指導者、多くのリブレットを遺した。

★54　「再録羊皮紙」Codex palympsestus とは、先に書かれてあった文字を洗い取るかこそぎ落とすかして、新たに使用できるようにした羊皮紙のこと。ヨーロッパ中世に流布した。先の文字の消し取りが不十分な場合、新しい字句の下から古い字句が透けて見えることがあり、ハイネはこれを比喩としてしばしば用いている。ＨＳＹ二－一七四、『ハルツ紀行』（Ｋ三－六二）等参照。

★55　一七六四年ルイ一五世のもとで建造に着手されたが、その後、革命により工事が中断した。一八〇六年、ナポレオンがここに栄誉の殿堂を建造することに決め、一八一五年まで建物はこう呼ばれていた。王政復古時代には元どおり教会に造り変えられ、ようやく一八四二年に竣工した。

★56　一八三一年、エジプト総督ムハンマド・アリーがルイ・フィリップに寄贈し、一八三六年に建造された。

★57　一八一三年一〇月ライプツィヒの戦いでナポレオン率いるフランス軍が敗北したのち、オーストリア、プロイセン、ロシアなど連合国軍がフランスに侵攻し、一八一四年にパリ入城を果たした。彼らは、ワーテルローの戦いでナポレオンが敗れたのち一八一五年にもパリに入った。新しい政権、七月王政はこれらの悪夢に脅え、当初からパリ防備策を考えていた。一八三二年には首都周辺に堡塁を築くプランが策定され、翌年政府が軍事関連工事を続行するためクレジットを募ったところ、野党陣営がこれに反対した。政府は外敵侵入の阻止を言っているが、じっさいはパリ民衆への威嚇を企図しているのだ、と野党陣営はキャンペーンを張り、かくて堡塁建設の問題はその後も長くフランスのアクチュアルな政治問題となっていった。一八四〇年四月一日、スルト内閣提出の堡塁建設法案が成立した（ＨＬＹ一二五～一二七）。

★58　ハイネの散文においては、他稿のテキスト挿入といったことは珍しくない。もしハイネの言うとおりだとすれば、『フランスの状態』との関連で書いていないながら用いずにいたテキスト、「メモワール」の一部がここに挿入されたことになる。「補足」の内容は、絵画→彫刻→建築→堡塁建設というふうに、遠くではたしかに芸術評論と繋がっている。しかし、本題からかなり外れた政治的テーマが扱われていることは確かであり、「メモワール」からの引用というハイネの言は、芸術レポートを締めくくるための工夫だと考えるべきだろう。

★59　カエサル謀殺の首謀者。英語読みではブルータス。彼は自らが共和制創建者Ｌ・Ｉ・ブルトゥス（最初の執政官の一人）の子孫であることを誇りとし、カエサルが皇帝の位に就こうとするのではないかとその野心を疑って、前四四年、カッシウスら同志とともにカエサルを刺殺した。――ブルトゥスは、カエサルとポンペイウスとの覇権をめぐる戦いにおいて後者の側に与していた。しかしポンペイウスがこの戦争に敗れたとき、カイサルはブルトゥスを赦免し、その後彼を重用して領州の代官やローマでの首位裁判官などに登用していた。プルタークによると、カエサルは、ブルトゥスをその母サーヴィリアとの間にもうけた自らの実子だと思っていた節がある。ブルトゥスの凶行は、個人のレベルではカエサルへの背信行為であったが、政治理念的には共和制の王政に対する謀略だと見ることができる。そうだとすれば、ルイ・フィリップは市民王を巧みに演じることで共和制を騙し、ブルトゥスの裏返しの役割を演じていたことになる。プルタ一ク著／鶴見祐輔訳『プルタ一ク英雄伝』潮出版社、二〇〇七年（＝潮文学ライブラリー）、三七〇～七一、四一三～一六頁参照。注07参照。

★60　一八三二年六月六日、七日の共和主義者の暴動は、国民衛兵が政府側につくことで戦況不利となり、ルイ・フィリップによって速やかに鎮圧された（ＨＳＹ一－二四四～四五頁参照）。なお、本文中の「共和主義者たちを屈服させた前年のあの六月六日」という文言には注意が必要である。もしこの断篇がハイネの言うとおり「昨年七月」に書かれた（七四頁）ものだとすれば、ここに言われる「昨年」とは一八三二年に当たるから、「前年の六月六日」とは当然一八三一年六月六日になり、共和主義者たちの暴動の年号に符合しなくなる。この矛盾を解くには、「メモワール」なるものは一八三三年に書かれていて、これを「補足」の末尾に挿入するに当たり、成立年を前年に前倒ししたと考えるしかない。「メモワール」からの引用というハイネの言は、注58で述べたとおりフィクションと考えるのが妥当であろう。

★61　聖書の用法によると、腎臓は心臓、肝臓、肺と同じく生命力や情緒の居所であるという。とすれば、《神が王の腎臓を見ている》という比喩的表現は、神が王たちの本質を知り尽くしていることを言うのだろう。木庭 宏『ハイネのおしゃべりな身体』松籟社、二〇〇四年、三四〇頁参照。本書一一三頁参照。

★62　フランスの七月革命の影響下に一八三二年五月ドイツのハンバッハで、出版の自由、国民主権、民主主義などを求めるドイツ・リベラル派の一大デモンストレーション、いわゆるハンバッハの祭典が挙行された。時の権力者たちは自由を求めるこの政治的アクションに襲いかかった。メッテルニヒはいまこそ好機到来と見て、出版の自由、結社・集会の自由、リベラルな憲政などいっさいの運動を国家の駆使しうるあらゆる物理的手段を動員して抑止しようとした。これに応じてドイツ連邦は一八三二年六月二八日、六条から成る法律を発布する。それは、諸邦の憲法を連邦基本法の枠内で統一的に解釈する権利を連邦に与えるものであった。かくして諸邦の地方議会までもが厳しい監視下に置かれることになり、リベラル派の進歩や変革を求める運動に連邦の枠が嵌められたのである。木庭 宏『ハイネ――挑発するアポリア――』松籟社、二〇〇一年、一三九頁以下参照。

訳注

フランスの舞台芸術について

アウグスト・レーヴァルトへの手紙（一八三七年五月、パリのさる近村にて）

手紙 一

　とうとうパリと暖かい暖炉を離れることのできる気候になりました。待ちに待った日です。田舎で過ごす最初の数時間をいままたわが親友に捧げることにします。陽光が便箋の紙面に差し込み、朗らかな挨拶をあなたに届けるこれらの文字を黄金色に染めてゆきます。なんと嬉しいことでしょう。そうです、冬が山のかなたへ逃げてゆき、その後へいたずら好きの春風がひらひらと舞い込んできたのです。ちょうど、嘲笑しながら、いや、それどころかシラカバの枝を振りまわして恋煩いの老人を追い立てる、そんな浮薄なグリゼット★01の群のようです。白髪の伊達男のあの喘《あえ》ぎ、あの呻《うめ》き声はどうでしょう。若い娘たちの追い立て方はなんと無慈悲なことでしょう。色とりどりの胸飾りが衣擦《きぬず》れのなんと良い音を立て、なんとみごとに輝くことでしょう。リボンがあちらこちらで草のなかへ落ちてゆきます。スミレが面白そうにそれを覗きみて、そして不安げに、しかもうっとりしてこの楽しい追い立て猟を眺めています。老人はとうとう降参して逃げにかかり、ナイチンゲールが凱歌を奏でます。彼女たちの歌はじつに素晴らしくフレッシュです。とうとう私たちは、マイアーベーアやデュプレ〔パリのオペラ界の花形〕ともどもグランドオペラなしで済ますことができるのです。ヌリ〔有名なテノール歌手〕などもうずっと前から不要になっていました。結局のところこの世には、たとえば太陽と私を除けば、誰ひとり必要ではないのです。だってこの二者なしには春のことを、また、春風のこともグリゼットのこともドイツ文学のことも考えられないからです……。もしそうなれば、全世界は大口をあけた無、零の影、ノミの夢、カール・シュトレックフースの詩みたいになってしまいます。

　そう、春が来たのです。とうとう私はアンダーシャツを脱ぐことができ、小さな少年たちは上着までも脱いで、シャツ姿で大きな木のまわりを跳びまわっています。この巨木は小さな村の教会のわきに立っていて、鐘楼の役割もしています。まさにいま満開で、まるで髪粉をふった年老いたお祖父《じい》さんのように見えます。

まわりを楽しげに踊るブロンドの孫たちのまんなかに悠然と微笑みながら立っています。ときおり、孫たちをからかって白い花びらを振りかけます。けれども童たちは、いっそう激しく歓声を上げるばかりです。鐘の引き綱を引っ張ることは鞭打ちの罰で厳禁されています。しかし、他の子どもたちの模範たるべき年長の少年が誘惑に打ち勝つことができず、禁じられた引き綱をこっそり引いてしまいました。すると、お祖父さんの戒めの声のように鐘が鳴り響くのでした。

それから夏がやってきて、木全体が緑に光り輝き、葉の繁みが鐘をすっぽり包み込んでしまうと、音に神秘的な調子が加わってきます。陰にこもった不思議な響きで、この鐘が鳴りはじめるとすぐ、枝のうえで身を揺れ動かしていたおしゃべりの小鳥たちが不意に黙りこみ、そして、驚いて飛び去ってしまいます。

秋になると、鐘の音はこれまでよりずっと真剣で不気味な調子を帯びてゆき、亡霊の声が聞こえてくるようにも思えます。とりわけ誰かが埋葬されるようなとき、鐘の音はえも言われぬ悲しい余韻を帯びます。そんなときは、鐘が鳴るたびに何枚か病んで黄ばんだ葉が舞い落ちてゆきます。そしてあるとき、鳴り響くこの落葉が、音声のこの死の象徴が、じつに圧倒的な悲しみでわが心を満たし、子どものように私は泣いたのです。あれはマルゴが夫を葬った昨年のことでした[☆02]。

でもいまは素晴らしい春の陽気に包まれています。太陽が笑い、子どもたちが歓声を、時に必要以上に大きく上げ、そして私は、すでに昨年もっとも美しい数ヵ月を過ごしたこの小さな田舎家で[★03]あなたにフランスの劇場について一連の手紙を書くのです。そのさいお望みどおりに祖国ドイツとの関連も視野に入れることにいたします。この関連づけにはそれなりの難しさがあります。というのも、ドイツの演劇界の思い出が日に日に私の記憶のなかで褪せていっているからです。近年書かれた戯曲で私が目にしたのは、インマーマンの二篇の悲劇『メルリーン』と『ピョートル大帝』〔ともに一八三二年〕だけです。両者とも上演されませんでした。きっと『メルリーン』はその詩情のせいで、『ピョートル』はその政治性のためなのでしょう……[★04]。

そして、どうか私の顔つきを想像してみてください――親愛なる偉大な詩人〔インマーマン〕のこれら二作が入った同じ包みのなかに、『エルンスト・ラウパッハの演劇作品』と題された本がなんと数巻入っていたのですよ〔四巻本、一八二九～三五年〕。

ラウパッハ[★05]とは面識はありましたが、ドイツ演劇の監督たちのこの寵児の作品を読んだことなどまったくありませんでした。彼の戯曲のいくつかは知っていましたが、舞台で観ただけのことで、作者が役者に処刑されるのか、それとも、役者が作者に処刑されるのかがよく分かりませんでした。その後しかし幸運に恵まれ、異国の地で暇にまかせてエルンスト・ラウパッハ博士の喜劇をいくつか読むことができました。最後の幕までたどり着くのに相当の苦労が要りました。下手なジョークはすべて大目に見ることにします。結局のところ彼は、このジョークで観客におもねろうとしているだけなのです。というのも平土間席の好漢たちは、気の毒にも、「あれくらいのジョークなら、ぼくにだって出来るだろう」と独り言をいい、自意識を満たしてもらって作者に謝意を感じるからです。しかしどうしても耐えられないのはラウパッハの文体です。私はずいぶんと贅沢に慣れてきました。フランスに長く滞在しているため、会話のエチケット、本当の軽やかな社交的な言葉が私には欠かすべからざるものになっていて、そのせいで、ラウパッハの喜劇を読んだとき不思議なむかつきを感じるほどでした。彼の文体にはじっさい、胸を締めつけられるような何か孤独なところ、何か孤絶したところ、非社交的なところがあるのです。これらの喜劇における会話は、偽物で、いつだって、いろいろな声を用いた腹話術のモノローグでしかないのです。あれはもっぱら、独身男じみた思念の堆積場なのです。独りで床に着き、朝起きると自分でコーヒーを沸かし、自分で髭を剃り、ブランデンブルク門のまえまで独りで散歩し、そして、自分自身のために花を摘んでくるそんな思念たちのゴミ溜めなのです。ラウパッハが女性をしゃべらせたとき、女たちの決まり文句は、白いモスリン・ローブの下に垢で汚れた健康フランネル・ズボンを着けていて、煙草とロシア革の臭いがするのです。

ともあれ、盲目の人のあいだでは片目の者こそ王さまであり、そしてドイツのへぼ喜劇作家のあいだではラウパッハがベストなのです。「へぼ喜劇作家」と私が呼ぶのはただ、喜劇と銘打って自分らの駄作を舞台で上演させる手合いのこと、あるいは、たいていは本人がコメディアンでもありますから、駄作を自分自身で演じる哀れな手合いのことだけだと言っておきます。といっても、これらのいわゆる喜劇はもともと伝統的なマスクを顔に着けただけの散文のパントマイムでしかありません。マスクには、父親、悪漢、宮中顧問官、ナイト、彼氏、彼女、小間使い、母親、その他わが国の役者たちの契約書に挙げられているような様々なものがあります。そして役者たちは、伝統的タイプに合わせてこれらお決まりの役柄の調教を受けているだけです。イタリアの仮面喜劇と同じく私たちのドイツ喜劇も、がんらいは無限に変奏可能なただ一つの作品でしかないのです。登場人物とシチュエーションは所与のもので、コンビネーションの才のある者が、これら所与の人物とシチュエーションの合成を試み、新しそうに見える戯曲をこしらえあげます。彼らのやり口は、さまざまな形に切った一定数の木片を組み合わせて、多種多様なフィギュアをこしらえるあの中国パズルとおおよそ同じです〔HSY一一二五九〕。だから、そうした才覚に恵まれているのは、まったく取るに足りない人間のことがしばしばあるわけです。真の詩人が努力しても無駄というものです。彼らは、自由のなかでしか才能を働かせることができず、組み立て木製人形ならぬ生きた本物の人物しか創造できないからです。ドイツ喜劇を書こうと報われぬ努力をした何人かの真の詩人が、新しい喜劇のマスクをいくつか作り出しました。けれども役者たちとぶつかってしまったのです。もっぱら既存のマスクどおりに訓練されてきた役者たちは、自分らの無学もしくは不勉強を言い繕おうとして、新作劇に対してじつに巧みな陰謀を企て、上演できぬようにしてしまったのです。

ラウパッハ博士の作品について私の口からいま漏れた評価のもとになっているものは、たぶん、著者の人柄に対する私の密かな不満なのだと思います。かつてこの男の姿を見ただけで私は震え上がってしまいました。ご承知のとおり、そんなことは殿さまだってお赦《ゆる》しになりません。あなたは不思議な顔をして私を見ておられる。ラウパッハ博士を決してそんなに恐ろしいと思っておられず、また、生きている人間をまえにして私が震えるようなことに慣れておられないのではありませんか。でも、震え上がったのはやはり本当なのです。私はかつてラウパッハ博士に膝がガクガク震え、歯がガタガタ鳴り出すほどの恐怖を覚えたのです。エルンスト・ラウパッハの演劇作品とびらの表題わきに氏の銅版画があるのを目にすると、いまでも胸のなかで心臓が震える始末なのです……。あなたはびっくりして私を見ておられる、そして隣から、「どうかお話ししてくださいな……」と好奇心いっぱいに懇願する女性〔レーヴァルトの妻ファニー〕の声が聞こえてきます。

これはしかし長い話で、今日はそうしたことをお話しする時間がありません。しかも話をすれば、忘れてしまいたいあまりに多くの事柄、たとえば、ポツダムで過ごしたあの憂鬱な日々〔一八二九年四月半ばから七月半ばまで〕のこと、そして当時、自分を孤独な世界に追い込む契機となった大きな胸の痛み〔＝失恋事件〕のことなども思い出してしまうのです。——私はまったくひとりぼっちで散歩していました、今では廃れてしまったサンスーシ〔フリードリヒ大王の建てたロココ式の離宮〕の中を、車寄せ斜道のオレンジの木々の下を……。ああ神よ、これらオレンジの木はなんと不愉快で、詩情がないのでしょう。まるで変装した樫の木の繁みのように見え、しかもどの木にもみな、ブロックハウス社『談話誌』の〔匿名〕通信員みたいな番号がついており、そしてナンバー入りのこの自然には何かじつに小ずるくて退屈なところが、伍長杖で強いられたような不自然さがあるのです。私にはいつも連中が、つまりこれらオレンジの木が、嗅ぎ煙草をやっているように思えてしかたありません。ちょうど彼らの亡きご主人さま、つまり——あなたもご存知のとおり——ラムラーが偉大なる詩人だったころに偉大なる半神だったかの老フリッツ〔＝フリードリヒ二世〕と同じように。ただし、私がフリードリヒ大王の功績を狭めようとしているなどとは決して思わないでくださ い。狭めるどころか王のドイツ文学への功績を私は認めているのです。いったい王はゲラートに白馬を一頭、マダム・カルシンに五ターラーを贈らなかったでしょうか。★06 王はフランス語でへたな詩を書きドイツ文学を奨励しなかったでしょうか。もしドイツ語で出版していたなら、高貴なるこの例は測り知れない損害を与えていたと思えるのです。ドイツのミューズは決して王のこの功績を忘れないでしょう〔HSY二―一二五以下〕。

先にも申しましたように、私はポツダムでとくに晴れやかな気分だったわけではありません。おまけに身体が心を相手に、どちらが私をもっともよく苦しめることができるか賭けをやっていたのです。ああしかし、よりよく耐えられるのは、身体の痛みよりも心の痛みのほうなのです。たとえば、良心の痛みと歯の痛みのどちらか一つを選べと言われたなら、私は前者を選びますね。ああ、歯痛ほど強烈なものはありません。このことがポツダムでよく分かりました。私は魂の痛みなどすべて忘れ、そして、病気の歯を抜いてもらうためベルリンへ立つことに決めたのです。なんと恐ろしい、なんと身震いのするような手術だったでしょう。断頭台に似たようなところがありましたよ。椅子に座り身動き一つせず静かに、あの恐るべき瞬間、グイ！を待たねばならないからです。思い出すだけでも髪の毛が逆立ってきます。けれども摂理は、その賢明さでもって、何事につけ私たちがうまくゆくように按配してくれており〔HSY三―一三五〕、人間の苦しみさえも結局のところ、その人の幸せに役立つばかりなのです。もちろんです、歯痛はたしかに恐ろしく、耐え難いものです。けれども、摂理はありがたくもちゃんと計算しておられます。歯痛にかくも恐ろしく耐え難い性質をお与えになった心は、辛抱たまらなくなって歯医者に駆け込み、そして歯を抜いてもらう計らいにほかないのです。じっさい、そうでしょう。もしも歯痛が少しなりとも耐えうるものであれば、誰だってこんな手術を、というよりはこんな刑の執行を受ける決心などしないでしょうから。

　私が三時間の旅行中どんなにびくびくしながら、不安な思いいっぱいで郵便馬車に乗っていたか、あなたにはご想像いただけないでしょう。ベルリンに着いたときグロッキー同然で、人はそんな瞬間にはおカネのことなど眼中からなくなるものです。それで私は郵便馬車の御者に一二良グロッシェン[★07]ものチップをやってしまいました。すると、やっこさん、妙にどっちつかずの顔をして私を見つめました。というのも郵便馬車の御者はナーグラーの新しい郵便条例によりチップを厳禁されていたからです。御者は一二グロッシェン硬貨をまるで量ってでもいるように、長いあいだ手に持ちつづけ、そして、ポケットにしまいこむ前に、悲しげな声でこう言いました。「二〇年この方わしは郵便馬車の御者をやっていて、チップにはまったく慣れっこなんだ。ところがさ、突然いま郵便局長閣下のお達しがあり、旅行客から物を受け取ってはならぬ、と厳罰をもって言い渡されちゃったんだ。でもこいつは非人間的な法律だね。人間だれしもチップを返すことなどできんわ、自然に反することだからね」。私はこの誠実な男と握手し、そして溜め息をつき、溜め息をつきながらとうとう旅館に到着し、すぐにそこで、誰か良い医者を知らないかと尋ねました。すると旅館の主人は大喜びでこう言いました。「ああ、ちょうど良かったですよ、お客さん。当館にはちょうどサンクトペテルブルクから有名な歯医者さんが来られてるんです。お客さんがホテルの食堂で夕食を取られるなら、お会いになれますよ」。それは結構、死刑囚の椅子に座るのにまずは死刑執行前の最後の食事を取ることにしよう、と私は思いました。けれどもテーブルでは食べる気などまったくなくなっていました。空腹だったのに食欲がわいてこないのです。そもそも私は気楽な性質の人間なのですが、それでも、間近に自分を待ち受ける恐ろしい出来事を心の外へ追い払うことができませんでした。わが好物、テルト〔ポツダム近くの町〕産・子カブラ付きの羊肉〔HSY二一九二〕でさえ嫌でした。おのずとわが目は恐ろしい男、サンクトペテルブルクの歯の処刑人を探していました。そして、そんな不安のなかで私はすぐ客のなかから本能的にその人を見つけ出したのです。男は遠くのテーブルの端に座っていました。不快なしかめ面をしています。歯をひっこぬくペンチのような顔です。じつにいやな変わり者で、ぴかぴか光るスチール・ボタンつきの灰色の上着をきています。まともに顔を見ることなどほとんどできやしません。そして、男がフォークを手に取ったとき、もうバールを持って顎に近づいてくるかのように思えて、私は縮み上がったのです。恐ろしくて身震いしながらこの男に背を向け、そして、なんとかやつの声の響きを聞かずに済むよう、できることなら耳に栓をしたいところでした。私は声の響きから、この男が身体の内側は灰色のペンキが塗られ、腹には木の腸が詰まったそんな人間の一人だと気づいたのです。男はロシアについて語り、自分はロシアに長いあいだ滞在していたが、自らの芸を生かせる活動の場が十分になかったよ、と言いました。男の話しぶりには静かで慇懃無礼なところがあり、それがまた口角泡を飛ばす駄法螺《だぼら》以上に耐えがたいものでした。男がしゃべるたびに身中から気力が失せてゆくように思われ、魂が震えました。どうしようもなくなって私は、隣席の人との会話に身を投じ、そうしてかの恐ろしい男にびくびくして背を向けたまま、その声がついに聞こえなくなるほど耳も聾さんばかりの大声でしゃべりました。隣席の人はきわめて上品で端正、じつに洗練されたマナーを身に付ける愛すべき人物で、その好意的な話が私の陥っていたやりきれぬ気分を和らげてくれました。謙虚そのものといった人でした。やわらかく反った唇から話が穏やかに流れ出て、目は澄んでいて親切そうです。私が歯痛で困っていると聞いたとき、彼は顔を赤らめ、そして、お手伝いしましょうかと申し出たのです。「ええ？ 一体どういうことでしょう。あなたはどなたなのですか」と私は叫びました。――「サンクトペテルブルクの歯医者マイアーです」と彼が答えたのです。無作法も顧みず私は椅子ごとこの人から身を離し、すっかり狼狽して、「それじゃ、いったいテーブル上座の、あのぴかぴか光るスチール・ボタンつきの灰色の上着をきた人は誰なんでしょう」とどもりながら尋ねました。隣人は私をいぶかしげに眺めて、「知りませんよ」と答えました。すると、私の問いを耳にした給仕人がさも重大事そうに、「あれは劇作家のラウパッハ氏ですよ」と私の耳に囁いたのでした。

手紙 二

……それとも私たちドイツ人は良い喜劇作品を本当に作ることが出来ないというのが真実で、そうした文学作品はフランス人から借用するよう永遠に定められているのでしょうか。

シュトゥットガルトであなた方は、この問いにずいぶん長らく頭を痛め、ついにはどうしようもなくなって、最高の喜劇作家の首に懸賞金をかけられたと聞いています。[★08] おうかがいしたところ、レーヴァルトさん、あなたご自身もその判定員の一人だったそうですね。J・G・コッタ出版社からビールも煙草も与えられず、長らく缶詰めにされたあげく、ついに皆さんは演劇的弾劾評決を言い渡したというではありませんか。これによってあなた方は、少なくとも良い喜劇作品を一作書ける題材ができたことになりますね。

ともあれ、先に提起された問いを肯定するためいつも援用される議論がありますが、これほど論拠薄弱なものはないのです。たとえば、ドイツに良い喜劇作品がないのはドイツ人が真面目な国民のためであり、これに反して、フランス人は朗らかな国民で、そのためドイツ人よりも喜劇の才能があるのだ、という主張があります。この命題は根本的な誤りです。フランス人は決して朗らかな国民ではありません。むしろその逆で、ローレンス・スターンがフランス人はあまりに真剣すぎると主張していますが、私はこのスターンの言うとおりだと思い始めているのです。ヨリック[★09]が『フランスへのセンチメンタル・ジャーニー』を書いた当時、この国にはまだ旧体制の軽薄さと、香水をふりかけた下らなさが全盛を誇っていました。フランス人たちは当時まだギロチンとナポレオンによりしかるべき省察のレッスンを受けていなかったのです。ところが彼らは、七月革命以降真剣さにおいて、ないしは少なくとも面白みのなさにおいて、どんなに退屈な進歩をしたことでしょう。彼らの顔は長くなり、口の両角が以前よりも思慮深げに引き下げられています。私たちから哲学と煙草を勉強したためです。それ以来フランス人のあいだでは、大きな変容現象が進行しており、彼らはもはや互いに似てはいません。この点でわがドイツの国粋主義者たちのおしゃべりほど惨めなものはないのです。だって今も連中はフランス人の悪口を言うとき、かつてドイツで見かけたナポレオン帝国時代のフランス人しか思い浮かべていないからです。ドイツ国粋主義者は、フランス人は移り気だと熱心に言いつのる一方で、新し物好きのこの国民にここ二〇年来、考え方と感じ方においておよそ安定などありえなかったことを考えもしていないのです。

いいえ、彼らは私たちよりも朗らかではありません。私たちドイツ人、このユーモアの国民は、たぶんコミカルなものにフランス人より多くのセンスと感受性をもっているのでしょう。しかもドイツはフランスにおけるより笑いのネタが豊潤で、まったく滑稽な人物だってはるかに多数存在しているのです。かの国では、社会全体に広がる冷やかし気分のために、途轍もない滑稽さはすべて芽のうちに摘み取られてしまいますし、オリジナルな道化も自由奔放に育ってゆくことができません。だからドイツ人たる者は誇りをもって、道化はそもそもドイツの地においてしか、若くして抑圧され平板化してしまったフランス道化に予想もできぬほどのあの巨人的高みにまで咲き上がることができないのだ、と主張してよいでしょう。鈴付き頭巾が天にまで届き、そして、その鈴の音で星々を笑わせるかの巨大なる愚者は、ドイツ国にしか創造できないのです。わが同胞たちの功績を誤解して外国のおどけぶりに熱中せぬよう、自分らの祖国に不当な扱いをせぬようにしようではありませんか。

ドイツのターリアの不毛さを自由な空気、もしくは——軽率な言葉をお許しいただくとして[★10]——政治的自由の欠如のせいにするのも同じく誤りです。政治的自由とふつう呼ばれているものは、喜劇の繁栄に必要だというわけでは決してありません。どうかヴェネチアのことをお考えください。鉛の部屋と秘密の溺殺装置が活用されたにもかかわらず、ゴルドニとゴッチがなおも傑作を創作したではありませんか。スペインはどうでしょう。絶対主義の斧とキリスト教オーソドックスの焚炎にもかかわらず、結構な権謀術数劇が詩作されているではありませんか。ルイ一四世統治下で執筆したモリエールのこともお考えください。中国さえも立派な喜劇を持っているのです……。そう、ある国民のもとで喜劇の発展を条件づけるものは政治状態ではないのです。そして、わが身を遠ざけておきたいあの政治の領域に足を踏み込む必要がないのなら、私はこのことを肌理《きめ》細かく証明するでしょう。そう、そのとおりです、レーヴァルトさん、私は政治に真の嫌悪感を抱いているのです。いかなる政治的思考であれ、狂犬に用心するのとまったく同じように私は十歩先からこれを回避することにしているのです。もしも自分の理念の動きのなかで思いもかけず政治的思考に出会ったならば、私は大急ぎでお祈りを唱えます……。

レーヴァルトさん、あなたは狂犬に出くわしたとき大急ぎでつぶやくお祈りをご存知ですか。私はいまもまだ子どものころのお祈りを覚えています。老助任司祭アステーファァーから学んだものです。散歩に出かけて、両脚のあいだにシッポを少し怪しげに巻き込んでいる犬の姿を目にすると、私たちは早口でこうお祈りしたものです。「おお、犬よ、犬よ——お前は健康ではない——お前は呪われておる——いついつまでも——お前の嚙み付きから——わが主にして救世主イエス・キリストさまがお守りくださいますように、アーメン！」

政治に対すると同様、私はいま神学にもかぎりない恐怖心を抱いています。神学からも私は不快な仕返しばかりをされました。サタンにはもはや誘惑されませんし、キリスト教についての省察はいっさい控えるようにしており、ましてや私は、ヘングステンベルク〔ベルリン大学の神学教授〕とその一味を改宗させ、生を楽しめるようにしてやるほど愚か者ではありません。これら不幸な者たちのためには、《死ぬまでバナナの代わりにアザミの葉っぱばかり食らい、そして、己の肉体を自ら苦しめつづけますように》とお祈りしましょう。なかなか結構なことではありませんか。そのための笞を自前で調達してあげたいと思います。神学は私を不幸に陥れました。いかなる誤解によって不幸になったか、あなたはご存知です。請願などしてもいないのに連邦議会が私を「若きドイツ」のポストに就け、そして、解雇を願い出ているのに今日に至るまで解任の適わぬ次第をあなたはご存知です。[★11] まったく卑屈な嘆願書〔ドイツ連邦議会宛一八三六年一月二八日付公開書簡〕を書いても無駄、かつての宗教上の錯誤などいまではまったく信じていないと主張しても無駄……成果は何一つ生まれそうにありません。年金など私は一グロッシェンも求めてはいません。年金がもらえなくてもいい、退職させてほしいのです。レーヴァルトさん、あなたの雑誌でおりにふれて私の蒙昧主義と奴隷根性を非難していただければ、本当にありがたいのです。それは私の助けになります。もちろん敵たちにそんな愛の奉仕をわざわざ乞い求める必要などありません。連中はわれ先にと私を中傷してくれていますから。

……フランスでは喜劇がドイツよりも栄えていますが、私はこの長所が予想に反してフランス人たちの政治的自由に帰するものでないことを先に述べました。フランスの喜劇作家たちが優位に立つのはむしろ社会状態のおかげであること、このことをいま少し詳しくお示しすることはたぶん許されましょう。

[☆12] フランスの喜劇作家が国民の公的生活を主要素材として扱うようなことはほとんどなく、そのいくつかの要素を利用するだけ、というのが普通です。[★13] 彼らは公的生活の畑のあちらこちらから奇矯な花を何輪か摘んできて、それらを鏡の縁飾りに利用するだけなのです――しかもこの鏡というのが、アイロニーのバイアスのかかった研磨面から、フランス人の家庭生活が私たちに笑いかけてくるといった物なのです。[☆14] 喜劇作家がそれよりもっと大きな収穫を得られるのは、なんらかの古い制度と今日の習慣との間、そして、今日の習慣

と国民の隠れた考え方との間から生まれてくるコントラストのおかげです。★15 そして最後に、彼らにとって特段に実りの多いのは、フランス人のあの熱しやすくて冷めやすい高貴な情熱と、当世の産業社会特有の実利的諸傾向とが衝突したときにきわめて滑稽な姿で現れてくるさまざまな対立です。私たちがいま立っている地面とは、かの偉大なる暴君、つまり革命が、五〇年間にわたって専制支配し、ここでは引き倒し、かしこでは温存するといったふうに恣意的ではありましたが、それでも結局は、社会生活の根幹を至るところで揺り動かしてきたそんな所なのです。そして、低きを高めるのではなく、高きを平らにすることしか出来なかった平等主義のこの憤怒、嘲弄しあう現在と過去とのこの反目、狂人と幽霊とのこの喧嘩、精神的なものであれ物質的なものであれ、すべての権威のこの瓦解、それら権威の最後の瓦礫のうえでのこの躓《つまず》き、そして、なんらかの権威の必要性が痛感され、破壊者が自分自身のなした仕事に驚愕し、恐ろしさのあまり歌をうたいはじめ、ついにはゲラゲラ笑い出すそんな途轍もない運命の時を迎えてのこの頓馬ぶり……。ごらんのとおりそうした事態は恐ろしいこと、いや、ある意味では身の毛のよだつようなことです。けれども喜劇にとってそれはまったく素晴らしいことなのです。

とはいえ、ここはドイツ人にはやはり少々薄気味悪いところなのです。ああ、永遠なる神々よ、ドイツにフランスのような喜劇がないことを私たちは日々われらがイエス・キリストに感謝すべきなのでしょう。フランス社会という廃墟の堆積物の中からしか咲き出てこないような、そんな残骸の花がドイツに育たないのは幸いなのでしょう。私にはフランスの喜劇作家が、破壊された町の廃墟に腰掛けてしかめ面をつくり、そして、大聖堂の壊れた尖頭アーチから本物のキツネが顔を出したような場面を、国王の側室のかつての閨房《けいぼう》で本物の雌ブタがお産の床についているような場面を、あるいは、カラスどもがギルド館の鋸壁《きょへき》でいかめしい会議をやっているような場面を、それどころか、ハイエナどもが王侯の墓所で古い骨を掘り起こしているような場面を眺めては、ニタニタ笑い声を上げているサルのように思えることがあります。

フランス喜劇が劇の中心モチーフを取ってくるのは、国民の公的生活ではなく、家庭のさまざまな事情からであることはすでに述べましたが、ここでのもっとも生産的なテーマは夫婦関係です。すべての生活関係におけると同様、フランス人の家庭においてもすべての絆が弛められ、すべての権威が取り壊されています。息子にとっても娘にとっても父親の威信が地に落ちていることは、唯物論哲学から生まれてきたあの批判精神の解体的な力を思えば理解は難しくないでしょう。[★16] 畏敬の念のこうした欠如は、男女関係ではこれよりずっとどぎつい振る舞い方で現れてきます。夫婦間にあっても婚外関係にあっても同じことで、これら男女の関係は喜劇にぴったりの性質をもっています。ここフランスには、ドイツでは下手な翻訳ないし改作で知られているだけで、しかもドイツ人ならばせいぜいポリュビオスとして、ただしカエサルとしては絶対に描きえない、あのすべての男女間戦争のオリジナルな見せ場があるのです。[★17] もちろん、言うまでもありませんが、そもそも男と女なのですから、夫婦はすべての国で戦争をやっています。けれどもフランス以外のところでは、女性には行動の自由が欠けていて、戦争は隠れた形で行わねばなりません。外部へ劇的な形で姿を見せることができないのです。女性はふつう小さな暴動さえ起こすことができず、やれるのはせいぜい謀反の密議くらいです。ところが、ここフランスでは男性と女性が同じ戦力を持って対峙し、じつに凄まじい家庭戦争を繰り広げるのです。ドイツの生活は単調なものですから、あなた方は芝居小屋で両者の出陣劇を見て大いに楽しんでいます。巧みな戦術、秘密の待ち伏せ、夜討ち、曖昧な休戦、それどころか永遠の平和条約締結などにより、一方が他方を騙そうと図っています。だが、そうしたことが見せかけであるばかりか、本当に実行されているここフランスの戦場に立ち、しかも胸にドイツ人の心をもっていると、どんなに良いフランス喜劇であれ、それを楽しむ気分など消え失せてしまいます。ああ、もうずっとまえから私は、女房に間男されたご夫君の、じつに滑稽な愚かしさを演じるアルナル〔HSY三－一七〇〕を笑えぬようになっています。私はまた、上流貴族のマダムとしてありとあらゆる優美さを振り撒きつつ姦通の花をもてあそぶジェニー・ヴェルトプレも笑えぬようになっているのです。それにまた、ご存知のとおり、グリゼットをじつに見事に、古典的なふしだらさで演じることのできるマドモアゼル・デジャゼももはや笑えないのです。この女性がそのような芸術の勝利に到達できるまでに、いったいどれほど貞節の敗北があったことでしょう。デジャゼはフランス最高の女優だと言ってよいでしょう。そして次のような女たちをどれだけ見事に演じることでしょう――気前の良い金持ち彼氏のおかげで、貴族のマダムなみにありとあらゆる贅沢品に突如として取り巻かれる貧しい帽子縫いのお針子、あるいは、生まれて初めてカラバン〔ドイツ語でStudiosus medicinae〔医学生〕〕のとろけるような優しい言葉を聞き、そうして、グランド・ショミエールの田舎の舞踏会へとエスコートされてゆく小さな洗濯女……。ああ、こうしたことはすべてたいへん結構で、面白い。そして観客は笑います。さてしかし、このような喜劇がじっさいに終わってゆくその先のことを密かに考えますと、つまり、売春宿の立ちならぶ貧民街、サン・ラザールの売春婦専用病院、解剖台、自分のかつての愛人に教材のメスが入れられるのを医学生がよく見かける解剖台のことを考えますと……、喉元で笑いが押し殺され、そして、己の愚か者の姿を世界でもっとも教養ある観客のまえに晒《さら》すのが怖くなければ、私はとめどなく涙を流してしまうことでしょう。

レーヴァルトさん、亡命の密かな呪いとはまさしくこんなことを言うのです――異国の空気のなかで決して完全にはアットホームに感じられないこと、故郷の考え方、感じ方を持ち込んで、まったく違った考え方、感じ方をする国民のなかでいつも孤立していること、土地の人たちがとっくに折り合いをつけていて、まるで自国の自然現象に接するがごとく慣れっこになり、感受性を失ってしまった道徳的、いやむしろ不道徳的現象に絶えず傷つけられることを……。異国の精神的気候はその地の物理的気候と同じくらい私たちにつれないのですが、ああ、それでもまだ物理的気候のほうが我慢しやすい、病気になるのは身体であって、心ではないのですから〔HSY三一一二七以下〕。

革命的なカエルは、郷里の濁った水の中から這い上がり、そして、空飛ぶ鳥の存在こそ自由の理想だと思うのですが、やがてしかし、乾いた、いわゆる自由な大空に長くは耐えられなくなり、そうしてほどなく、生まれ故郷の重たくて堅固な沼地へ帰りたくなります。初めのころ彼は、はちきれんばかりに体を膨らませ、そして、じつに晴れやかに輝く七月の太陽に喜びの挨拶を送り、自分自身にこう言うのです。「ぼくは郷里の連中より上だ、やつらは魚、ボウダラ、物言えぬ水棲動物。ジュピターはぼくに語る才能を与えてくれた、それどころかぼくは歌い手なんだ、すでにこの点でぼくは鳥たちと親類なのだ、ないのは翼だけ……」。哀れなカエルさん。たとえ君が翼を手に入れても、万物を立ち越えるほどの高みにまでは登れませんよ。君には大空を飛ぶのに必要な鳥の軽やかなセンスが欠けているため、われ識らず幾度も地上を見下ろしてしまうのです。そんな高みにいるものですから、この世の煩悩の谷間の痛ましい姿がますますよく見えてきます。となれば、羽のあるカエルは、きわめてドイツ的な沼の中にいたときよりもずっと大きな胸苦しさを感じることになるでしょう。

手紙　三

頭が、重くて荒《すさ》んでいます。昨晩ほとんど一睡もできませんでした。ベッドで絶えず転げまわり、頭のなかでこんな考えが絶えず転がりまわっていました。ホワイトホールでチャールズ一世の首を切った覆面の刑吏は誰だったのだろう？　明け方になってようやくまどろみましたが、また夢を見ました。ある日の夜のことです。パリのポン＝ヌフ橋のうえに一人佇《たたず》んで、暗いセーヌ河をのぞきこんでいました。下方にはしかし、橋脚のあいだから裸の人間の姿が見えてくるではありませんか。腰から上半身を水面に出し、ランプを手にして何かを探しているように見えます。男たちは意味ありげな目つきで私を見あげ、そして私自身もそれに頷き返しました、まるで密かに了解しあっているかのように……。とうとうノートルダム寺院の重い鐘が鳴り、目を覚ましました。あの人たちはポン＝ヌフ橋の下でいったい何を探していたのだろう、とあれからもう一時間も思案しつづけています。夢ではよく分かっていたのですが、目覚めたあとで忘れてしまったのだろうと思います。

キラキラ輝く朝霧は春の日の好天を約束します。鶏が鳴いています。隣家の傷病兵の老人がもう門口に座り、お得意のナポレオン歌を口ずさんでいます。ブロンドの巻き毛の孫ももう小さな裸の足で歩きまわり、いま、私の窓の下に立っています。そして、手につかんだ砂糖の餌を薔薇にやろうとしています。スズメが一羽、小さな足でチョコチョコ近づいてきて珍しそうに、驚いたように可愛い子を眺めます。しかしその子の母親、美しい農婦が足早にやってきて子どもをわきに抱え、朝の冷気で風邪を引かぬようにと家へ連れ帰ります。

私はしかしまたペンを手にして、フランスの演劇について錯綜した考えを、それ以上に錯綜した文体で走り書きします。といってもこの文字の荒野のなかからは、レーヴァルトさん、あなたに何か有益なものなど出てきそうもありません。演劇の隅から隅まで熟知していて、神がわれわれ人間を見ておられるようにコメディアンたちの腎臓の中まで見ておられる劇評家のレーヴァルトさん。世界を意味する板間〔HSY二―九七〕、つまり舞台の上で、この世での神さまと同様、かつて生き、愛し、苦しんで来られたレーヴァルトさん。そのような人に、私はドイツ演劇についてもフランス演劇についても新しいことをたくさん言うことはできません。そこで、思いつくまま管見をここに述べさせていただき、あなたからの好意的な頷きを期待するのです。

ということで、前便で私がフランス喜劇についておおまかに述べたことは、あなたのご賛同を得たものと思います。男と女の道徳的関係、というよりむしろ、そのぎくしゃくした関係がここフランスでは、戯曲の土壌をかくも素晴らしく豊穣にする肥やしになっているのです。結婚、というよりむしろ姦通があれら喜劇のロケット花火の芯になっています。この花火はじつにきらびやかに天空へ上ってゆくものの、そのあとに、悪臭ではないまでも憂鬱な闇を残してゆきます。古い宗教――婚姻を裁可し、配偶者の裏切りを地獄行きの罰で脅かすあのカトリック・キリスト教は、ここでは地獄ともども消えうせてしまいました。習慣のなかへ食い込んだ宗教にほかならぬモラルは、それにより根っ子をことごとく失い〔HSY一一二七〕[★18]、そうしていまモラルは枯れはてて不機嫌に、宗教の代わりに植え付けられた理性の干からびた支柱に巻きついているだけです。けれども惨めで根っ子がなく、理性にのみ寄りすがるこのモラルにさえ、フランスではしかるべき敬意が払われてはいません。そして社会はただ世の慣わしに従っているだけなのです。《世の慣わし》とは見せかけのモラルです。つまりそれは、公然たるスキャンダルになりそうなものすべてを注意深く回避する義務にほかなりません。私はここで、秘密の、ではなく「公然たる」スキャンダルと言います。なぜなら、表に現れてこないスキャンダル的なものはすべて、社会にとっては存在しないからです。社会が罪を罰するのは、つぶやき声があまりに大きくなった場合に限られています。そのうえ、そうした時でも有り難い罪の軽減措置があるのです。不倫女性は、連れ合いから「有罪」と宣告されるまで完全に断罪されることはありません。どんなにふしだらな女性に対しても、姦通された夫が忍耐強くならんで部屋に入ってくるかぎり、フランス・サロンは両開きのドアを開けるのです。これに対して、狂気のようなおおらかさで女らしく献身的に恋人の腕へ飛び込んでいった娘は、永遠に社会から追放されてしまいます。といっても、そんなことはめったに起こりません。なぜならまず第一に、フランスの娘たちは決して恋愛をしないからです。第二に、恋に落ちたときはできるだけ早く結婚して、習慣上既婚女性にのみ許されるあの自由に与《あずか》ろうとするからです。

という次第なのです。私たちの国、ドイツでは、イギリスや他のゲルマン諸国と同じく娘たちには最大限の自由が許されますが、他方、既婚女性は夫への厳格このうえない依存関係と、夫の小心翼々たる庇護のもとに置かれます。ここフランスでは前述のとおりそれとは正反対で、若い娘たちは、結婚するか、誰か親戚の女性の監督のもとに社交界へ導かれるまでは、修道院なみの隠遁生活を送りつづけます。世界、つまりフランスのサロンでは、彼女らはずっと黙したまま、ほとんど注目もされずに座っています。というのも未婚の娘に言い寄ることは、ここではエチケットでも賢明でもないからです。

という次第であり、私たちドイツ人は、ゲルマン諸国の隣人たちと同様、愛を捧げるのはいつも未婚の娘に限られています。ドイツの詩人たちが歌うのもそうした娘たちだけです。これに対してフランスでは、実生活においても芸術においても、既婚夫人だけが恋愛の対象となるのです。

私はまさしくいま、ドイツ悲劇とフランス悲劇の根本的相違の原因となる一つの事実を指摘したわけです。ドイツ悲劇のヒロインはほとんどいつも乙女であり、フランス悲劇のヒロインはいつもミセスです。そして、ここから生じてくるより複雑な事情が、悲劇の筋やパッションにおそらくはより自由な活動の場を与えるのでしょう。

ドイツ悲劇を難じることでフランス悲劇を賞賛したり、あるいはその逆のことをしようなどと私は夢にも思いません。どの国の文学でも芸術でも、それらはみなローカルな需要によって制約されており、このことを評価のさいに顧慮の外へ置いてはなりません。ゲーテ、シラー、クライスト、インマーマン、グラッベ、エーレンシュレーガー、ウーラント、グリルパルツァー、ヴェルナーなど大詩人の作品に見られるドイツ悲劇の価値は、筋やパッションよりはむしろ詩情にあります。けれどもポエジーは——たとえそれがどれだけ素晴らしいとしても——人びとの大きな集まりよりはむしろ、孤独な読者のほうに強く働きかけるものです。劇場で観客の心をもっとも強く引きさらうのはまさしく筋とパッションであり、この二点ではフランス悲劇詩人のほうがドイツ悲劇詩人より抜きんでているのです。フランス人は、生まれつきわれわれドイツ人よりも行動的で、パッションに溢れています。ただし、このパッションがより多く外に現れてくるのは、いったいフランス人の生まれもった積極性によるものなのでしょうか。それとも、生まれもったパッションが彼らの行動に情熱的な性格をより強く与え、それにより彼らの生全体が私たちの生以上に劇的に形成されるのでしょうか。そのいずれかは、なかなか決めがたいところです。とまれドイツ人の生の静かな河は、伝統という強制の河床を穏やかに流れてゆき、波が打ち寄せて激しく荒れるよりはむしろ、静かな深みを湛えているのです。そう、もう十分でしょう。生はフランスのほうが劇的であり、そして、生の鏡である演劇はフランスで最高度の筋とパッションを見せるのです。

　フランス悲劇にあって身振り手振りで行動するあのパッション、やむことのないあの感情の嵐、絶えることのないあの雷鳴と稲妻、気分の永遠なるあの動揺。これはフランスの観客の需要にぴったり見合うものなのです。それと同じく、ドイツの観客にもそれなりの需要があります。この国の作家への観客の要請は、熱情の狂った爆発をまずはゆっくりと動機づけてゆき、その後にドイツ的気分が穏やかに回復するよう静かな場面を設けること、私たちの思慮と予感に小さな休息の場を与えること、ゆったりと急ぐことなく感動させられることです。ドイツの平土間席に座っているのは、胃袋のなかの酢キャベツをゆっくり消化したいと思う温厚なる国の民と政府役人たち、上手《かみて》の桟敷席に座っているのは、教養階級の青い目の娘たち、編みかけの靴下やその他の手芸を劇場に持ち込み、編目がこぼれぬ程度にほんわかと熱くなりたいと願う美しいブロンド娘たちです。しかもすべての見物人があのドイツ的美徳、つまり忍耐力の所有者ときています。それは生まれつきのもの、そうでなければ、少なくとも後に教え込まれたものなのです。それにまた、ここドイツで人びとが芝居に行くのは、喜劇役者たちの演技もしくは——私たちのよく用いる言い回しによれば——芸術家たちの業績を判断するためであり、そして、それらの業績が私たちのサロンや雑誌にあらゆる会話の材料を提供しているのです。これに対してフランス人が劇場に行く目的は、戯曲を見ること、情動を受け取ることにあります。演じられた対象のために演技者は完全に忘れ去られ、そもそも役者のことなどほとんど話題になりません。不安・心配がフランス人を劇場に追い込み、彼らのほうもまた劇場に平穏などまったく求めてはいません。一瞬たりとも作者から平穏を与えられたなら、彼らは口笛を吹いて役者を退場させることができます。ということで、フランスの舞台作家の主要課題は、観客をわれに返らせないこと、彼らを絶対に正気に返らせないこと、続けざまに情動を呼び起こすこと、愛、憎悪、嫉妬、虚栄心、誇り、自尊心、要するに、フランス人たちの現実生活ですでに十分狂ったように振る舞っているあれらすべての情熱的感情を、舞台でなおいっそう荒々しく爆発させることにあるのです。

フランスの劇作品では情熱が誇張され過ぎているのではないか。すべての境界線が踏み越えられているのではないか。この問いの当否を判断するには、作家たちの模範となっているフランスの日常生活を十二分肌身で知っていることが必要です。フランスの作品に正当な批評を加えるには、ドイツの尺度ではなく、フランスの尺度で測らなければなりません。のんびりしたドイツのどこか柵で囲われた片隅で、フランスの戯曲を見たり読んだりしたときに私たちがまったく誇張だと思う情熱は、おそらくは実生活そのまま忠実に語られているのでしょうし、劇場的に装われていて私たちにはぞっとするほど不自然に思えるものも、パリのきわめて市民的な現実のなかでは毎日、毎時間起こっていることなのです。そう、ドイツに居たのではそもそもこのフランス的情熱を想像することは不可能です。ドイツに居て彼らの行動を見、彼らの言葉を聞く場合、この行動と言葉は、なるほど私たちを不思議がらせたり心におぼろげな予感を呼び起こすこともあるでしょうが、それらが生まれてきた感情についてはっきりした知識を与えることは決してありません。《燃える》とは何でしょう？ これを知りたい人は、手をじっさいに火のなかへ突っ込まなければなりません。焼かれている者の姿を見るだけでは足りません。そして、もっとも不十分なのは、炎の性質について噂話や本だけで教えられている場合です。社会〔Gesellschaft〕の北極に住む人たちには、フランス社会〔Sozietät〕の熱い気候の中でどれだけすぐ人びとのハートに火が点くか、それればかりか、あの七月の日々に狂った日射病でどれほど人びとの頭がすぐ熱せられたかはおよそ理解できません。ドイツに居てフランス人たちの喚《わめ》き声を耳で聞き、そして、そのような火で頭脳とハートを焦がされたときに、フランス人がつくる表情を目で見ていると、私たちドイツ人はほとんどおっかなびっくり、頭を揺すり、そんなことはすべて不自然だ、それどころか狂気の沙汰だ、と言い切ってしまうのです。

　フランス詩人の作品のなかで疾風怒濤のごとくいつも荒れ狂うあのパッションが私たちドイツ人に理解できないとすれば、フランス人たちに不可解なのは、ドイツ人のあの静かな内密性です。彼らのきわめて激情的な作品のなかにさえ登場する、予感と追憶に焦がれるお決まりの夢生活がフランス人には理解できないのです。今日《きょう》のこの日のみを考え、この日だけに最高の価値を認め、したがって、今日のこの日をじつに驚くべき確実さで取り扱う人間たち――そうしたフランス人には、ドイツ人のことが、昨日と明日だけがあって今日がなく、恋愛においても政治においても絶えず過去を思い起こし絶えず未来を予感しながら、決して現在を捉えることの出来ないそんなドイツ国民の感じ方が理解できません。蛮勇をふるって恋人の腰へ決然たる腕をまわせる時がくるまで、七年ものあいだ女の青い目に憧れつづけることもある私たちドイツ人を、フランス人はじつにいぶかしげに眺めるのです。まずはフランス革命全史をすべての回想録ともども徹底的に研究しつくし、そして、最後の補巻数冊を待ちつづけ、ようやくにしてこの仕事をドイツ語に翻訳し、そしてこの人権ドイツ語豪華版を、バイエルン国王への献辞付きで……するそんな私たちを、フランス人たちはじつにいぶかしげに見つめるのです。★19

「おお、犬よ、犬よ――お前は健康ではない――お前は呪われておる――いついつまでも――お前の嚙み付きから、わが主にして救世主イエス・キリストさま、どうぞお守りください、アーメン！」

手紙　四

レーヴァルトさん、私は今朝、妙にやわな気分になっています。春が心にじつに奇妙な力を及ぼすのです。日中はぼうっとしていて、魂がうたた寝をしています。でもなぜか夜はずいぶん興奮してきて、明け方ころになってようやく眠り込みます。すると、痛ましく悩ましい夢に掻きいだかれるのです。おお、苦しみに満ちた幸せよ、まだ数時間まえのこと、おまえは私を胸に抱きしめ、そしてなんという不安に私を陥れたことだろう。私は彼女の夢を見たのです[★20]。それは、私に愛する気がなく、また愛することも許されない女性なのですが、それでも彼女の情熱は私を密かに幸せにしてくれます。あれは彼女の別荘の小さな薄暗い部屋でした。野生のキョウチクトウの木々が高く生い茂りバルコニーの窓を見下ろしていました。窓が開いていて、部屋のなかへ明るい月が差し込み、それが、私の身体を愛しげに抱く女の白い腕のうえへ銀色の光を投げかけています。二人とも口をきかず、ただ自分たちの甘い惨さのことだけを考えています。壁に木々の影がちらちら動き、花の香がますます強く匂ってきます。部屋のそとの庭では、最初は遠くから、それからまた近くでバイオリンの音が聞こえてきます。長くゆっくりと伸びゆく音色、そしてその音は、いまは悲しげで、次に穏やかで明るく、時に悲しげにむせび泣くかのようで、時おりまた恨みがましく、しかしいつも愛らしく、美しく、そして真実でした……。「あれは誰なの？」と私は小声で囁きました。すると女は、「バイオリンを弾いているのは兄さんよ」と答えました。そのあとすぐに外のバイオリンが黙り込み、代わりに、溶けて消えゆくようなフルートの音色が聞こえてきます。血を流すような懇願と哀切の音色に満ちていて、しかもじつに神秘的な悲嘆の調子だったので、聞く者の魂は狂ったような恐怖の念に満たされ、そして、身の毛のよだつことども、愛のない生、復活のない死、泣くことのできない涙、といったものを考えずにはおれません……。「あれは誰なの?」と私は小声で囁きました。すると彼女は、「フルートを吹いているのは私の夫よ」と答えたのです。

レーヴァルトさん、夢よりずっと悪いのは目覚めなのですよ。

フランス人はなんと幸福なことでしょう。彼らはまったく夢を見ないのです〔HSY五―二二六〕。私はこのことをしっかり調べて確かめました。そしてこの事情がまた、どうしてフランス人があんなに覚めた意識で確実に日々の仕事をこなしてゆけるのか、そして、芸術においても生活においても、どうして彼らは定かならぬぼんやりした思考や感情にかまけることがないのかを説明してくれます。われわれの偉大なドイツの詩人たちの悲劇では、夢が大きな役割を果たしていますが、フランスの悲劇詩人たちはそんなことを予感だにしていません。そもそも予感など彼らは持ち合わせていないのです。近年のフランス文学に登場しているその種のものは、詩人の気質にも聴衆の気質にも合致しておらず、ドイツ人のそれを追感《ついかん》しただけのもの、そう、詰まるところ盗み取った惨めなものでしかないのでしょう。というのもフランス人は、私たちの文学の人物や形象、アイデアや見解を借用するばかりでなく、私たちから感覚や気分や心の状態までも盗み取る、つまり感情の剽窃もやるからです。とりわけこのことに気づかされるのは、彼らの幾人かがシュレーゲル時代のカトリック=ロマン派に媚びて、その心情的たわごとを真似ているケースです。

わずかな例を除けば、フランス人たちはすべて自らの受けた教育を否定することができません。多かれ少なかれ彼らは、唯物論哲学の所産たるあのフランス教育を受けた結果、唯物論者になっています。それゆえ彼らの詩人たちは、素朴さ、心情、直感による認識、そして直感した対象への一体化といったことに無縁なのです。彼らがもっているのは、省察、パッション、そして感傷性だけです。

そう、ここで同時に私は、ドイツの幾多の作家について判断するのに役立つだろうと思えるヒントを一つ述べてみたいと思います。それは、《感傷性とは唯物主義の所産である》という考えです。唯物論者はつまり、《とはいってもやはり、この世のすべてがすべて物質であるわけではない》というおぼろげな意識を心中に抱いています。自らの浅知恵がすべての事物の物質性をどれだけ明快にデモンストレーションしても、感情がそれに抗《あらが》うのです。そして、事物のなかに原精神的なものの存在をも認めんとする密かな欲求が彼らの心に忍び寄ってくることがあり、はっきりしないこの憧れと欲求により、感傷性と呼ばれる、あのはっきりしない多感な心情が生み出されてくるのです。感傷性とは、自分自身に満ち足りず、もっとより良いものへと、漠とした感情へとのめりこんでゆく物質の絶望のことなのです。――現に、自宅にいるか、あるいはワインで舌が滑らかになったとき、唯物主義をじつに卑猥な冗談に仕立てて売りに出すのがまさしく感傷的作家であることを、私は発見したことがあるのです。感傷的な調子はしかし、とくにそれが愛国的で、道徳的・宗教的な乞食思想で縁取りされているときには、★21一般大衆のあいだで美しい魂の目印として通用することになります。

フランスは〔利己的な〕唯物主義の国であり、このことは当地の生活のあらゆる現象に現れています。幾多の才子がその根を掘り起こしてしまおうとしますが、彼らの試みはそれ以上に好ましからぬ事態を生み出します。ほぐされた土壌のなかへあの唯心主義の謬説《びゅうせつ》の種子が落ち込んで、それらの毒がフランスの社会状態をまったく救いがたいほど悪化させるのです。

フランスのこの社会状態が生み出すやもしれぬ危機――私の心配は日に日に嵩じています。フランス人たちは、もしほんの少しでも未来のことを考えれば、それだけでもう一瞬たりとも自分らの生活をゆったりと楽しむようなことはできないでしょう。そしてじっさい彼らは決してゆったりと楽しんでなどいないのです。彼らは生の宴のテーブルにのんびりと座っているのではなく、結構なお料理を大急ぎで喉へかき込み、甘い飲み物は忙しげに飲み下し、食事に身を委ねてそれを楽しむようなことは決してできません。このような彼らの忙しげな姿は、わが家のバイブル〔ハイネの母方ヴァン・ゲルデルン家に伝わる過越しの祭りの教本、ハガダ〕の木版画を思い出させます。そこには、イスラエルの子らがエジプト脱出のまえに過越しの祭を行い、旅支度をととのえ、手に旅行杖を持って立ったまま子羊の焼肉を食べている様子が彫られています。ドイツでは、フランスより生の悦びの分配がずっと少ないにしても、それをきわめて心地よくゆっくりと享受する幸せが与えられています。私たちの毎日はなだらかに滑ってゆきます、ちょうどミルクのなかを引っ張られてゆく一筋の髪の毛のように。

レーヴァルトさん、この比喩は私の考えたものではなく、あるラビに由来しています。ごく最近ラビ文学の詞華集を読んでいて見つけたものです。詩人が義人の生活を、ミルクのなかを引っ張られてゆく一筋の髪の毛になぞらえているのです。はじめ私はこの喩えに少し吐き気を覚えました。だって、朝コーヒーを飲んでいるときに一本の髪の毛をミルクのなかに見つけたときほど、私の胃に吐き気を覚えさせるものはないからです。しかも、義人の人生のごとく穏やかに引っ張られてゆく長い毛だというのですよ。これはしかし、私の個人的なアレルギー症状でしかありません。私はこの比喩になんとしても慣れて、機会あるごとに用いることにしましょう。作家たる者は自らの主観性に完全に身を委ねてはいけません。作家はどんなことでも書かねばなりません、たとえ吐き気がしたとしても。

ドイツ人の生はミルクのなかを引っ張られてゆく一筋の髪の毛に似ています。そう、いま次のように言えば、この喩えにもっと大きな完全性を持たせることができるでしょう——ドイツ国民は、一つの大きなミルク壺のなかを心穏やかに泳ぎまわる、三千万本の髪の毛で編み合わされた弁髪に似ていると。そこでいまこの比喩の半分をもらって、フランス人の生をこんなミルク壺になぞらえることができましょう——何千匹、また何千匹とハエが次々と飛び込んでゆき、たがいに相手の背中のうえへ這い上がろうとしますが、最後には結局みんな滅んでゆき、例外としてほんの数匹が残るばかり。偶然かあるいは賢かったためか、壺の縁まで首尾よく泳いでゆき、いまや、乾いた陸地を濡れた翅《はね》で這いまわっているのです。

私はフランス人たちの社会状態につき、特別な理由からあなたにわずかなヒントを与えるだけにしました。しかしこの紛糾した状態がどのように解決されるかは、いかなる人も言い当てることができません。フランスは恐ろしい破局に近づいているのでしょう。革命を始めた人びとはふつうその犠牲者であり、そうした運命は国民全体にも個人にも当てはまります。ヨーロッパで大きな革命を始めたフランス国民はたぶん滅んでゆき、他の国民が彼らの始めた企ての果実を収穫することになるでしょう。

いや、これは思い違いかもしれません。フランス国民はネコであり、たとえ危険きわまりない高みから落下したところで決して首を折ることはなく、地面にすぐまた四足で立つことができるのです。

レーヴァルトさん、ネコはいつも四本の足を下にして落ちてゆき、そのため、かつて幼い子どものころに聞いたとおり、決して怪我をすることがないと言われていますが、このことが自然史的に正しいのかどうか、そもそも私は知りません。あのころ私はすぐに実験をしようと思い、わが家のネコを連れて屋根に上り、そこから通りへ投げ落としました。ところがその時ちょうど一人のコサック兵[★22]が馬で家のそばを通りかかり、かわいそうにネコはちょうど長槍の穂先へ落ちてゆきました。コサックはネコを突き刺したまま面白そうに駆けていったのです。——さてそこで、ネコはいつも足から下に落ちてゆくため怪我をしないというのがたとえ本当に真実だとしても、ネコたちは、落ちるときにはコサックの長槍に用心せねばなりません……。

手紙　五

私の隣人、年老いた例の擲弾《てきだん》兵がきょう戸口に座って物思いにふけっています。時おり昔のボナパルトの歌を一曲うたい始めるのですが、内心の動揺のため声が出なくなってしまいます。目が赤くなっていて、どう見てもこの変わり者の老人は泣いていたようです。

老人はしかし昨夜はフランコーニ★23へ行き、そこでアウステルリッツの戦いを見てきているのです。真夜中ころパリを発ちましたが、思い出の圧倒的な力に心を捉えられ、まるで夢遊病のように一晩中ずっと行軍しつづけ、自分でも驚いたことに、今朝になって村にたどり着いたというのです。老人は私に戯曲の間違いを説明してくれました。じっさいに彼はアウステルリッツの戦場にいたのですから。当時はすごく寒くて小銃が指にくっついてしまうほどだったのに〔一八〇五年一二月二日〕、フランコーニでは、暑さに耐えられなかったとされていたと言います。硝煙には大いに満足しており、馬の臭いも良かった。ただし、アウステルリッツで騎兵たちはあれほどよく調教された白馬を持たなかった、と彼は主張しています。歩兵部隊の演習がまったく正しく演じられていたかどうかは、正確には判断できない、なぜならアウステルリッツでは、どの戦闘でもそうだが、硝煙がきわめて強くたちこめていて、すぐ傍であっても何が起こっているのかほとんど見えないほどだから、と言っています。フランコーニの硝煙はしかし、老人の言うところ、まったく素晴らしく、胸をじつに心地よく打たれたので、咳が治ってしまったそうです。「それで皇帝は？」と私は尋ねました。「いつものとおりまったく変わらなかった、灰色の頭巾つき長外套に三角帽子、胸でハートがどきどき脈打ちましたよ」と答え、そして、「ああ、ナポレオン皇帝、わしがどんなにあの方を愛しているかは神のご存知のところ、この世で何度となく皇帝のために火の中へも飛び込んでいったよ、死後もわしは皇帝のために火の中へ飛び込まなくちゃならん」と付け加えました。

追加の最後のこの言葉をリク（というのが老人の名でした）は秘密めいた暗い調子で話しました。すでに何回か私は、いつか自分は皇帝のために地獄へ行くだろう、とリクが言うのを聞いていたのです。そこで私は今日、謎めいたこの言葉の意味をぜひとも説明してほしいと真剣に迫ると、リクは次のような恐ろしい話をしてくれました。

ナポレオンが教皇ピウス七世をローマから連れ去り〔一八〇九年七月〕、サヴォーナの高い山城に行かせたとき、リクはそこで教皇を見張る擲弾中隊に所属していました。さいしょ教皇には多くの自由が認められていました。好きなときに、なんの妨げもなく部屋を出ることができ、城の礼拝堂に行って毎日自らミサを読んでいました。そんなとき教皇は、皇帝の擲弾兵が警護する大広間を通ってゆきます。そしてそのおり彼は、兵士らのほうへ手を差し伸べ祝福を与えるのでした。ところがある朝擲弾兵たちは、教皇の部屋の出口をこれまでより厳重に警護すべし、教皇に大広間の通過を禁じよ、という断固たる命令を受けたのです。不幸なことにこの命令実行の運命がリクに回ってきたのです。彼はブルターニュ生まれ、したがって根っからのカトリック教徒で、捕らわれた教皇をキリストの代理人として敬っていたのでした。教皇がいつものとおり城の礼拝堂でミサを読むため大広間を通ろうとしたとき、かわいそうなリクが教皇の部屋の歩哨に立っていました。リクはしかし教皇のまえに進み出て、そして、自分は聖なる父をお通ししてはならぬとの命令を受けている、と言明したのです。教皇のお供をする幾人かの神父がリクの心に語りかけ、そして、もし教会の首長たる教皇猊下にミサを読むことを妨げたならば、どのような犯罪、どのような罪、どのような罰を背負い込むことになるかを分からせようとしました……。だがリクの態度に揺らぎはなく、《命令は破ることはできません》の一点張りでした。それでも教皇が先へ進もうとすると、リクは決然として「皇帝の名において！」と叫び、銃剣を突きつけて押しもどしました。数日後この厳しい命令が撤回され、教皇は以前のとおりまたミサを読むため大広間を通ることが許可されました。そんなとき教皇は居合わせていた兵みんなにまた祝福を与えたのですが、かわいそうにリクは例外でした。あのとき以来、教皇はつねに処罰の厳しい眼差しで彼を見つめ、他の擲弾兵たちに祝福の手を差し伸べる間、リクには背を向けていたのです。「わしにはあれ以外の振る舞いはできなかったよ」――この恐ろしい話をしてくれたとき傷病兵はこう付け加えました――「あれ以外の振る舞いはできなかった、わしは命令を受けていた。皇帝に従わねばならなかったのだ。そして、皇帝の命令であれば、おお、神よ、お許しあれ、銃剣を構えて神さまの身体にでも突進しただろう」

私はかわいそうなこの老人に、グランド・アルメ〔ナポレオン麾下の軍隊〕のすべての罪の責任は皇帝にあります、でも皇帝は平気でしょうね、だって地獄の鬼だってナポレオンにはあえて手を出そうとしないだろうから、と請け合いました。老人は大いに賛成し、そして、いつものとおり有頂天になって帝国の輝かしさについて長々とおしゃべりをしました。帝政時代にはここもかしこも黄金の川が流れ、花盛りだった、それに引きかえ、今日では世界全体がなんと萎れて色香のない姿を見せていることだろう……。

さてしかしフランス帝国の時代は、これらボナパルティストの上から下までが、傷病兵のリクからフォン・アブランテス公爵夫人〔ナポレオン賛美のメモワールの著者〕までが自慢するほど、本当にそんなに美しく幸せだったのでしょうか。私はそうは思いません。田畑は荒れ果て、人間が畜殺台へ連れて行かれました。至るところに母親の涙が流れ、家庭は荒《すさ》んでいました。これらボナパルティストたちは、次のような鋭いコメントを披瀝する酔っ払いの乞食のようなものです。素面《しらふ》でいるかぎり、わしの住まいは惨めな小屋でしかなく、女房はボロを身に纏い、子どもは病気で腹を空かしている、だけど二、三杯焼酎をひっかけりゃ、この悲惨さすべてが突如として様変わりし、わしのあの小屋が宮殿になり、女房は飾り立てた姫君のように見え、そして子どもが栄養たっぷりの健康そのもののように笑いかけてくるんだ……。お前の家計はしかしなっていないではないか、と時に人から叱り飛ばされると、乞食はいつも、どうか焼酎をたっぷり飲ませてくださいな、そうすりゃ、わしの家政全体がすぐ輝くような姿になりますから、と請け合うのでした。ところで、あの皇帝時代に事態の本当の姿が見えなくなるほどボナパルティストたちを酔わせたのは、焼酎ならぬ名声、名誉心そして征服欲だったのです。そしていま、悪しき時代について苦情が大きくなってくると、事あるごとに彼らは、「すぐに変わりますよ。フランスは花開き、輝きだします。かつてのように私たちにまた飲み代を、つまり名誉十字勲章、肩章、戦時特別税、スペイン絵画、公爵位をたっぷりとよこしてくれればね」と叫ぶのです。

それはともかくとして、こんな幻影に心を揺すられたいのは、老いぼれのボナパルティストばかりではありません。国民大衆もまたそうであり、帝国のあの時代はこれらの人びとのポエジーなのです〔HSY一一二六九以下〕、勝利する市民階級のしらけた精神になおも対抗するポエジーなのです。帝国時代のヒロイズムこそフランス人がいまも受け入れる唯一のものであり、そしてナポレオンは、彼らがいまだに信じる唯一のヒーローなのです。

レーヴァルトさん、このことをよくお考えいただくと、それがフランス演劇に有効なこと、当地の舞台詩人たちが無関心主義の砂漠の中にたった一つ残った感激の泉をあんなによく利用して、しかも成功するわけがお分かりになるでしょう。ブールヴァール劇場の小さなヴォードヴィル〔滑稽で風刺的な歌入り芝居〕で皇帝時代の一つのシーンが上演されたり、それどころか皇帝その人の登場となると、作品がどんなに拙いものであれ、賞賛の表明なしということはありません。なぜなら観客たちの魂がいっしょに競演し、そして、自分ら自身の感情とか思い出に拍手喝采を送るからです。そうした芝居には決まって、銃床でぶん殴ったときみたいにフランス人の脳を麻痺させたり、涙腺にタマネギのように作用する殺し文句入りの台詞が入っています。フランスの鷲、アウステルリッツの太陽、イエーナ、ピラミッド、グランド・アルメ、名誉、老衛兵、ナポレオンといった言葉に観衆は歓呼し号泣し、炎のように燃え上がるのです……。それどころか、男その人、ロム〔名指しが禁じられていたため、ナポレオンはこう呼ばれていた〕が芝居の最後にデーウス・エクス・マヒナ〔カラクリ仕掛けの神〕として登場したときには、どれほどの騒ぎになることでしょう。彼はいつも小さな魔法の帽子を頭にかぶり、手を背中のうしろで組み、可能なかぎり簡潔な話し方をします。歌うことは絶対にありません。ナポレオンが歌をうたうようなヴォードヴィルなど見たことがありません。他の人物はみな歌います。私は老フリッツ、つまりフリードリヒ大王までがヴォードヴィルで歌うのを聞いたことがあるのです。しかもその歌詞たるや、フリッツ自身の作ではないかと思うほどひどいものでした……。

実のところこのヴォードヴィルの歌詞は人を馬鹿にするほど拙いのですが、ただし音楽は別です、とりわけ、義足の老兵たちが将帥の偉大さと、皇帝の苦悩に満ちた最期を謳う作品では。そんなときヴォードヴィルの優美な軽快さが、ドイツ人をも涙ぐませるほどの哀調と感傷あふれる調子に変わってゆきます。そうした哀歌の拙いテキストには、民衆がさんざん歌い古してきたナポレオン歌のあのよく知られたメロディーがつけられているからです。ここパリではナポレオン歌が至るところから響いてくるため、空中を漂っているのか、それとも木々の枝のなかで鳥が歌っているのか、と迷うほどです。私の心のなかにはいつも哀調と感傷を帯びたこのメロディーが宿っています――若い娘、小さな子ども、不具の兵隊たちがさまざまな伴奏とさまざまなヴァリエーションで歌うそんなメロディーが宿っているのです。私の心の琴線にもっとも強く触れるように歌ったのは、ディエプの城塞の壁に座る盲目の傷病兵でした。私の住まいは海へ突き出た城塞のすぐ足元にあり、老人はそこの暗い外壁のうえに一晩中座ってナポレオン皇帝の偉業を歌ったのです。まるで海が歌に耳をすましているかのようで、いつも「栄光」という語が波頭をじつに荘重に越えてゆきます。それらの波は、時としてまるで賞賛せんがためのようにざわめきはじめ、そうしてまた静かに夜の道を進んでゆきます……。波たちがセント・ヘレナ島〔一八一五年、ナポレオンが流された島〕にやってくると、彼らはあの悲劇的な岩峰〔HSY一―一三二〕に恭しく挨拶するか、あるいは、そこに押し寄せていって不満と苦痛をぶちまけることでしょう。私は、窓辺に立って幾夜ディエプのあの老傷病兵の歌に聞き入ったことでしょう。彼のことは忘れることができません。今もなお、古い外壁のうえに座っているのが目に見えるのです。月が黒い雲のなかから出てきて、そして彼を、フランス帝国のオシアン〔スコットランドの伝説上の英雄、失明後詩人になった〕を、照らし出します……。

ナポレオンが将来フランスの舞台でどのような意味をもつかは、まったく推し量ることができません。これまでのところ皇帝が登場するのは、ヴォードヴィルか大活劇、ないし書割り装飾劇においてだけです。しかしこの高貴な人物を正当なる財産として要求するのは、悲劇の女神なのです。というのも、彼の人生をあれだけ数奇な運命に導いたフォルトゥーナ〔幸福の女神〕は、皇帝を従姉妹のメルポメネー〔悲劇の女神〕のための特別な贈り物に決めたように思えるからです。いつの時代の悲劇作家もこの男の運命を韻文や散文で讃えることでしょう。しかし、まったく特別にこの英雄を必要としているのはフランスの詩人たちなのです。それは、フランス国民が自らのすべての過去と手を切ってしまったからであり[★24]、さらには、ヴァロア王朝〔一三二八～一四九八年〕とブルボン王朝〔一五八九～一七九二年、一八一四～三〇年〕の封建時代や側室政治時代の英雄たちに国民が不快な反感を抱いている、とは言わぬまでも、好意的な共感など覚えていないからです。そのために革命の息子、ナポレオンこそが、新しいフランスの心を満たし楽しませることのできる唯一の偉大な支配者の形姿、唯一の英雄的な王となるわけです。

私は右で、ついでながらですが、フランス人たちの政治状態がこの国の悲劇の隆盛に有利となりえないことを示唆しました。彼らが中世の歴史的素材、あるいはこの前のブルボン王朝時代の素材を扱うと、特定の党派精神の影響を避けることは決してできません。もうそれだけで詩人は、あらかじめ、それとは識らずに、自分が讃えんとした古《いにしえ》の国王や騎士を向こうにまわして近代的・リベラルな筆陣を張っていることになるからです。これにより不協和音が生じ、その不協和音が、実際上いまだに自らの過去と訣別していないドイツ人の心へ、ましてや、ゲーテの非党派的な芸術家作法で育てられてきたドイツの詩人の心へ鋭く突き刺さり、彼らを甚だしく不愉快にするのです。フランスで作家と聴衆が自分らのかつての歴史上の英雄をそれなりに楽しめるようになるまでには、マルセイエーズの音色がことごとく消え去っていなければなりません。作家の魂がたとえ憎しみのあらゆる残滓《ざんし》からすでに洗い清められているとしても、その言葉が平土間席に非党派的な耳〔＝中立的な観衆の換喩〕をもっているとは限りません。そこに座っているのは、舞台で悲劇を演じている英雄一族とどれだけ血なまぐさい争いをしてきたかを忘れることのできない男たちだからです。彼らは、グレーヴ広場〔正しくはカルゼル広場やプラス・デュ・トローン・ランヴェルセ〕で息子たちの首を切り落としたあとで、その父親たちの姿を楽しむ気になどなれないのでしょう。このような事情が純粋な芝居の楽しみを曇らせてしまうのです。それどころか、詩人の非党派性がひどく疑われて、反革命的な志操の持ち主だとされることさえ稀ではありません。そんなときには、憤慨した共和主義者が「この騎士どもは、この突拍子もないガラクタはいったい何なのだ？」と大声を張り上げ、詩人に破門を言い渡してしまいます――こいつは、民衆を誘惑するために貴族への愛情を覚醒するために古い時代の英雄どもを歌で賛美したやつだ、と。

ここに、他の多くの事柄におけると同様、フランスの共和主義者とイギリスのピューリタンとの類似性・親近性が見えてきます。両者の演劇論議からはほとんど同じ調子の唸り声が聞こえてきます。違いは、前者には政治的熱狂が、後者には宗教的熱狂がじつにばかげた論拠を与えているという点だけです。クロムウェル時代の文書類のなかに『ヒストリオ＝マスティクス』（一六三三年刊）と題された、有名なピューリタン、〔ウィリアム・〕プリンの論難書が入っていますが、演劇に対するプリンの論駁はなかなか面白いので次に引いてみましょう〔原文英語〕。

「今日においても、過去においても、あれやこれやの戯曲でまったくなんの役割も演じたことのないような悪魔は地獄にほとんど存在しない、舞台に上ったことのないような、明らかなる罪状もしくは罪人はこの世にほとんど存在しない……。おお、わが国の役者と観衆には次のことをとくと真剣にお考えいただきたい——ある役割、ある罪を演じる人びとと、そしてそれが演じられているのを見る人びとは、それらの罪が、つまり自分たち自身の咎が舞台で披露されている間に、じつは当の過失ゆえにまさしく自分らが地獄の業火のなかで泣き喚《わめ》いているということを。おお、役者も観衆も、自分たちが芝居で演じ喝采し、それらの悪行を仕出かしそしてそれを笑っている間に、それらの悪行が地獄で引き起こしている嘆きや、呻《うめ》きや、涙や、苦しみや、叫喚や、歯軋《はぎし》りや、絶叫をなんとしても思い出していただきたい」

手紙　六

親愛なるレーヴァルトさん、私は今朝、自分の思考のすべてを眠り込ませるケシの花の冠を頭にかぶっているような感じがしています。時おり荒っぽく頭を振ります。すると、あちらこちらで思念のいくつかがたしかに目を覚ますのですが、それらはすぐにまたコックリ、コックリしはじめ、まるで競争のように鼾《いびき》をかくのです。うたた寝している思念の間をあちらこちらへ跳びまわるあの頭脳のノミ、つまり機知もとくに活発なようには見えず、むしろ感傷的で物憂げです〔HSY四－二七五〕。そのような頭の麻痺を引き起こすのは春の風なのでしょうか、それとも生活様式の変化なのでしょうか。この村では、疲れてもいないのに私は毎晩早くも九時に寝床に入りますが、そうなると、四肢のすべてを縛りつけるあの健康な眠りにつけず、一晩中、夢見がちな生寝《なまね》の状態で輾転反側《てんてんはんそく》するのです。パリではまったく反対でした。真夜中から二、三時間経ってようやく就寝することができ、眠りは鉄のようでした。だって八時に夕食のテーブルを離れ、それから劇場へぞろぞろ出かけたのですからね。この冬をパリで過ごされ、いつも芝居のお付き合いを願ったハノーファーのデトモルト博士は、出し物が退屈なときでも私たちの眠気をいつも覚ましてくれました。いっしょに随分と笑い批評し、そして、くさし合ったものです。ご安心ください。あなたの思い出にはこの上なく高い評価しか伴っていないのですから。私たちはあなたに限りなく喜ばしい賛辞を贈りました。

あんなによく私が芝居を見に行ったことにあなたは驚いておられます。観劇が必ずしも私の習慣でないことをご存知だからです。気まぐれからこの冬はサロン生活を控えることにしていて、それで私は、サロンでめったに会わない友人たちと劇場で顔を合わさぬようにと、ふつう前桟敷席を選ぶのでした。この前桟敷の角だと、観衆の目から姿をもっともうまく隠すことができます。そのほかの点でもここは私の大好きな座席なのです〔HLY三七〇〜七一〕。ここからだと、芝居で演じられていることだけではなく、書割りのうしろ、つまり、芸術が終わり愛すべき自然がまた始まるあの書割りのうしろで起こっていることも目に見えるからです。舞台上でなんらかの激情的な悲劇を見ながら、それと同時に、書割りの背後で役者たちの淫らな営みの一端があちらこちらに現れてくるというのだから、古代ギリシアの壁画とか、ミュンヘンのグリュプテーク〔有名な彫刻コレクションを収蔵する美術館〕やイタリアの幾多のパラッツォ〔宮殿〕のフレスコ絵画を私はつい思い出してしまいます。そうした作品では大きな歴史画の各部の片隅に、おどけたアラベスクや神々の滑稽な悪ふざけやバッカス祭やサテュロス牧歌といった類の絵ばかりが描き添えられているのです。

フランス座[★25]にはごくまれにしか行きません。この劇場には何か荒《すさ》んだところ、よそよそしいところがあります。いまだに昔の悲劇の幽霊が青ざめた手に匕首《あいくち》と毒杯を持って出てくるのです。古典的鬘《かつら》の髪粉がいまも飛び散っています。いちばん耐え難いのは、フランス座が時として近代的ロマン主義にこの古典的地盤のうえでの狂った演技を許していること、言い換えれば、中年や若年の観客の要求に古典的なものとロマン主義的なもののミックスで迎合していることです。いわば悲劇の中道政権をつくったのですね。そのようなフランスの悲劇詩人たちは、解放されたというのに昔ながらの古典的鎖を一部まだ身に着けて引きずり回しているような奴隷です。鋭敏な耳の持ち主には、彼らの歩む一足ごとに、まるでアガメムノンとタルマの支配した時代のような具足の響きが聞こえてくるのです。

私はフランスの擬古典悲劇を絶対的に排斥するような者ではおよそありません。コルネイユを尊敬していますし、ラシーヌを愛しています。彼らは、芸術の殿堂の永遠なる台座の上にいつまでも立ち続ける傑作を遺しました。けれども劇場においては彼らの時代はもう終わっているのです。彼らは貴族の観客を前にしての自分たちの使命を果たし終えたのです。この貴族たちは自分たちを、舞台で演じられる一昔前のヒロイズムの後裔と思いたがるか、少なくともかのヒロイズムを小市民的に排斥しないそんな聴衆だったのです。帝国時代にはまだコルネイユやラシーヌのヒーローは観衆の大いなる共感を当て込むことができました。あのころ彼らは、偉大な皇帝の桟敷席と王さまたちの平土間席のまえで芝居をすることができました。[★26] けれどもそうした時代はもう過ぎ去ってしまいました。古き貴族は死に、ナポレオンは死に、玉座は赤いビロードで覆ったふつうの木の椅子にほかならず、今日支配しているのは、ブルジョアジー、ポール・ド・コックとウジェーヌ・スクリーブのヒーローたちなのです。

目下フランス座で幅を効かせているこの手の混淆スタイルと、趣味の無政府状態は恐るべきものです。ほとんどの改革者がこともあろうに自然主義に傾いていますが、程度の高い悲劇にとってそうした自然主義は、古典的パトスの空虚な模倣と同じくらい排すべきものです。レーヴァルトさん、あなたはあの自然主義システムを、かつてドイツに蔓延《はびこ》り、そしてワイマルから、とくにゲーテとシラーの影響のもとに打ち負かされたあのイフラント主義[★27]を十分よくご存知のはずです。そのような自然主義システムがここでも広がろうとしており、いまその信奉者たちが台詞の韻律形式と朗唱調の語りをさかんに攻撃しています。もしも前者、つまり韻律がアレクサンドリーナー〔一二または一三音節の六脚短調格〕のみから、後者、つまり語りが古い時代のあの震える喚き声のみから成り立っているというのであれば、これらの人たちの言い分は正しく、そんなものよりは素朴な散文と、まったく飾り気のない社交的語りのほうが舞台にずっと有益かもしれません。だがそうなると真の悲劇は滅んでゆくでしょうね。真の悲劇は、言葉にリズムを、社交的調子とは異なった語りを要求するからです。ほとんどすべてのドラマ作品に私はそうしたことを求めたい。少なくとも舞台は、ゆめゆめ生活の陳腐な反復であってはならない、舞台は生を一定の気品ある高貴な形に変えて表現し、しかもその高貴さは、韻律や語りによらぬにしても、基調音のなかに、作品の内的荘重さのなかに表現されていなければなりません。というのも劇場は——場面《シーン》と平土間席が区切られているように——私たちの世界とは区別された別世界だからです。劇と現実のあいだにはオーケストラ、音楽があり、そしてエプロンのスポットライトが走っています。現実は、音の国を通りぬけ、さらには意義深いエプロンのライトを踏み越えたのちポエジーとして純化され、舞台のうえから私たちに向き合います。そうした現実のなかには——遠くへ消えゆくコダマのごとく——いまだ音楽の妙なる快音が響いていて、そしてこの現実がまた、神秘的なライトでメルヘンのように照射されているのです。それは魔法の音と魔法の輝きであり、散文的な観客にはともすれば不自然に思われますが、それでいてふつうの自然よりはるかに自然なのです。つまりそれは、芸術によって格上げされ、華やかに咲き誇る神性へと高められた自然なのです。

フランス人たちの最高の悲劇詩人は依然としてアレクサンドル・デュマとヴィクトール・ユゴーです。ユゴーの名をあとで挙げたのは、ライン河のこちら側の同時代人すべてを詩的重要さで凌駕しているにもかかわらず、劇場での彼の活動はさほど大きくなく、成功もしていないためです。もちろん、ユゴーの戯曲の才を否定するつもりなど決してありません。そんなことをするのは、卑劣なもくろみから、抒情詩分野でのユゴーの偉大さばかりを四六時中賞賛している多くの人たちです。ユゴーは詩人であり、いかなる形であれ彼はポエジーの指揮を取っています。ユゴーの戯曲はその頌歌《しょうか》と同じくらい賞賛に値します。とはいえ芝居にあっては、詩的なものよりもレトリック的なもののほうが効果大なのです。そして、何かある戯曲の失敗のためにユゴーになされる非難は、じつはそれ以上に一般大衆に向けてしかるべきものだと思います。なぜなら彼らの感受性は、素朴な自然の音色や深い意味のある構成や心理の襞といったものよりも、大げさなフレーズとか、情熱と誇張の無骨な嘶《いなな》き声とかに向かっているからです。これは、フランスの役者たちのジャルゴンで《舞台に火をつける》と言われるものです。

そもそもここフランスでヴィクトール・ユゴーは、そのすべての価値が評価されて讃えられているわけではないのです。ドイツの評論とドイツの非党派性のほうが、彼の功績をより良い尺度で測り、囚われのない賛辞を贈ることができます。フランスでは、惨めな揚げ足取りばかりか激しい政治的な党派心がユゴー評価を妨げています。シャルル王党派は彼を裏切り者と見なしています。彼らは、ユゴーがシャルル一〇世の塗油式の歌〔一八二五年五月〕の最後の和音がまだ弦上で震えているというのに、竪琴の調子を早くも七月革命の賛歌に切り替える術を知っていた〔一八三一年七月二九日、ルイ・フィリップの要請で〕、と怒るのです。共和主義者たちは、民衆の大義に寄せるユゴーの熱意に疑いをいだいていて、彼のすべてのフレーズに貴族主義とカトリシズムへの隠れた嗜好を嗅ぎつけます。コンスタンティヌス帝★28のキリスト教会と同じく、どこにでも在ってどこにもないあのサン・シモニストたちの教会〔一八三二年の訴訟によりグループ活動を終えていた〕さえもユゴーを非難しています。というのもこのサン・シモニズムの教会は、芸術を司祭階級と見なし、詩人、画家、彫刻家、音楽家のいかなる作品に対しても、自らのより高い崇高さを証明すること、自らの聖なる使命を明らかにすること、人類の幸福と美化を目指すこと、を求めているからです。ヴィクトール・ユゴーの一連の傑作にそのような道徳的尺度は合わないし、それどころかそれら傑作は、新しい教会の、高潔ではあるがしかし間違った要請すべてに違反しているのです。私は「間違った」要請と呼びます。というのもあなたもご存知のとおり、私は芸術の自律性をサポートする者だからです。芸術は宗教にも政治にもサーバントとして仕えるべきではありません。芸術は――世界そのものと同様――自分自身にとっての最後の目的なのです〔本書六四～六五頁と矛盾〕。ここで私たちは、すでにゲーテがドイツの敬虔なる人たちから浴びせられてきたのと同じ不適切な非難に出くわします。ヴィクトール・ユゴーも、ゲーテに対する非難と同様、《あなたは理想的なものに感激を覚えない、あなたには道徳的な支えがない、あなたは心の冷たいエゴイストだ》といった筋違いの告発を耳にせねばならないのです。そしてこうした非難に加わってくるのが、ユゴーにおいて褒めなければならない最良のもの、つまり感性的形象化の才能を誤りだと断じる間違った批判なのです。人びとは、ユゴーの創造物には内在的なポエジーが欠けている、輪郭と色彩だけが彼の主要関心事だ、彼が提供するのは外面的に捉えうるポエジーにすぎない、彼は物質的だ、と言うのです。要するに連中は、ユゴーのまさしくもっとも褒められるべき特質、つまり彫塑《ちょうそ》性のセンスを咎めているわけです。

そして彼にこのような不正を行うのは、かつての古典主義作家たちだけではありません。こうした人は、ユゴーをただ貴族の武器で攻撃するばかりで、しかもつとに打ち負かされてしまっています。そのほかにユゴーは、かつての戦友たちからも攻撃されたのです。これはロマン派の分派に属する者たちで、自分らの文学的旗手だったユゴーと完全に仲たがいしていたのです。かつての友人たちのほとんどすべてが彼から離反してしまいました。しかも、本当のことを包まずに言うならば、ユゴー自身の罪で離反していったのです。友人たちは、傑作の創造にはきわめて有効だが、社会的な付き合いにおいてきわめて不利に働く、あのユゴーのエゴイズムに傷つけられたのです。サント＝ブーヴでさえユゴーには耐えられなくなりました。かつてはユゴーの名声のもっとも忠実な盾持ち〔騎士の盾を持つ小姓〕だったこの彼までが、いまはユゴーを非難するのです。スーダンのダルフルの王さまが馬で行幸するとき、露払いが一人その先を駆けてゆきます。男は叫びます。「さあ、御覧あれ、ここなるバッファローさまを、バッファローの血筋のこのお方を、牡牛のなかのこの牡牛さまを！　他はいずれも種無し牡牛、このお方こそが真のバッファローなるものぞ！」。かつてヴィクトール・ユゴーが新作を引っ下げて読者のまえに登場したときも、こんなふうにサント＝ブーヴが決まって彼の前をもったいぶって歩きまわり、ラッパを吹き鳴らして文学のバッファローにおべっか使いをしたものでした。しかしそんな時代は昔のこと、今ではサント＝ブーヴが讃えるのはフランス文学のありきたりな小牛や卓越した牝牛たちであり、友好的な声は沈黙するか、難じるかのどちらかです。かくてフランス最大の詩人ユゴーは、もはや故国でしかるべき評価を受けることができなくなったのです。

そう、ヴィクトール・ユゴーはフランス最大の詩人です。そして彼はドイツにあっても――このことの意味はじつに大きいのですが――第一級の詩人たちのあいだに自らの席を持っているかもしれません。彼は空想力と情緒と、それらに加え、決してフランス人には見られないドイツ人特有のあのマナーの欠如を身に付けています。彼の精神にはハーモニーが欠けており、グラッベやジャン・パウルと同じく、彼には無粋なコブがいっぱいあります。私たちが古典作家たちにおいて賞賛するあの美しい節度が欠けているのです。彼のミューズには、その輝かしさにもかかわらず、ある種のドイツ的ぶきっちょさが付きまとっており、私はユゴーのミューズについて、人びとが美しいイギリス女性に対して言うのと同じこと、つまり「彼女には左手が二本ある」と言いたいのです〔HLY五六～五七、一九八～二〇〇他〕。

アレクサンドル・デュマはヴィクトール・ユゴーほど大物の詩人ではありませんが、演劇でユゴーよりははるかに多くのことをなしうる特質があります。デュマはフランス人たちがヴェルヴと呼ぶ情熱のあの直接的な表現ができ、そんなとき彼はユゴーよりもずっとフランス人です。デュマは同胞たちのあらゆる美徳にもあらゆる欠点にも、彼らの日々の困窮にも動揺にも共感できます。彼は熱狂的で怒りっぽく、コメディアンのごとく高潔で軽率、そしてハッタリ屋です。まさしくフランスの真の息子、ヨーロッパのガスコーニュ人、つまり大ほら吹きなのです。彼はハートでもってハートに話しかけ、理解されそして喝采されます。彼の頭は一軒の旅館です。時おり良い考えが宿泊しますが、一泊以上することはありません。空っぽのこともしばしばです。デュマほどドラマ的なものの才能をもっている人は他にいません。演劇は彼の真の天職です。天性の舞台詩人で、当然ながらすべての演劇素材は彼のものであり、自然のなかに、あるいはシラー、シェイクスピア、カルデロンのなかに素材を見つけます。そしてそれらから新しい効果を引き出し、古い貨幣を鋳直して――嬉しいことにも――現代にまた通用するようにするのです。私たちは、デュマの行う過去からの盗作に感謝さえすべきなのでしょう。それによって現在を豊かにしてくれるからです。一篇の不当な評論、つまり悲しい状況のなかで日の目を見た『ジュルナル・デ・デバ』紙のあの一つの記事〔一八三三年一一月一日〕が、無知な大衆のあいだでかわいそうな詩人デュマの評判をきわめて大きく損なってしまいました。デュマのさまざまな戯曲の多くの場面に、外国悲劇との驚くほど顕著な類似箇所のあることが証明されたのです。だがしかし、剽窃という非難ほど愚かしいものはありません。芸術には第六の戒律〔正しくは第七の戒律〕などはなく、自分の作品の材料が見つからなかったら、詩人はどこにだって手を伸ばすことが許されるのです。彫刻入りキャピタル〔柱頭〕のついた柱さえ、詩人は丸ごとわが物にしてもいいのです――それらの柱で支える神殿そのものが素晴らしくさえあれば。このことをゲーテは大変よく理解していました、そしてゲーテ以前にはシェイクスピアさえもが。《詩人は自分自身の中から自らの素材すべてを作り出さねばならぬ、それこそがオリジナリティーというものだ》という欲求ほど愚かしいものはありません。ここで私は、クモがミツバチと対話する動物寓話を思い出しました〔ハイネ自身の創作〕。クモは、あんたたちは何千という花から材料を集めてきて、それをもとに蠟細工の巣を造りそのなかに蜜を貯めているだけだ、と言ってミツバチを非難します。それからクモは意気揚々とこう付け加えるのです。「でもアタシは、アタシの芸術的織物をみんな自分自身のなかのオリジナル糸で編み出しているんだよ」

いま述べましたように、デュマに対する『ジュルナル・デ・デバ』紙の右の記事は悲しい状況のなかで日の目を見ました。その記事はヴィクトール・ユゴーの命令に盲目的に従うあの熱狂的な信奉者の一人〔グラニエ・ド・カサニャック〕が起草したものであり、しかもユゴーは、それを掲載した新聞の幹部たちときわめて懇意にしていたのです。ユゴーはじつに太っ腹です。自分が記事の掲載を知っていたことを否定せず、文学的交友関係でよくあるように、旧友デュマのため自分はタイムリーにして、当を得た止めを刺してやったのだと思っていたのです。じじつ、あれ以来デュマの名声に黒い喪のベールが掛かり、多くの者が、このベールを外したら下に見るべきものは何もないだろう、と言っていました。けれども『エドモンド・キーン』〔『キーン――或いは狂気と天才』一八三六年〕のような戯曲の上演以来、デュマの名声がまたも輝きながら黒い覆いのなかから現れ出て、それによって彼は自らの大きな演劇的才能を改めて証明したのでした。

ドイツの演劇関係者も自分たちの舞台のためにきっと入手したと思えるこの戯曲『キーン』は、これまで私が見たこともないほど生き生きと対象を捉え、それを演じています。当作には、一刀彫りの完全性が、まるで自ずと生じてくるような種々の手法の新しさが、人間相互関係のなかからまったく自然に縺《もつ》れあってゆく筋立てが、そして、ハートから出てきてハートに語りかける感情があります。そう、要するにここには一つの創造物があるのです。衣裳や場所など外面的な点で小さな間違いがあったかもしれません。にもかかわらず絵画全体に心を震撼させるような真実が行き渡っているのです。デュマは精神のなかで私を完全に古いイングランドへ連れもどし、そして私は、イギリスの劇場でしばしば見た〔一八二七年〕今は亡きキーンが目のまえに生身で現れたように思ったのです。もちろんそのような錯覚を起こさせるのに、キーン役を演じた俳優の力もあずかっていました。俳優の外貌、つまりフレデリック・レメートルの堂々たる形姿は、亡きキーンの小さくずんぐりした姿とは随分と違っていたのですが。にもかかわらず、キーンの人格にもその演技にも、フレデリック・レメートルのなかに私が再発見したようなところがあったのです。二人のあいだには素晴らしい類縁性があります。キーンは例外的な性質をもった人間の一人で、素朴な一般的感情というよりはむしろ、人の胸のなかに去来しうる異常なもの、奇抜なもの、途方もないものを身体の驚くような動きや不可解な声の調子や、そしてもっと不可解な目つきによって表現できる人でした。フレデリック・レメートルについても同じことが言えます。この人もまた、その姿を目にするとターリア〔喜劇の女神〕が驚愕して真っ青になり、メルポメネーはうっとりして微笑を浮かべる、そんな恐ろしい道化師の一人です。キーンは、文明のいかなる研磨にも抗《あらが》って自らの性格を保ちつづける人間の一人で、このタイプの人たちは、私たち普通の人間よりもより良い素材——とは言いませんが、普通とはまったく違った素材から成る、一面的才能に恵まれた角ばった変わり者なのです。けれどもこの一面性は途轍もないもので、彼らは、存在するすべてのものを凌駕しており、私たちがデモーニッシュと呼ぶ、あの限りがなく、窮めがたく、無意識的な、悪魔的であると同時に神的な力に満たされている人なのです。このデモーニッシュなものは、多かれ少なかれ、行動あるいは言葉に秀でた偉大な男たちすべてに見られるものです。キーンは決して多面的な俳優ではありません。たしかに多様な役を演じることはできますが、しかしこれらの役において彼はいつも自分自身を演じていたのです。それによって彼は、心を震撼させるような真実をいつも私たちに与えてくれました。そしてあれ以来もう一〇年も経っているのですが、私はいまもなお彼がシャイロックとして、リチャード王として、マクベスとして眼前に立っているのが目に見えるのです。これらのシェイクスピア作品のなかの幾多の不明瞭なくだりがキーンの演技によって解明され、私は完全な理解を得ることができました。彼の声には、恐怖に脅える生のすべてを開示する転調がありました。彼の目には、巨人の魂の内なる暗闇をすべて照らし出す光がありました。彼の手、足、頭の動きには、フランツ・ホルンのシェイクスピア演劇注解四巻本よりも多くのことを語る唐突さがありました。

手紙 七

フレデリック・レメートルにこれだけ賛辞を贈ったのち、パリでもっか人気を博しているもう一人の偉大な俳優につきなにも触れずに通りすぎるのは不公正というものでしょう。ボカージュがいまここでレメートルと同じほど輝かしい評判を得ており、そして彼の個性も、同僚レメートルのそれほど際立ってはいませんが、それでもきっと同じくらい興味深いものです。ボカージュはきわめて高貴な身のこなしをする美しく上品な人です。彼は、金属質に富んでいていかなる音質にも変わりうるしなやかな声をしており、その声で憤怒の恐るべき雷鳴も、愛の囁きのとろけるような甘さも表現することができます。どれだけ激しく情熱が爆発しても、依然として優美さを保ちつづけ、芸術の品位を守り、フレデリック・レメートルに見られるような野蛮な自然への急激な転調を斥けます。レメートルはこの転調のおかげでより大きな効果を達成するのですが、それはしかし、詩的な美しさで私たちをうっとりさせるようなものではありません。レメートルは、例外的な性質をもつ人物で、デモーニッシュな力を操るというよりむしろ、その力によって操られていて、したがってキーンと比較することができたわけです。ボカージュはふつうの人間と有機的に違っているわけではなく、彼とこの二人、レメートルとキーンとの相違点は、プロポーションの完成度から生じてきています。ボカージュはエアリアルとキャリバンの混種〔シェイクスピア『嵐』、エアリアルは軽快な空気の精、キャリバンは魔女の子どもで醜怪な下男、HSY一-一八七、五一一二四〕ではなく、調和の取れた人間、フェーブス・アポロのような美しい姿をしています。目はそれほど物を言いませんが、しかし頭の動きは途轍もない効果を呼び起こすことができます――とくに、この世を嘲るがごとく上品に頭を反らしたときに。彼の嘆息は冷たくて皮肉っぽいところがあり、まるで鋼鉄のノコギリで魂を引かれているような思いがします。声には涙と、深く悲痛な響きがあり、心のなかへ血を流しているのではないかと思えるほどです。不意に両手で目を覆ったときには、まるで死が「闇夜になれ!」と語っているような気がします。しかしそのあとで、また微笑むと、甘い魔力をたたえて微笑むと、まるで太陽が口角から昇ってくるような気がするのです。

いま私は俳優の演技にふたたび評価を下す事態になりました。そこで、文明世界の三つの王国、つまりイギリス、フランス、ドイツにおける朗詠の違いにつき、あえて勝手な意見をあなたにお伝えすることにいたします。

本場で初めてイギリス悲劇の上演を観たときとくに私の関心を引いたのは、パントマイムのそれときわめてよく似た俳優たちのジェスチュアでした。それらはしかし、不自然に見えたのではなく、むしろ自然の誇張だと思えました。そして、そんなカリカチュア的な描出に邪魔されず、シェイクスピア悲劇の美しさをイギリスの地で楽しめるようになるまでは長くかかりました。加えてまた、男優も女優も同じですが、自分たちの役を演じるときのあの叫び声、耳を引き裂くようなあの叫び声にも最初は耐えられませんでした。こんな叫び声が必要なのは、イギリスの劇場がたいへん大きくて、広い空間のなかで台詞が消えてゆかぬようにするためなのでしょうか。先に述べましたカリカチュア的ジェスチュアが空間的に必要なのもやはり、大部分の観客が舞台からずいぶん離れたところに座っているためなのでしょうか。私には分かりません。イギリスの劇場にはたぶん演技の慣習法のようなものが支配していて、とくに女優たちのケースで私の注意を引くあの誇張は、この慣習法のせいだと考えるべきでしょう。もったいぶった物言いから、とつぜん不快きわまりない調子外れのしゃべり方へしばしば落ちこんでゆく彼女たちの繊細な声、ぶきっちょなラクダみたいな身振りをする少女じみた情熱。イギリスの舞台ではかつて男が女役を演じていました。たぶんそんな事情が今日の女優たちの朗詠にいまだ影響していて、そのために彼女らは、古くからの慣習のとおり、舞台上の伝統のとおり、自分たちの役柄を大声で叫ぶのでしょう。

ところでイギリスの朗詠は、どれだけ大きな欠点が付随していようとも、ときおり披瀝される情愛と素朴さによりそれをかなりの程度埋め合わせしています。素朴で情《じょう》が深いという性質は、もともとは一個の方言であった地の言葉から——民衆の心から直接生まれてきたお国訛りすべての長所を備える、地の言葉から得られたものです。これに対してフランス語はむしろ社会の産物であり、情愛と素朴さに欠けています。というのもそのような要素は、民衆のハートに由来し、民衆の心血が充満する清純な言葉の泉があって初めて与えられるものだからです。その代わりにフランスの朗詠は、英語にはまったく異質な、いや英語には不可能な優美さと流暢さをもっています。話し言葉はここフランスにおいて、三世紀にもわたる社交生活のおしゃべりを通じてきれいに濾過されてしまいました。その結果、高貴でない表現や不明確な言い回しのすべて、濁ったところや下卑たところすべて、しかしまたすべての香が、粗野な言葉のなかに生きて流れるあの荒々しい治癒力、あの密かな魔力がことごとく失われてしまい、もはや取りもどすことが出来ないのです。フランスの言葉、したがってフランスの朗詠もまた、この国民自身と同じく、ただただ日々の生活にのみ、現在にのみ向けられていて、それには追憶と予感の薄明の国[★29]は閉ざされています。フランスの言葉は太陽の光に由来しています。青い月の光に照らされ、神秘的ななかで栄え、そしてその美しい明快さと暖かさも太陽星々がきらめき、甘い夢を誘うそんな夜、そして、ぞっとする幽霊などの徘徊する夜は、フランス語には馴染みなくつれないものなのです。

ともあれ、フランスの俳優たちの本来の演技について言えば、彼らはあらゆる国の同僚を凌駕しています。それは、すべてのフランス人が生まれつきのコメディアンだという当然の理由からくるものです。彼らは、練習すれば人生のどんな役柄のなかにでもごく簡単に入り込み、そして、見るのが楽しみになるほどいつも上手にそれを飾り立てる術を知っています。フランス人は神さまのおかかえ役者、エリート劇団であり、私は時おりフランスの歴史すべてが大喜劇、それも人類の幸せのために演じられる大喜劇のように思うのです。フランス人たちの人生は、その文学と造形芸術におけると同様、ドラマ性という特質が支配的なのです。

われわれドイツ人について言えば――そう、私たちは実直な人間で、善良な市民です。自然から拒まれているものは勉強によって獲得します。大きな声で唸りすぎたときだけ、桟敷席の人たちがびっくりして自分たちを罰するのではないかと時々心配になります。そんなとき私たちは、一種のずる賢さから、自分らが本当のライオンではなく、悲劇のライオンの皮に縫い着けたゼッケン〔シェイクスピア『真夏の夜の夢』第五幕第一場でライオン役をする指物師スナグ〕でしかないことを仄《ほの》めかすのです。そしてこの仄めかしを私たちはイロニーと呼んでいます。私たちは実直な人間で、いちばん上手に演じることのできる役柄は実直な人びとです。永年勤続を祝う公僕、老いぼれダルナー〔イフラントの芝居の登場人物〕、真面目一徹の営林署署長、そして忠実な召使い。これらが私たちの歓喜なのです。ヒーローを探すのはたいへん難しいのですが、それでもなんとか見つかるでしょう。とりわけ駐屯軍のいる町には目のまえに良い見本があるのですから。王さまでは、私たちはラッキーではありません。殿さまの館のある町々では、尊崇の念に妨げられて王さまの役割を絶対的な果敢さで演じることができないのです。底意を探られるかもしれません。そんなとき私たちは、オコジョの毛皮の下から恭順なる臣民の着古した上っ張りを覗かせてみたりします。ドイツの自由国家、ハンブルク、リューベック、ブレーメンそしてフランクフルトといった栄光の共和国にあっては、役者はなんのこだわりもなく国王の役を演じてよいのですが、彼らはしかし、愛国心に誘導されて舞台を政治目的に悪用します。つまり王さまの役をわざと下手に演じて、王制を、憎まれものとは言わぬまでも、少なくとも笑いものにしてしまうのです。こうして彼らは間接的に共和主義への感性を促進しており、とりわけ、王さまたちがもっとも惨めに演じられるハンブルクでそうなのです。もしもこの地の英邁なる市参事会が――アテネ、ローマ、フィレンツェなどすべての共和国の政府がいつもそうであったように――忘恩的でなかったならば、ハンブルク共和国は、「大根喜劇役者に感謝す、祖国より」との碑銘を掲げて、自国の役者たちのために大きなパンテオンを設立したことでしょう。

　レーヴァルトさん、あなたはあの亡きシュヴァルツのことを覚えておられますか。シュヴァルツは、ハンブルクで『ドン・カルロス』のフィリップ王を演じ、そして自分の台詞をいつも実にゆっくりと地球の真ん中にまで引き降ろし、そうして、たった一秒間だけ私たちの目に留まるようにと、不意にまた天に向けて跳ね上げましたね。

　とはいえ不公平はよくありません。だから、ドイツの劇場の台詞まわしがイギリスやフランスよりも拙いとすれば、その理由が主としてドイツ語にあることをここで告白しておかねばなりません。イギリス人の言葉は方言であり、フランス人のそれは社会の産物です。私たちの言葉は前者でも後者でもなく、そのため、素朴な情愛も流暢な優美さも欠いているのです。私たちの言葉はただの書物の言葉、作家たちの作った底無し製品であり、本屋の営業部を通してライプツィッヒの見本市から取り寄せるような代物です。イギリスの役者の朗詠は自然の誇張、超自然であり、私たちのそれは不自然です。フランス人の朗詠は気取った長台詞、私たちのそれは嘘です。ドイツの劇場には伝統的なめそめそ泣きがあり、それによって私はシラーの最良の作品までも嫌になってしまうことが度々なのです。とりわけ、ドイツの女優たちが水っぽい歌のなかへ溶け入って[☆30]ゆくような、あのセンチメンタルなくだりがそうです。いや、ドイツの女優たちには悪しきことを言わないことにしましょう。だって彼女らは私の同郷人であり、それにまた、ガチョウがその喚《わめ》き声でカピトール丘を救ったこともあり[★31]、それにまた、彼女たちのあいだに真っ当なご婦人もあんなに大勢おられ、そして最後に……、ここで私は、何か大騒ぎがわが家の窓の向こうの墓地に出来して、中断されてしまいました。

　大きな木のまわりをほんの先ほどまであんなに仲良く踊っていた子どもたちの間に、あの昔の罪深いアダムが、いやむしろ昔のカインが蠢《うごめ》きだしたみたいです。子どもたちが摑み合いのケンカを始めたのです。ケンカを収めるため子どもたちのところへ出て行かねばなりません。そして私は言葉でなんとかなだめるのに成功しましたが、そのとたん、小さな少年がとくに激しい憤りに駆られ、別の小さな少年の背中へ殴りかかっていったのです。「このかわいそうな子は君に何をしたっていうんだい？」と私が尋ねたところ、少年は目を大きく開いて私を見つめ、そして、「これはぼくの兄弟なんだ」とどもりながら言ったのです。

　今日はわが家にも永遠の平和などが花咲いていたわけではありません。いましがた廊下で、クロプシュトックの頌歌が階段を転げ落ちてゆくような大活劇を耳にしました〔HSY三-一六九〕。家主夫婦がケンカをして、おかみさんが哀れな亭主に、あんたは浪費家だ、あたしの嫁入り財産を食い潰してるじゃないか、あたしゃもう心労で死にそうだよ、と毒づいています。もちろんおかみさんは病気です、ただしケチのせいなのです。夫が口のなかへ運ぶどんな食べ物にも気分が悪くなり、そして、連れ合いが薬を飲んだあと薬瓶に何か残っていたようなときは、それも飲んでしまうのです――高価なお薬だ、一滴も無駄にしちゃいけないと。おかみさんはそのせいで病気になったのです。かわいそうな亭主は仕立て師で、国籍はフランス、手仕事からすればドイツ人です。彼が田舎に引きこもったのは、余生を田園の静けさのなかで楽しもうとしたからなのですが、そんな安らぎが見出せるのは女房の墓の上しかないでしょう。たぶんそのために彼は、墓地のわきの家を買い、そして、あの世に旅立った人たちの憩いの場をあんなに切なげに眺めているのです。彼の唯一つの楽しみは、煙草と薔薇です。薔薇については、じつに素晴らしい品種を育てる腕をしています。今朝は薔薇の花を二、三鉢窓辺の花壇に植えてくれました。みごとに咲いています。でも、レーヴァルトさん、なぜこの薔薇は匂わないのか、どうか奥さんにお尋ねください。薔薇か私か、どちらかが鼻風邪を引いているのです。

手紙　八

前々回の手紙で私はフランス演劇界の二人の指導者について論評しました。しかしこの冬、ブールヴァールの劇場でもっとも華やかだったのは残念ながらヴィクトール・ユゴーとアレクサンドル・デュマという名ではありません。ブールヴァールの劇場には、今まで文学の世界では無名だったにもかかわらず、絶えず民衆の口にコダマする三人の名前があったのです。それはマルフィーユ、ルジュモーンそしてブシャルディです。最初に挙げた作家に私はもっとも期待しており、私の見るかぎり、この人には大きな文学的素質があります。彼の『ララの七人の王子たち』〔一八三六年三月一日初演〕を覚えておられるでしょう。いつかサン＝マルタン門でいっしょに観た例の残酷劇ですよ。血と憤怒の入り混じるこの荒《すさ》んだ戯曲から、ときおり素晴らしい、真に崇高なシーンが現れ、それらは作者のロマン主義的空想力とドラマ的才能を証明するものでした。マルフィーユのいま一つの悲劇『グルナルヴォン』〔一八三五年二月二四日初演〕はこれよりもっと大きな意味があります。というのもこちらは、前作ほど錯綜しておらず、不明快でもなく、しかも、身も震えるほど美しく荘厳な導入部があるからです。両作とも不倫の母親役は、ブールヴァール劇場の大空に輝く巨大な肉の太陽、あのマドモアゼル・ジョルジュが見事にやってのけています。数ヵ月まえにマルフィーユは『アルプスの羊飼い』〔一八三七年三月初演〕というタイトルの新しい作品を出しました。詩人は全篇をより単純にしようと骨折っていますが、詩的内容が犠牲にされていて、これまでの彼の悲劇よりは弱い作品です。もちろんそれらの戯曲と同じくここでも、結婚という仕切り柵が情熱的に引き倒されていますが。

ブールヴァールの二番目の桂冠詩人ルジュモーンは、三つの戯曲できわめて大きな賞賛を獲得し、名声を打ち立てました。約六ヵ月という短い間に次々と発表されたものです。第一作は、『ラヴォバリエール公爵夫人』〔一八三六年〕という名の弱々しい駄作です。多くの筋があるのですが、驚くほど大胆に展開されるわけでも、自然に展開されるのでもなく、それらの筋はいつも細々した計算により苦労して導き出されてきます。情熱にしても同じであり、その焔《ほむら》は見せかけでしかなく、中身は怠惰で冷え冷えとしています。『レオン』〔一八三六年一二月一日初演〕というタイトルの第二作はかなり良質で、右で見たような恣意的な欠陥もありますが、それでも心を大きく揺さぶるシーンがいくつか含まれています。第三作『ユラリ・グランジェール』〔一八三七年五月六日初演〕のほうは先週観ました。純粋な市民ドラマで、たいへん素晴らしいものです。作者は自らの才能の命ずるところに従っており、今日の社会に見られる様々な悲しい混乱を、うまく枠取りした絵画のなかに収め、理路明快に描き出しています。

第三の桂冠詩人ブシャルディ。これまでのところ彼の芝居は一作しか上演されていませんが、これが前例のないような大当たりなのです。『ガスパルド』〔一八三七年〕という劇で、五ヵ月〔一月から五月まで〕のあいだ毎日上演されており、この調子でゆけば数百回の公演を経験することになるでしょう。しかし正直に言って、この巨大な賞賛の究極の理由について熟考しますと、私の思考力が停止してしまいます。作品は、まったくひどいとまで言えぬにしても、凡庸なのです。筋はいっぱいあるのですが、それらは頭を踏んづけ合って躓《つまず》きつづけ、そのせいで、効果のほうも首の骨のへし折り合いをやっているという有様です。大騒動全体を動かす思想は狭く、キャラクターもシチュエーションも自然に発展・展開することはありません。素材をこのように高く積み重ねる方法は、先に述べました二人の舞台詩人にすでに見られ、耐え難いほどだったのですが、『ガスパルド』の著者はさらにその上を行っています。しかもそれは――幾人かの若い劇評家が私に請け合ったところ――意図するところであり、プリンシプルだというのです。現代のロマン主義者たちは、たがいに異質な素材・時期・場所をいっしょに積み上げることにより、閉ざされたドラマという柵のなかで時・場所・筋の一致をあんなに厳格に守ってきた、かつての古典作家とは区別されるというわけです。

これら革新者たちは本当にフランスのドラマの境界を拡げたのでしょうか。私には分かりません。しかしそれらフランスの舞台詩人たちはいつも私に、監獄が狭すぎるとこぼしながら、それを拡げるのに次のような手段しか知らない牢番を思い出させます。次から次へと囚人を監獄に放り込み、その結果、囚人たちは牢獄の壁を拡張する代わりに、おたがいに圧殺し合うほかなくなる、という話です。

補足として述べておきたいのは、『ガスパルド』と『ユラリ・グランジェール』においても――ブールヴァールのすべてのディオニュソス的芝居と同じく――結婚が生贄《いけにえ》の羊として屠《ほふ》られてしまうことです。

レーヴァルトさん、私はブールヴァールの他の幾人かの舞台詩人につきまだあなたに報告したいことがありますが、しかしそんな彼らが何とか消化できる作品を提供したときでも、そこに現れているのはすべてのフランス人に見られる軽やかな扱い方でしかなく、決して捉え方の独自性などではありません。実のところ私はそれらの芝居をただ観ただけで、すぐに忘れてしまい、そして、作者の名は何と言うのか調べたこともどまったくないのです。その埋め合わせに、スサのアハスヴェルス王に侍従として仕えた宦官たちの名をお伝えしておきましょう。メフマン、ビスタ、ハルボナ、ビグタ、アバグタ、ゼタルそしてカルカスです〔「エステル記」第一章第一〇節〕。

この手紙でいつも私の脳裡にある、いまお話ししたブールヴァール劇場というのは、サン＝マルタン門に始まり、そうして、デュ・タンプル大通りに沿ってだんだんと値打ちを下げつつ立ち並んでいる本来の民衆劇場のことです。そう、この地理的序列はまったく正しいのです。まず最初に来るのは、ドラマ部門ではきっとパリ最高の演劇を誇るサン＝マルタン門という名の劇場です。ユゴーとデュマの戯曲をいちばん見事に演じ、マドモアゼル・ジョルジュとボカージュの所属する素晴らしい劇団を抱えています。これに続くのがアンビグ＝コミクで、演技と演技者はサン＝マルタン門劇場よりは悪いのですが、しかし依然としてロマン主義ドラマの悲劇が出し物になっています。そこから私たちはフランコーニに行き着きますが、その舞台はこれらの系列に数えることはできません。というのも、ここでは人間劇というより馬劇が上演されているのですから。次にやってくるのがラ・ゲテです。最近火事で焼け落ちましたが、いまは再建されており、外見も内部もその朗らかな名にふさわしい劇場です〔ゲテは陽気、快活の意〕。ここでも同じくロマン主義ドラマが市民権を得ていて、快適なこの劇場でも時おり涙が流れ、恐るべき激情のため心臓が高鳴ることがあります。しかしここでは歌と笑いのほうが多く、そして、すぐにヴォードヴィルが軽やかに鼻歌をうたいながら登場してきます。隣の劇場ル・フォリス・ドラマティクスも同じで、ドラマと、それ以上に多くのヴォードヴィルが出し物になっています。しかもこの劇場は下手だとは言えず、いくつもの良い戯曲の上演、それも上手な上演を観たことがあります。価値からしても位置からしてもフォリス・ドラマティクスの後にくるのは、マダム・サキの劇場です。ここでも同じく、まだドラマ、ただしきわめて凡庸なドラマと、そして悲惨このうえない歌唱劇が上演されています。そしてこの歌唱劇は隣のヒュネムビュル劇場でついにまったく粗野な茶番劇へと堕してゆきます。もっとも素晴らしいピエロの一人、あの有名なドビュロが白い顔でさまざまな表情を作るヒュネムビュル劇場のうしろに、私はさらにまだラザリというまったく小さな劇場を見つけました。演技はきわめて下手、下手さがついにその限界に達し、芸術が板で釘づけにされているところです。

あなたがおられない間に、パリにはもう一軒新しい劇場が開設されました。ブールヴァールのいちばん端、バスチーユ広場のところにあり、サン・タントワーヌ門劇場と呼ばれています。どの点から見ても番外のもので、芸術性からも地理的位置からしても、これまで述べてきたブールヴァール劇場のなかにランクづけることはできません。それに、当劇場の価値についてなにかはっきりしたことを口にするにはまだ新しすぎます。ところが、そこで上演される出し物は悪くないのです。ごく最近バスチーユ広場のすぐそばのあの劇場で、この監獄の名をタイトルにし、そしてたいへん感動的なくだりのあるドラマを観ました。ヒロインは自明のことながらバスチーユ監獄の司令官の細君で、収監されていた国事犯と駆け落ちするという筋書きです。このほか、良い喜劇の上演も観ました。『結婚したまえ!』というタイトルで、これは、貴族の慣習的婚姻に甘んじず、庶民の美しい娘と結婚する一人の夫の運命を描き出すものです。従兄弟がこの妻の彼氏になり、そして姑《しゅうとめ》が、この従兄弟と貞淑なる奥方と組んで、娘婿に向けて家庭内野党陣営を結成します。夫は妻の贅沢と拙い家政のため貧困のなかへ突き落とされています。そこで、家族の生活費を稼ぐため不幸なこの男はついに、バリエールでルンペンの輩どものためダンスフロアを開設する破目になります。カドリール〔四人一組で踊るダンス〕で数が足らなければ、七歳の小さな息子を躍らせます。そしてこの子はもう、シャユ〔猥褻な踊りで警察から取り締まりを受けた、HSY一一七二〕のきわめて淫らなパントマイムでステップに変化をつける術を知っているのです。彼がこんな状況にあるところへ友人が訪ねてきます。そしてこの哀れな男がバイオリンを手に、楽器を弾いたり飛び跳ねたりしてダンスの音頭を取っている間に、時おり中休みを見つけては、訪ねてきた友人に夫としての自分の窮状を物語るのです。その物語と、そして語り手が同時にやらねばならない仕事、両者のコントラストほど痛ましいものはありません。しばしば語り手は自らの受難の物語を中断して、「前へ!」とか「二人で前へ!」と叫んでダンスの輪のなかへ飛び込み、いっしょに踊るわけですから。この結婚生活残酷物語にメロドラマふうの伴奏をする、ダンス音楽のいつもはあんなに明るい音色が、皮肉にもここでは人の心へ無残に切り込んでくるのです。私は観衆の哄笑に調子を合わせることが出来ませんでした。私が笑ったのは舅《しゅうと》だけです。この男は、自分の財産すべてを飲んでしまい、ついには物乞いに行かねばならなくなる大酒飲みです。老人の物乞いの仕方はじつにユーモラスです。怠け者の太鼓腹に酒焼けした赤ら顔の老人は、疥癬病みで目の見えない犬を紐につけて連れていて、その犬をわがベリサリウスと呼んでいます。そして男はこう主張するのです、人間は、盲人の忠実なる導き手としてこんなによく主人に仕えてきた犬たちに対して恩知らずに過ぎる、自分は人間愛をこの動物たちにお返ししようと思い、こうしていま盲導人として、可哀相なベリサリウスに、盲目の犬に仕えているのだと。★32

私は、当劇場お抱えのシャトゥイユではないかと周りの人から疑われるほど、この言い分に爆笑したものでした。

シャトゥイユとは何のことか、あなたはご存知ですか〔HLY四七〜四八〕。この語の意味を知ったのは私自身もごく最近のことです。じつは床屋から教わったのです。床屋の兄はあるブールヴァール劇場にシャトゥイユとして雇われていて、上演中の喜劇で役者がうまいジョークを口にするたび大声で笑って、観客の笑いを刺激し支払いを得ているのです。たいへん重要な職務で、多くの喜劇のサクセスがこれにかかっています。というのも良いジョークが大いに悪いこともしばしばあるからで、そんな時、もしもシャトゥイユがごく小声のクスクス笑いから心底の至福の咽《むせ》び声に至るまで、さまざまな笑いを駆使して客席に笑いを強制する技をもたなければ、人びとが笑うことなどまったくないでしょう。笑いにはアクビと同じように感染する性質がありますから、レーヴァルトさん、私はドイツの舞台のためシャトゥイユ、つまり笑いの先導者の導入をお薦めしますよ。アクビの先導者ならば、あなたもきっとドイツに十分お持ちでしょうが。ところがしかし、笑いの職務の遂行は容易なことではないのです。私の床屋の請け合うところ、相当の才能が必要だといいます。彼の兄はもうすでに一五年もの経歴の持ち主で、その技は名人芸に達していて、繊細にして半ばひそめた、半ば漏れ出た裏声を一声発するだけで、観客大衆のあいだに哄笑を爆発させることが出来るというのです。「兄は才能のある人間で」と床屋は付け加えます、「あっしよりも多く稼ぎますぜ。だってこのほかに、葬儀の服喪役もやってるんですから。葬列は午前中に五回から六回出ます。そして兄貴は、真っ黒な喪服に白いハンカチ、それに、悲しげな顔をして今にも泣き出しそうな様子をするんです。誰もが、あの人は自分自身の父親の棺の後を歩いてるんだね、と断言するほどなんです」

レーヴァルトさん、そうです、たしかに私はこの多彩な才能に敬意を抱いています。けれど自分にそうした能力があったとして、かりにこの世のすべてのカネをもらっても、この男の職務は引き受けたくないですね。たとえば次のような事態がどんなに恐ろしいことか、まあ考えてもみてください。ちょうどおいしいコーヒーに満足し、そして、太陽がにこやかに心のなかへ笑いかけてくるそんなある春の朝、早々と悲しそうな顔を準備し、そして、たぶん見も知らずの亡くなった何処かの小売商人のために泣くのですよ。しかも、服喪者には七フランと一〇スウの収入になるのですから、商人の死は喜ばしいかぎりのことなんです。そしてそのあとがですよ、六回も墓場から帰ってきて疲労困憊、死ぬほど不愉快で深刻な気分のときに、さらに一晩中、これまでもう何度も笑ってきたすべての下手なジョークに笑わなければならない。高慢な平土間席をいっしょに笑わせるために顔全体を動員し、すべての筋肉を働かせ、心身ともども痙攣させて笑わねばならないのですよ。まったく恐ろしい。それくらいなら、私はむしろフランスの国王になりたいですね……。

手紙　九

音楽とはしかしいったい何なのでしょう。昨夜は就寝前の数時間、この問題について考えました。音楽というのは奇妙なもので、私は奇蹟だと言いたい。音楽は、思考と現象の間にあります。薄明の仲介者として精神と物質の間にあります。それは、この両者と親戚関係にありますが、しかし両者とは違っています。音楽は精神です、ただし拍子を必要とする精神です。それは物質です、ただし空間がなくて済む物質なのです。

私たちは、音楽が何なのか知りません。しかし良い音楽とは何であるかは知っています。そしてそれよりよく知っているのは、悪い音楽とは何かということです。後者のほうがずっと大量に私たちの耳へ届いてきているからです。音楽評論はもっぱら経験に寄りかかるばかりで、総合に依拠することはできません。音楽評論は、音楽作品をもっぱらそれら相互の類似性に基づいて分類し、そのさい、作品が〔聴衆〕全体〔die Gesamtheit〕に対して生み出した印象を評価の尺度として用いるべきでしょう。

音楽の理論化というものほど不十分なものはありません。もちろん法則、数学的に決められた法則はあるのですが、しかしそれは音楽ではなくその条件でしかありません――ちょうどデッサンの技術と色彩論が、いやそれどころかパレットと絵筆が絵画ではなく、必要な手段でしかないのと同じです。音楽の本質は啓示であり、それについては説明も釈明もできず、真の音楽評論は経験的学問なのです。

私は、先験的に、つまり窮極的な原理原則から屁理屈をつけて、ある音楽作品の価値を加えたり減じたりするムッシュー・フェティスないしその息子ムッシュー・フェテュス〔フェテュスは胎児の意、フェティスへの語呂合わせ〕の評論ほど不愉快なものを知りません。しかし、ある種の〔浮浪者仲間の〕隠語で起草され、一般の教養世界ではなく、実践する芸術家たちにのみ知られているテクニカルタームでいっぱいのそのような評論は一般大衆のあいだでこの種の空虚なおしゃべりに一定の名望を与えています。私の友人デトモルトは絵画に関して、二時間で芸術通になれるような手引書を著していますが〔『芸術通のための手引書、もしくは二時間で通人になれる方法』一八三三年〕、音楽についても誰かがこれと類似のハンドブックを書き、そして、音楽評論の決まり文句とオーケストラ隠語のボキャブラリーを皮肉っぽく用いて、フェティスとフェテュスの中身のないあの手仕事に止めを刺してしまうとよいでしょう。昨年マルセイユで最高の音楽評論を耳にしました。おそらくは何かを証明する唯一の音楽評論と言ってよいものです。テーブルを囲んで定食を食べていたときのことです。二人の行商人がホットなテーマ、ロッシーニとマイアーベーアのいずれが偉大なマイスターかについて論争したのです。一方がイタリア人こそもっとも素晴らしいと言うと、相手が反対します、ただし味気ない言葉によってではなく、『鬼のロベール』〔一八三一年初演〕の中からとくに美しいメロディーをいくつかトリルで歌ったのです。それに応えるのに前者は、『セビーリャの理髪師』〔一八一六年〕からいくつかの歌を懸命にうたい返すほか良い方法を知りません。食事のあいだずっと二人はこんなふうにやり合ったのです。内容のない冗句を騒々しくやり取りする代わりに、二人はじつに素晴らしいターフェルムジーク〔食事の際の音楽〕を演奏してくれたわけです。そして詰まるところ私は、音楽についてはまったく議論しないか、それとも、こうした現実的なやり方で議論するかのどちらかだ、と本音を言わずにはおれませんでした。

レーヴァルトさん、私がオペラをめぐり伝統的なフレーズを弄してあなたを煩わせるつもりのないことはお気づきいただけたと思います。けれどもフランスの舞台のことを述べるうえでオペラにまったく触れぬわけにはゆきません。ロッシーニとマイアーベーアにつき普通のやり方での比較論などはしませんので、ご心配には及びません。両者をともに愛するということだけにとどめ、しかも、一方を少々犠牲にして他方を愛するといったようなことはいたしません。私はたぶん後者よりも前者にいくぶん多くの共感を覚えていますが、それは個人的な感情でしかなく、決してマイアーベーアよりもロッシーニに大きな価値を認めているわけではないのです。ロッシーニと私の共通点は、まさしく悪癖に――私自身の中のいくつかの類似の悪癖にあれだけ親和的に共鳴してくる悪癖にあるのでしょう。生まれつき私はある種の無為の営みを好むところがあって、花咲く野原に横たわるのが好きで、そうして、雲の静かな流れを眺め、光がそれに照り映える様を面白がるのです。しかし偶然は、私が運命によって激しく横腹をつつかれ、のんびりしたこの夢想からしばしば揺り起こされることを望み、かくして、やむなく私は時代の苦しみと時代の闘いに加わりました。私の共感は真剣なものであり、どんなに勇敢な相手とも戦いました……〔HSY三－四〇〕。しかし、どう表現すればよいのか自分でも分からないのですが、私の感覚は他の人たちの感覚とある種の距離を保っていたのです。彼らがどのような気持ちだったかは知っていますが、私はそれとはまったく違った気持ちだったのです。どれだけ活発に軍馬を乗りまわし、敵どもへどれだけ無慈悲に剣で切りつけても、戦いの熱気ないし喜びないし不安に捉えられることは決してありません。自分のこの内面の平静さに気味悪くなることもしばしばで、敵味方ひしめき合う党派戦争のなかで殴り合うあいだに、自分の思考が他の場所に居ることに気づいたのです。そして時おり自分が夢遊病者のごとくサラセン人と戦うあのデンマーク人、オーギャーのように思えたのでした〔HLY三六八〕。そのような人間は、時としてマイアーベーアの音楽に、身も心も捧げるとまではゆきませんが、熱中することがあります。しかしマイアーベーアよりロッシーニのほうが気に入るに違いないのです。というのも人間の個人的な喜びと悲しみは、ロッシーニの音楽の大波にもっとも心地よく揺すってもらえるからです。愛と憎しみ、愛着と憧れ、嫉妬とふてくされ、こうしたものすべてはロッシーニでは個々の人間の孤立した感情です。したがって彼の音楽で特徴的な点は、孤立した感覚の直接的表現であるメロディーがいつも前面に出ている点にあります。これに対してマイアーベーアに私たちが見出すのはハーモニーの支配です。メロディーが調和的な群衆の流れのなかへ消え去ってゆく、そう、溺れてゆくのです。ちょうど個々の人間の特殊な感じ方がすべての国民の全体感情のなかへ沈んでゆくのと同じです。そして魂は、全人類の悲しみと喜びに捉えられ、社会の大問題に政治的に関わってゆくとき、この調和的な流れのなかへ喜んで飛び込んでゆくのです。マイアーベーアの音楽は個人的というよりは社会的です。現代は、自らの内的・外的反目、情緒的分裂と意志貫徹のための闘い、苦境と希望をマイアーベーアの音楽に再発見して感謝しており、そして、偉大なるマエストロに拍手喝采しながら自分自身の情熱と感激を讃えているのです。ロッシーニの音楽は王政復古の時代のほうにより適合しています★[33]。この反動の時代には、大きな全体的利害への感性が、大戦と失望を経て、高慢で白けた人たちのもとで背景へ退いてゆかざるをえず、そしてそれに応じて、我《が》の感情が正統な権利を享受できる世界へとまた帰ってゆくことができたのです。革命と帝国の時代ならば、ロッシーニは決して大きな人気を博すことが出来なかったでしょう。ロベスピエールならばたぶん彼の反愛国的穏健音楽を指弾したでしょうし、ナポレオンならきっと、全体的感激の情を必要とするグランド・アルメの楽団指揮者などに彼を登用しなかったでしょう。ああ、ペーザロ〔ロッシーニの出身地〕の哀れな白鳥よ〔HSY五－二三、二五八〕。ガリアの雄鶏と皇帝の鷲がおそらく君を切り裂いてしまっていたでしょう。市民道徳と名誉の戦場よりも静かな湖のほうが君には似合っていたのです。湖岸からは穏やかなユリの花〔ブルボン王家の紋章〕がにこやかに頷いて挨拶を送り、君は悠然と泳いでいることができました――すべての身のこなしに美しさと愛らしさを誇示しながら。王政復古はロッシーニの凱旋の時代でした。星々はそのころ店じまいしていて、もはや諸国民の運命のことなど気にしなくなっており、彼らは君の音楽にうっとりと聞き耳を立てたものでした。だがその間に七月革命が天上にも地上にも大きな動きを生み出し、星も人間も、天使も王も、神さまご自身までがそれぞれ平和な状態から引き離されて、またもや大忙しとなりました。新しい時代の秩序を作らねばならず、私的感情のメロディーを楽しむ余裕も、それに足りるだけの心の落ち着きも持てなくなりました。『鬼のロベール』、それどころか『ユグノー教徒』の大合唱団が相和して不平を鳴らし、相和して歓呼し、相和してむせび泣くときにだけ彼らのハートはそれに聞き入り、一体化に感極まってむせび泣き、歓呼し、そして不平を鳴らすのでした。

おそらくはここに、マイアーベーアの二つの大きなオペラが世界中で享受しているあの前代未聞の、途方もない賞賛の窮極の理由があるのでしょう。彼は時代の寵児です。そして時代は、いつも自らの人間をうまく選ぶ術を知っているものです。笛や太鼓の鳴り物入りでマイアーベーアを盾の上に担ぎ、彼の支配権を宣言、そして彼とともに晴れやかに入城行進するのです。ただしそんなふうに凱旋行列で担がれるのは、必ずしも心地よいわけではありません。たった一人の盾持ちの不手際、もしくは不器用さのために、大怪我はしないまでもグラリと揺さぶられて、肝を冷やすかもしれないからです。頭に飛んでくる花冠にしても、それで元気づけられるよりも怪我をすることがあるかもしれません――汚い手から来た花冠のために泥で汚されることはないにしても。月桂冠だって重過ぎれば、きっと冷や汗ものになるでしょう……。そんな行列に出会うとロッシーニは、繊細なそのイタリア的唇でじつに皮肉っぽく微笑み、それから、自分の胃の不具合を嘆くのでした――日に日に胃が悪くなり、もうまったく食べられないのだ、と〔HLY三六六～六七〕。

それはしかし辛いことです。というのもロッシーニはいつも大グルメの一人だったからです。マイアーベーアは正反対です。その外見と同様、食においても謙虚そのものです。彼の家で立派な食卓が見られるのは、友人を招待したときだけです。あるとき私は予約なしに彼のところで食事をしようと思ったことがあります。ところがご本人は粗末なボウダラ料理を食べていて、しかもそれが彼のディナーのすべてだったのです。もちろんのこと私は、もう食べてきましたと言いました。

マイアーベーアはケチだと主張する人もいます。だがそうではありません。彼がケチなのは、自分自身に関係する支出においてだけです。他人に対しては気前の良さそのもので、とくに貧乏な同郷人たちはこの気前良さを乱用するまでに享受してきました。慈善はマイアーベーア一家の、とくに母親〔アマーリエ・ベーア〕

の美徳であり、援助の必要な人をみんな彼女のもとに送って、私は一度として失敗したことがありません〔HLY二八六、三九〇〕。この女性は、地上に生きる母親のなかでもっとも幸福な母親です。どこへ行っても息子の素晴らしさを讃える声が身のまわりに響き、足を運んだり止めたりする先々で、息子の音楽の断片が耳のまわりをひらひら飛び回ります。至るところで息子の名声が自分のほうへ輝いてきます。そしてオペラとなれば、すべての観客が轟くような賞賛でジャコモへの感激を表現するものですから、母の心は私たちには想像もつかないような歓喜に震えるのです。世界史全体を通して彼女と比較できそうな母親を私はただ一人しか知りません。それは聖ボロメーウスの母です。彼女は存命中に息子が聖人に列せられる〔一六一〇年〕のを目にし、そして教会で何千人という信者とともに聖人のまえに跪《ひざまず》き、聖人に向かって祈ることができたのです。

マイアーベーアはいま新しいオペラを書いており、私は大きな好奇心を抱いてその完成を待っています。この天才の発展はきわめて注目すべき見ものであり、大きな関心をもって私は彼の音楽生活と個人生活のさまざまな段階を追い、また、彼とそのヨーロッパの聴衆とのあいだに生じる相互作用を観察してきました。ベルリンで初めて彼と出会ってからもう一〇年になります。大学の建物と警備屯所のあいだ、学問と軍太鼓のあいだでの出会いでした。あのころ彼はこの位置関係でたいへん息苦しく感じているようでした。彼と会ったとき、マルクス博士〔アードルフ・ベルンハルト〕といっしょだったと記憶しています。博士はある種の音楽後見人グループの一人で、このグループは、モーツァルトの正統な世継ぎと見なしているさる若い天才〔＝フェリックス・メンデルスゾーン＝バルトルディ〕がまだ幼少の間はずっとセバスチアン・バッハを信奉していました。セバスチアン・バッハへのこの熱中は、たんにあの空位時代を埋めるだけのためのものではありません。それは、後見人たちが最も恐れ、それゆえまた最も憎むあのロッシーニの名声を破壊せんとするものだったのです。マイアーベーアは当時ロッシーニの模倣者として通っており、そしてマルクス博士はある種のパトロン気取りで、愛想の好い君主の顔つきで彼を遇しており、いま私はその様子に大笑いせずにはおれません。ロッシーニズムは当時マイアーベーアの大きな犯罪であり、したがって彼は、自分自身のせいで攻撃されるというそんな名誉からまだはるかに遠い存在だったのです。彼はまた、賢明にも要求がましいことを口にすることはいっさい差し控えていて、私が、最近イタリアで『クロチャト』〔一八二四年ヴェネチアで初演〕の上演にどれほど感激したかを話したとき、マイアーベーアは面白げに、また物悲しそうに微笑み、そして、「セバスチアン・バッハの首都、ここベルリンで哀れなイタリア人の私を褒めたりすると、ご自分の立場を悪くされますよ」と言ったものでした。

じじつマイアーベーアはそのころまったくイタリア人たちの模倣者になっていたのです。湿気があって寒く、理屈っぽい駄洒落ばかりで無色のベルリン気質への苛立ち。これが早くから彼のなかに自然な反動を生み出しており、かくてマイアーベーアはイタリアへ脱走〔一八一六〜二五年〕、かの地で朗らかに人生を楽しみ、自分の個人的感情にすっかり身を委ね、そして、すてきなオペラ『クロチャト』を作曲したのでした。当作品では、ロッシーニズムがこの上なく甘ったるく誇張され、高められています。金にはさらに金箔が貼られ、花にはそれ以上に強くかおる香水が振りかけられています。このころがマイアーベーアの最も幸福な時代で、彼はイタリアの感性の歓びにうっとりと酔い痴《し》れて執筆し、人生においても芸術においても最も軽やかな花を摘んだのでした。

だがそのようなことでドイツ人の本性が長く満たされるはずはありません。祖国のあの真剣さへの郷愁みたいなものが目覚めてきたのです。異国のミルテの花の下で寝そべっているあいだに、ドイツの樫の森のなかに潜むあの神秘的な慄《おのの》きを思い出し、その思いが心に忍び寄ってきます。南国のそよ吹く西風に愛撫されながら、北風の暗い賛美歌のことを考えるのでした――たぶんあのフォン・セヴィニェ夫人とまったく同じだったでしょう。夫人は、オランジェリーの隣に住んでいて四六時中オレンジの花の香りばかりに取り囲まれていたものですから、とうとう肥え車の健康な悪臭に焦がれはじめたというのです……。詰まるところ、新たな反動が起こり、セニョール・マイアーベーアは突如としてまたドイツ人になり、そうしてドイツとまた撚《よ》りをもどしたのです。ただしそれは、狭量な俗物たちの古くて朽ちた、時代遅れのドイツではなく、新しい世代の若くて寛大で、世界に開かれたドイツでした〔HSY四－一四〕。この世代の人びとは、全人類に関わるすべての問題を自分たち自身の問題となし、そして大きな人類の問題を、必ずしも自分らの旗の上ではないにしても、それだけ消しがたく自らのハートのなかへ書き込んでいる人たちです。

七月革命からしばらくしてマイアーベーアは、あの革命の陣痛のあいだに自らの精神から生まれ出た作品、『鬼のロベール』を引っ下げて聴衆のまえに歩み出ました〔一八三一年一一月二二日初演〕。このヒーロー、ロベールは、自分が何をしようとしているのかがよく分からず、いつも自分自身と格闘しつづけています〔HSY一－一五〇〕。彼の姿は、あの時代——美徳と悪徳のあいだをじつに苦しげに、落ち着きなく揺れ動く時代、努力し障碍と闘うなかで身をすり減らし、サタンの誘惑に逆らうに足りるだけの力を十分に持たない時代、そんな時代の道徳的よろめきの忠実な鏡像なのです。私は決してこのオペラ、狐疑逡巡のこの傑作が好きではありません。私が狐疑逡巡と言うのは、素材に関してだけではなく、実行力も問題にしているからです。作曲家は、自分の守護神をまだ信頼していない、そのすべての意志に自らを委ねることがあえて出来ていない、たじろぐことなく大衆に命令できず、彼らに震えながら奉仕しているのです。だから、あのころマイアーベーアが臆病な天才と呼ばれたのも無理はないわけです。自分自身への勝ち誇った自信が欠けていて、世論を怖がり、ほんのわずかな非難にも驚愕し、公衆のどんな気紛れにも媚びへつらい、左へ右へと熱心にこの上なく握手したのです〔HSY一－一二七八～七九〕——まるで音楽の世界においても国民主権を認めていて、自らの政権の土台を多数決原理に求めるかのようでした。そしてそれは、神の恩寵により王権を得た王として音楽の国で絶対支配を行うロッシーニとは正反対だったのです。臆病さはまだマイアーベーアの生活から立ち去っていません。依然として公衆の評判を気にかけていますが、しかし幸いなことに『鬼のロベール』の成功が大きな効果をもたらしました。仕事をしている間はあの心配に邪魔されなくなったこと、これまでよりはるかに自信を持って作曲できること、そして自らの魂の大きな意志を作品のなかに登場させたことがその成果です。そこで彼はこの《精神の自由》の広がりのなかで『ユグノー教徒』を執筆しました。ここではすべての疑念が消え去っていて、自分自身との内面的な闘いが終わって、外的な決闘が始まり、私たちはスケールの大きいこの決闘の構想に驚愕するのです。マイアーベーアは当作品によって初めて精神人士の永遠の都、つまり天国の芸術の都・エルサレムに不朽の市民権を獲得したのです。『ユグノー教徒』でついにマイアーベーアはなんの憚《はばか》りもなく自己の内面を開示し、豪胆な線で自らのすべての思想を描き出し、そして、胸を動かすすべてのものを放縦な音色であえて表現せんとしたのでした〔一八三六年二月二九日初演、大好評を博す〕。

この作品をとくに際立たせているものは、熱中と芸術的完成とのあいだに生じてくる均衡、あるいはもっとうまく表現すれば、パッションと芸術が同じ高さに到達している点にあります。人間と芸術家がこの作で競い合ったのであり、前者、人間がこのうえなく荒々しい情熱の警鐘を打ち鳴らすと、後者、芸術家が野生的な自然の音色を巧みに浄化して、ぞっとするほど甘い快音に変えてしまいます。一般大衆が『ユグノー教徒』の内的な力、パッションに捉えられる一方で、芸術通は、形式において証明される名人芸を賞賛します。この作品はゴシック様式のドームです――それも、天空へ伸び上がらんとする柱のブロックと巨大な丸屋根は巨人の大胆な手で建て上げられたように見え、他方、それらの上へ一ひらの石のレース編みベールのごとく散りばめた、あの無数の優美で繊細な花綱やロゼット〔薔薇形装飾〕やアラベスクは侏儒《しゅじゅ》の飽くなき忍耐力を証明している、といったそんなドームです。作品全体の構想と構築においては巨人、細部の手間暇かかる仕上げでは侏儒――『ユグノー教徒』のこのような建築士は、古いドームの作曲者たちと同じく私たちの理解を越えています。さきごろ私は友人といっしょにアミアンの聖堂のまえに立っていました〔一八三六年九月一日〕。友人は、巌《いわお》を積み上げる巨人の力と、倦まずたゆまず彫りつづける侏儒の忍耐力とを示すこの記念碑を、驚きと同情の念をいだきつつ眺めていましたが、とうとう私に、今日われわれがこんな建築物をもはや作り上げることのできないのは一体どういうわけなのだろう、と尋ねました。この問いに私はこう答えました。「アルフォンス君、あの古い時代の人間たちは確信を持っていました。私たち現代人は意見しか持っていません。一個のドームを創建するには、たんなる意見以上の何かが必要なのです[★34]」

という次第なのです。マイアーベーアは確かな信念をもった人です。このことはしかし――彼にあってその志操は他の芸術家よりしっかりと根を張っていますが――がんらい日々の社会的問題とかかわりのあるものではありません。この世の王侯たちから考えうるかぎりの敬意を浴びせてもらい[★35]、ご本人もそうした顕彰に色気たっぷりなのですが、それでもマイアーベーアは、人類の神聖このうえない関心事に熱く燃えるハートをもっていて、革命の英雄たちへの尊崇の念を包まずに告白しています。北方の国々に音楽を理解しない役所があるのは彼には幸いなことです。そうでなければ役人たちは、『ユグノー教徒』のなかにプロテスタントとカトリックの党派戦争を見るだけでは済まなかったでしょうから。とはいえ彼の信念はもともと政治的なものではなく、ましてや宗教的なものでもありません[☆36]。マイアーベーアの本来の宗教は、モーツァルト、グルック、ベートーヴェンの宗教、つまり音楽なのです。彼はただこれだけを信じ、この信仰のなかにのみ自らの至福を見出し、そうして彼は、これまで何世紀ものあいだに生まれてきた様々な信念にその深み、その情熱そしてその持久力において類似するそんな信念をもって生きています。そう、私はマイアーベーアがこの宗教の使徒だと言いたい〔HLY八〇以下〕。じっさい彼は、自らの音楽に関わるすべてのことを使徒的な熱意と迫力で扱っています。他の芸術家たちは何か良いものを創造するとそれに満足します。それどころか、作品が完成すると稀ならずすべての関心を失ってしまうのですが、マイアーベーアにあっては分娩を終えてからようやく大きなお産の苦しみが始まるのです。そうなると彼は、自らの精神の創造物が他の国民にも輝かしく啓示されてくるまでは、すべての聴衆が彼の音楽によって教化されるまでは、自らのオペラで全世界に説教せんとする感情をすべての人のハートのなかへ流し込んでしまうまでは、そしてついには全人類とコミュニケートしてしまうまでは、満足することがないのです〔HLY八四、三八七等〕。道に迷ったただ一つの魂を救うため使徒がどんな苦労も、どんな痛みも厭わないのと同じように〔「ルカによる福音書」第一五章第七節〕、マイアーベーアもまた、誰かが自分の音楽を否定しているのを聞きつけたときは、その人が自分に帰依するまで根気強くうるさく付きまとうことでしょう。救われたただ一匹の子羊であっても、たとえそれがまったく取るに足らぬ物書きの魂であっても、彼にはこの子羊のほうが、この物書きのほうが、つねにオーソドックスな忠誠心をもって自分を敬ってくれる信者大衆全体よりも好ましいのです。

音楽がマイアーベーアの確たる信念であり、そしておそらくこの点に、偉大なマイスターがあんなにもよく世間に露呈し、稀ならず私たちから微笑を誘う、あのすべての不安と心配の原因があるようです。新しいオペラの稽古をしているときの彼の姿をぜひご覧ください。そんなときのマイアーベーアは、すべての音楽家と歌手を苦しめる、まさしく音楽の鬼であり、絶えざるリハーサルで人びとを悩ませます。完全に満足するといったことは絶対にありません。オーケストラの間違ったただ一つの音でさえ短剣の一突きのようなもの、それで彼は死にそうになるのです。オペラがすでに上演され、そして熱狂的な喝采で受け入れられたあとも長らく、この不安が消失することはありません。依然としてびくびくしていて、マイアーベーアがついに満足できるのは、自分のオペラを聞き、賞賛した数千の人が亡くなり埋葬されてからのことだと私は思います。少なくともそうした死者たちには裏切りを怖れる必要がなく、彼らの魂を確保できているからです。オペラがかかっている日には、神さまだって彼がとことん満足できるようには事を按配できません。雨が降っていたり寒かったりすると、マドモアゼル・ファルコンが鼻風邪を引かぬかと心配です。逆に、夜が明るく暖かければ、好天に誘われて人びとが屋外に出かけてしまい、劇場が空っぽになるのではないかと心配です。音楽がついに印刷に付され、校正の面倒を見るときの彼の小心翼々たる綿密さは、他の何にも喩えがたいものです。校正にさいしての飽くなき訂正癖が、パリの芸術家たちのあいだで語り草になっています。けれどもぜひお考えいただきたい。彼には音楽が他の何にもまして貴重であること、きっと自分の生命よりも貴重であることを。コレラがパリで猛威を振るい始めたとき〔一八三二年三月末以降〕、私はマイアーベーアにできるかぎり速やかにパリを立ち去るように懇願しました。しかし彼にはまだ数日のあいだ、後回しにできない仕事があったのです。あるイタリア人と『鬼のロベール』のイタリア・リブレットのアレンジをしなければなりませんでした。

『鬼のロベール』よりも『ユグノー教徒』のほうが、内容の点でも形式の点でもはるかに信念の作品だと言えます。すでに述べましたように、一般大衆が内容に心を奪われている間に、より冷静な観察者は芸術の途方もない進歩を、作品に表れている新しい形式を賞賛しています。もっとも権威ある判定者の意見によれば、いまやオペラのために曲を書こうと思う音楽家はみな『ユグノー教徒』をまえもって勉強せねばならないとのことです。楽器編成の点でもっとも成功しています。それにまた、前代未聞と思えるのが合唱団の扱いです。まるで個々の人間のように合唱団が意見を述べ、オペラのあらゆる伝統を放棄してしまっているのです。モーツァルトの『ドン・ジョヴァンニ』以降、音楽の国には『ユグノー教徒』の第四幕よりも大きな出来事はきっとなかったでしょう。この幕では剣《つるぎ》の聖別式、つまり殺意の祝福という恐ろしい衝撃的な場面に、この最初の衝撃的効果のさらに上を行く二重奏が設定されているのです。臆病なこの天才にはおよそ予想もできなかった大冒険なのですが、しかしその成功は、私たちの驚きと同時に恍惚状態まで引き起こしました。私について言えば、マイアーベーアがこの課題をこなせたのは、芸術的手段ならぬ、声という自然の手段のおかげだと思っています。つまり彼のあの素晴らしい二重奏は、たぶんオペラでこれまで一度として、もしくはあれだけの真実味をもって登場したことのないような一連の感情を表現し、しかもこの感情へのきわめて激しい共感を現代社会の人びとの胸中に燃え上がらせたのです。私について言えば、音楽において『ユグノー教徒』第四幕におけるほど心が嵐のように激しく鼓動したためしはかつてないと告白しますが、しかし、できれば第四幕と、その興奮から逃げ出して、第二幕のほうをもっと楽しみたいと思っています。こちらは牧歌です。愛らしさと優美さの点でシェイクスピアのロマン主義的喜劇に似ている、いや、きっとタッソーの『アミンタ』〔一五七三年〕にもっと似ていると言えましょう。じじつそのとおりで、歓びの薔薇の花の下には、フェラーラの不幸な宮廷詩人タッソーを想起させる穏やかな憂鬱がひそんでいるのです。それは、明るさそのものというよりは明るさへの憧憬であり、心からの笑いではなく、心の微笑み、ひそかに病んでいて健康についてはただ夢見るばかりの、そんな心の微笑みなのです。いったいどういうことなのでしょう。揺り籠のころからずっと、[★37]アブみたいに血を吸い取る人生の心配事をことごとく団扇《うちわ》で追い払ってもらい、富のふところのなかに産まれ、自分のすべての好みのために、喜んで、そう、熱狂的に働いてくれる家族全員に甘やかされ、この世のどんな芸術家よりも幸福になる資格のある芸術家。いったいどうしてそんな芸術家が、このような苦しみを――嘆き声とむせび泣きの音楽となって私たちの耳に聞こえてくるあの途方もない苦しみを経験しえたのでしょうか。だって芸術家は自分自身の感じていないことをあれだけ強烈に、あれだけショッキングに表現することなど出来ないからです。物質的な欲求を満たされた芸術家が、その分だけ耐え難く道徳的苦難に見舞われるというのはなんと妙なことでしょう。とはいえ、芸術家の苦しみのおかげで自分らのもっとも理想的な喜びが得られるのは、聴衆にとっては大きな幸せです。芸術家とは、メルヘンに語られるあの子ども、目から流れ出る涙すべてが真珠になってしまうあの子どもなのです〔グリム『井戸のそばのガチョウ番の娘』〕。ああ、意地悪い継母《ままはは》、つまり世間は、いっそうたくさん真珠を泣くようにと、哀れなこの子どもをますます無慈悲にぶん殴るのです……。

メロディーの欠如について人は、『ユグノー教徒』のほうが『鬼のロベール』よりも甚だしいと見て、それを難じようとしました。この非難はしかし誤解に基づいています。「森を見て木を見ない」。メロディーはここではハーモニーに従属しています。それとは逆の状況にあるロッシーニの音楽と比較したとき私は、人類の運命に思いを寄せる社会的・近代的音楽としてマイアーベーアの音楽を特徴づけるものこそ、まさしくこうしたハーモニーの支配だと示唆しました。メロディーが欠如しているわけでは決してないのです。要は、これらメロディーが妨害的・無愛想に、利己的に（と私は言いたいのですが）現れてはならぬ、もっぱら全体に奉仕せねばならぬということです。それらは調教されています。メロディーがかの有名な盗賊たちみたいに孤立的、超法規的に（と私はほとんど言いたいのですが）本領を発揮するイタリア人の場合とは反対なのです。メロディーに人びとはただ気づかないだけのことです。下っ端の二等兵のなかにだって、大戦さでカラブリア〔イタリア半島南端の西側地方〕の盗賊のヒーローたちとまったく同じくらいよく戦う兵士がいるものです。あのカラブリア人の個人的勇敢さは、もしその人が正規軍のなかで隊列をなして打ち合っていたなら、さほど驚くようなことでもないでしょう。そうしたメロディー優先の功績を決して否定するつもりはありませんが、しかし次のことは言っておかねばなりません。メロディーのそうした優先の結果として、イタリアにはオペラのアンサンブルへの無関心が、一個のまとまった芸術作品たるオペラへの無関心が見受けられる、それはじつにナイーヴな現れ方をして、大当たりのパートが歌われていないあいだ観客は、桟敷席で接待をしたり、カルタ遊びとまでゆかぬにせよ、無遠慮なおしゃべりをやったりするのです。

マイアーベーアの創作におけるハーモニーの優勢は、思想と現象の国を包摂する彼の広い教養の必然的な結果なのでしょう。かつてマイアーベーアの教育のために大量の資材が投じられ、それにより彼の精神は感受性豊かになったのです。早くからあらゆる学問の手ほどきを受け、諸学に精通し、それによっても彼は、他のほとんどの音楽家たちに差をつけることになります。もっとも、他の音楽家たちに見られる輝かしい無知は、当人たちに専門外の知識を得るうえで財も時間もふつう欠けていたため、幾分かは許されるものなのですが。さて、習得されたものはマイアーベーアの天性となり、そして社交という学校が彼に最高の発展の可能性を与え、マイアーベーアはかくしてフランス人たちまでが都雅《とが》の模範と認めざるをえないような、ごくわずかな数のドイツ人の一人となったのです。『ユグノー教徒』の創作に必要な材料を集め、確かな感覚でそれを形成するには、そのような教養の高さが必要だったのでしょう。しかし見識の広さと視野の明るさを人に得させるものとは、その一方で他の特質を失わせるのではないでしょうか。これは一つの問題です。私たちは、荒削りで視野が狭く陶冶されていない人物につき、その鋭いアクセント、粗野な色調、思想のあの根源性、そして感情のあの直接性をずいぶん賞賛するものです。しかし教養というものが、芸術家のこんな特質を破壊してしまうのです。

そもそも教養はいつも高くつくもので、それはあの小さなブランカが言うとおりです。マイアーベーアの八歳ばかりのこのお嬢さんは、通りで遊んでいる小さな男の子や女の子の気楽さを目にして、うらやましげに最近こんなことを言いました。「教養ある両親があるのはなんと不幸なことでしょう。わたしは朝から晩までいろんなことをいっぱい暗記し、じっと座りつづけ、お利口にしていなければならないの。でもこの窓の下の教養のない子どもたちは、一日中幸せそうに走りまわり、楽しんでいられるのよ」

手紙 一〇

王立音楽アカデミー〔一六七二年創設〕は、マイアーベーア以外にここで詳しく語るに値する《音の詩人》を僅かしかもっていません。にもかかわらずフランス・オペラは全盛を誇っている、いや、より正しく表現すれば、毎日高収益を上げています。隆盛は有名なヴェロン氏の指導によって六年前から始まり、それ以来、彼のプリンシプルは新しい監督デュポンシェル氏によって実践され、同じように成功しています。プリンシプルと私は言います。じっさいヴェロン氏は、芸術と学問における熟考の成果としてプリンシプルをもっていたのです。ヴェロン氏は薬剤師として咳止めの素晴らしい合わせ薬を発明しましたが、これと同じように彼は、オペラ監督として音楽の治療薬を開発しました。ヴェロン氏はつまり、自分自身の実感をもとに、フランコーニの出し物のほうが最高のオペラよりもずっと面白いことに前から気づいていました。観客の大部分がこれと同じ感覚を持っていること、大部分の人がただの習慣からグランドオペラに行っていること、そして、彼らが喜びを感じるのは、いやな音楽を完全に聞き流してしまえるほど美しい飾りつけ、コスチューム、ダンスに注意力を引き付けられたときだけということ――こうしたことを偉大なるヴェロン氏は確信していたのです。それで彼は、もはや音楽にまったく煩わされないほど高度に、グランドオペラにおいてもフランコーニと同じ楽しみが味わえるほど高度に観客の目の好奇心を満足させる天才的アイデアを思いついたのです。大ヴェロンと偉大な公衆とが了解し合いました。前者は音楽を無害化して、オペラの看板のもとに豪華絢爛たる大活劇だけを出し物にしました。そして後者、公衆は、教養階級にふさわしく、しかも死ぬほど退屈することなしに、娘や奥方を連れてグランドオペラに行くことができたという次第です。アメリカが発見され、卵が立ち、オペラ劇場は連日大入り、フランコーニが競り負けて破産、それ以来ヴェロン氏は富者になりました。ヴェロンの名は音楽の年代記に永遠に生きつづけるでしょう。彼は女神の神殿をきれいに掃除しましたが、女神そのものを戸外に放逐してしまったのです（「マルコによる福音書」第一一章第一五節）。グランドオペラに広がり出したあの豪華さを凌ぐ出し物はもはやなく、いまやこの場こそ聴く耳をもたない人たちの楽園になったのです。

現監督は、ヴェロン氏の人となりと滑稽なほど対照的な人物ですが、それでも前任者の諸原則を遵守しています。レーヴァルトさん、あなたはヴェロン氏の姿をいつかご覧になりましたか。カフェ・ド・パリかコブランス大通りできっと何度かこの太った漫画のような姿に気づかれたことでしょう。斜めにひしゃげた帽子を目深にかぶり、途方もなく白いネクタイ（その硬いカラーは耳の上まで達していました）に頭が埋もれていて、そのために、小さな瞬きをする目と、赤く享楽的な顔はほんのわずかしか外に現れません。自分の世間知と成功を意識し、じつに心地よげに、じつに尊大に心地よげに、若い、時にまた中年の文学ダンディー[★38]の廷臣に取り囲まれて、のっしのっしと歩いてゆきます、彼はいつも、これらのお供にシャンペンか、あるいは美しいダンサーの贈り物をするのでした。ヴェロン氏は唯物論の神さまです。彼と出会ったとき私は、精神を嘲るその視線にしばしば心を射抜かれて苦しんだものです。

デュポンシェル氏は、痩せぎすの青白く黄ばんだ男です。高貴ではないまでも上品には見えます。いつも陰気です。葬儀の触れまわり役みたいな悲しげな顔をしていて、誰かが彼を「果てしない悲しみ」と名づけましたが、もっともなことです。外貌からすれば、グランドオペラの会長というよりはペール・ラシェーズ墓地の管理人に見えるでしょう。デュポンシェル氏はいつも私にルイ一三世の憂鬱な宮廷道化師（アンジェリ）を思い出させます（HLY六九）。悲しげな姿をしたこの騎士が、いまやパリっ子たちのエンターテーナー長であり、ときおり私は、彼が独り寂しく自宅にこもり、自らの主権者たるフランス公衆を面白がらせようと新しい洒落を考えているような場面、陰気な頭を悲しそうに振りながら赤本に手を伸ばし、タリョーニはどうかな、と確かめるような場面を思い浮かべて、立ち聞きしたくなってくるのです……。

レーヴァルトさん、あなたは訝《いぶか》しげに私を見ておられますね。そう、あれは妙な本でして、品のある言葉でその意味を説明するのはなかなか難しいのです。ここではアナロジーによってしか言わんとするところをお伝えすることができません。女性歌手たちの鼻風邪とは何かご存知ですか。あなたの溜め息が聞こえてきますよ。あの受難の時代のことをまたお考えですね。最後のリハーサルが無事に終わった、もう今夜のオペラの予告が出ている、突然そこへプリマドンナがやってきて、自分は歌うことができない、鼻風邪を引いたから、と宣言するのです。そうなると万事休すです。天を仰ぐ、なんと途轍もない苦悩の眼差しでしょう！　新しいチラシが印刷され、『ヴェスタの巫女』〔スポンティーニのオペラ、一八〇七年初演〕の上演はマドモワゼル・シュナプスの体調不良のため不可能になり、それに代えて『ロッフス・プンパーニッケル』〔M・シュテークマイアーの茶番劇、一八一〇年初演〕を上演する、と告示することになります。ところが女性ダンサーの場合は、自分らが鼻風邪だと言い立てても何の役にも立ちません。ダンスの妨げにならないからで、彼女らはこのため長いあいだ、風邪関節痛の発明をした女性歌手たちを羨んでいたのです。だって彼女らはいつ何時でもお休みを取ることができ、自分たちの敵、舞台監督に受難の日を与えてやることができたからです。それで女性ダンサーたちは神さまに、自分らにも同じような苦しみを監督に与える権利を授けてほしいと乞い願ったわけです。神さまはすべての国王と同様バレエの愛好家ですので、彼女らにある種の体調不良を授けてやりました。それは、それ自体としては他愛のないものですが、公演での爪先立ちの回転、スピンターンを妨げます。そこで私たちは、テ・ダンサン《踊る茶会》〔午後の茶の会兼舞踏会〕のアナロジーから、これを《踊る鼻風邪》と名づけたいのです。こうしていま、ある女性ダンサーが舞台に上りたくないとき、最良の女性歌手とまったく同様、拒否のできない口実ができたわけです。グランドオペラのかつての監督が『ジュルフィーデ』〔マリー・タリョーニの父フィリッポ作のバレエ、一八三二年三月一四日上演〕を出すことにしていたところ、タリョーニが、私はきょう翼を着けトリコットズボンをはいて舞台に立つことができません、《踊る鼻風邪》なもので……と言ってきたようなとき、「こんちくしょうめ！」と監督はどんなに己の不運を呪ったことでしょう。大ヴェロンは彼一流の思慮深さで、《踊る鼻風邪》にはある種の規則性があり、女性歌手たちの《歌う鼻風邪》とは違っていること、そして、この現象はそのつどずっと以前からあらかじめ計算できることを発見したのです。神さまはそもそも秩序好きなものですから、女性ダンサーたちに天文学、物理学、水理学、要するに全宇宙の諸法則と関連していて、それがために計算しうるそんな体調不良を与えていたのです。これに反して、女性歌手たちの鼻風邪は私的な考案であって、そのために計算しえないというわけです。《踊る鼻風邪》の周期的回帰性は計算しうる——この事情に大ヴェロンは女性ダンサーからの嫌がらせ対策を発見し、そして、彼女らの一人が周期を得るたびに、その出来事の日付を正確に特別ノートへ記録したのです。これこそが、ちょうどいまデュポンシェル氏が手に取って、タリョーニはどうかな……と数えて辿ってゆくことのできる例の赤本なのです。発明精神を、そう、前オペラ監督ヴェロン氏のそもそもの精神を特徴づけるこの本は、たしかに実務面で有用なものなのです。

右のコメントからきっと、フランスのグランドオペラの現在の意味がお分かりいただけたと思います。オペラは音楽の敵たちと和解し、そしてチュイルリ宮殿の場合と同様、貴族社会が場所を明け渡したのち、裕福な市民階級がいま音楽アカデミーにも入り込んできたのです。美しい貴族階級——地位、教養、生まれ、ファッション、そして怠惰において傑出したこのエリートたちは、イタリア・オペラへ逃げ込んでゆきました。そこでは、青白い砂漠——音楽のサハラに取り囲まれながらも、芸術の偉大なナイチンゲールたちがいまもなお顫音《せんおん》で囀り、メロディーの泉からいまもなお魔法の霊水がさらさら流れ、そして、美の棕櫚《しゅろ》の木が誇らかな扇子で喝采の合図を送っています……。イタリア・オペラはこんな音楽のオアシスなのです。一方、周囲のサハラ砂漠では、ときおり良いコンサートがいくつか現れ出て、音楽の愛好家に特別ななぐさめを与えるだけといった状況です。この冬は、コンセルヴァトワール〔パリ音楽院〕の日曜日のコンサートがその種のものでした。ド・ボンディ通りで、プライベートな夜会が、そしてとりわけベルリオーズとリストのコンサートがありました。この二人はたぶん当地の音楽界における最も珍しい現象でしょう。私は「最も珍しい」と言い、最も美しいとか、最も喜ばしいとは言いません〔両者の変人ぶりを示唆〕。ベルリオーズはほどなくオペラを発表してくれます。主題はベンヴェヌートス・チェリーニの生涯からのエピソード、ペルセウスの鋳像です。並外れた傑作が期待されています。というのもこの作曲家はいままでにそうした並外れた仕事をしてきたからです。彼の精神は空想的なものに向かっていますが、この空想性は情緒ではなく、感傷性と結びついており、カロ、ゴッチそしてホフマンとよく似ています。すでに彼の外貌にそれが示唆されています。残念なのは、あのノアの洪水以前のものすごい髪型――険しい岩壁の上の森林のごとく、額の上に聳えるあの逆立った髪の毛を彼があっさりと切ってしまったことです。私が六年前に初めて見たときのベルリオーズはまだこんな具合で、それはずっと私の記憶に残りつづけるでしょう。あれはコンセルヴァトワール・ド・ムジクでのことでした。彼のシンフォニー〔『幻想交響曲』〕が演奏されていました。奇抜な夜想曲で、センチメンタルな白い婦人用ローブ〔ヒーローの恋する理想的な女性〕がひらひらするときにだけ、あるいはアイロニーの黄色い硫黄の閃光が走ったときにだけ明るく照らされるといった曲です。もっとも良いところは魔女の安息日のくだりで、そこでは悪魔がミサを読み、そして、カトリックの教会音楽が血腥《ちなまぐさ》くおどろおどろしい演奏で茶化されるのです。私たちが心のなかに密かに飼っているすべての蛇がシューシューと喜びの声を上げる茶番劇でした〔HSY二一一六〇〕。桟敷席の隣のおしゃべりの若者が私に作曲者を指し示してくれました。ホールのもっとも隅っこ、オーケストラの片隅にいて、太鼓を叩いています。太鼓が彼の楽器だからです。「太ったイギリス女性が前桟敷に座っているのが見えるでしょう? ミス・スミスソンです。このご婦人にベルリオーズ氏は三年前から死ぬほど惚れ込んでいて、あなたが今日聞いておられる荒々しいシンフォニーは彼のこの情熱のおかげで出来たのですよ」と私の隣人が言いました。本当です、前桟敷席に、ロンドン・コヴェントガーデンのかの有名な女優が座っていたのです。ベルリオーズは片時も目を離さず婦人のほうを見上げ、その視線が婦人の視線に出会うたびに、荒れ狂ったように太鼓を打ちました。その後ミス・スミスソンはマダム・ベルリオーズになり〔一八三三年一〇月〕、それ以来、彼女の夫は髪の毛も切ってしまったのです。この冬またコンセルヴァトワールで彼のシンフォニーを聞きました〔一八三六年一二月一八日〕。同じようにベルリオーズが鼓手としてオーケストラのバックに座り、同じく太ったイギリス女性も前桟敷席に座っていました。二人の視線がまた出会います……。けれど彼はもうそれほど狂ったように太鼓を叩きませんでした。

リストはベルリオーズに最も親和性のある音楽家で、ベルリオーズの音楽を最もうまく実現する術を知っています。リストの名声はヨーロッパ的で、彼がパリに無条件の熱狂者をもつ芸術家であることに疑いはありません。他方でしかし、きわめて熱心な反抗者もいるのです。ともあれ、リストのことを無関心な調子で語る者がいないのは一つの重要な徴候です。そもそも人間はこの世で、好意的であれ敵対的であれ、積極的な内実なしにパッションを呼び起こすことはできません。愛に対してであれ憎悪に対してであれ、人間の心を燃やすには火が必要です。リストの力をもっともよく証明するものは、敵までが彼の個人的な価値を認めるときに示す、十全なる敬意です。彼はつむじ曲がりではありますが、しかし気高い性格の人で、利己的でなく、偽りがありません。きわめて珍しいのはその精神の方向です。彼には大きな思弁的素質があるのです。そして彼が、自らの芸術の利害以上に強く関心を寄せるのは、天地を包摂する大問題の解決に取り組むさまざまな学派の研究成果です。長いあいだリストはサン・シモンの美しい世界観に燃えていました。そのあと彼の頭をもうろうと包んだのは、バランシュの唯心主義的な、いやむしろ蒸発的な思想であり、現在彼は、ジャコバン帽を十字架のうえに打ち立てたラムネの共和主義的・カトリック的教理に夢中です……。次のおもちゃの馬をどんな精神の馬小屋に見つけるかは、天のみが知るところです。ともあれ、光と神性を求めるこの飽くなき渇きは、いつまでも賞賛すべきものであり、神聖なもの、宗教的なものへの彼のセンスを証明しています。時代のあらゆる苦難とドクトリンに心動かされて紛争の渦中へ追い込まれ、人類のあらゆる窮状に心を配る欲求を感じ、未来を料理する神さまのあらゆる鍋に鼻を突っ込みたがる、かくも落ち着きのない頭。そんなフランツ・リストが、穏やかな市民と心地よいナイトキャップたちのための静かなピアノ奏者になどなりえないことは自明のところです。フォルテピアノのまえに座り、そして何度か髪の毛を額の上へなであげ即興演奏をはじめると、しばしば彼はまったく狂ったように象牙の鍵盤へ突進してゆきます。天にも届かんばかりの思想の荒野が響きだし、思想の合間のあちらこちらからこよなく優しい花が芳香をあたりに広めます。そんなとき人は、不安感と幸福感のなかへ、いや、幸福感よりもずっと深く不安のなかへ陥ってゆくのです。

あなたに告白しますが、どれだけリストを愛していても、彼の音楽が私の心に快適な感じを与えることはありません。それは、私が幸運児で、他の人たちが耳で聞くだけの幽霊を目でも見ることができるために、そして、あなたもご存知のとおり、手がピアノから打ち出すどんな音を聞いてもそれに対応する音の姿が私の精神のなかに立ち上ってくるために、要するに、音楽が姿となって私の内面の目に見えてくるためになおのことなのです。リストの演奏を最後に聞いたあのコンサートを思い出すと、頭のなかで脳ミソがぶるぶる震えだします。あれは不幸なイタリア人たちのためのコンサートでした。場所は、美しく気高く、そして悩める侯爵夫人〔＝クリスチーナ・ベルジョイオーソ〕のホテルで、夫人は、自らの物質的祖国と自らの精神的祖国、つまりイタリアと天国とをあんなにも美しく代表している人です……（レーヴァルトさん、あなたはきっとパリで彼女とお会いになったことでしょう。夫人の理想的な容姿はしかし、聖なる天使の魂を拘禁する監獄でしかありません……。けれどもこの牢獄はきわめて美しく、誰もが魔法にかかったようにその前に立ちどまり凝視するばかりです）……。あれは、今年の冬のことです。不幸なイタリア人たちのために開かれたコンサートでのことで〔一八三七年四月五日〕、私はここでリストの最後の演奏を聞きました。どんな曲だったかもう覚えていませんが、黙示録のいくつかのテーマの変奏曲だったと信じて疑いません。はじめ私にはそれら、つまりあの四匹の神秘的な獣がはっきりと見えず〔「ヨハネの黙示録」第四章第七節〕、ただ声が、とくにライオンの咆哮《ほうこう》と鷲の叫びが聞こえただけでした。手に本を持った雄牛の姿ははっきりと見えました。もっとも良かったのは、ヨシャファトの谷〔「ヨエル書」第四章第二節〕でした。馬上槍試合の会場のように柵で囲われた闘技場があり、観衆は甦ったさまざまな民族で、墓から出てきたばかり、青ざめ震えながら途轍もなく大きなこの広場のまわりで押し合いへし合いしています。最初にサタンが、黒い鎧を着け、ミルクのような白馬にまたがって柵のなかへ疾走してきます。後ろからゆっくりと生気のない馬に乗って死が駆けてきます。最後にキリストが黄金の甲冑をまとい、黒馬にまたがって現れ、そして、聖なる槍でまずサタンを、次に死を地面に突き落とします。観衆が歓呼します……。健気なリストの演奏に人びとは嵐のような喝采を捧げます。ぐったりしてリストはピアノを離れ、ご婦人がたのまえでお辞儀をします……。こよなく美しい侯爵夫人の唇のまわりに、あのメランコリックな甘い微笑が浮かびます……。

この機会に、リストとならんでもっとも賞賛される今ひとりのピアニストのことを述べずにおくのは不当というものでしょう。ショパンです。彼は技術的な完璧さにおいてヴィルトゥオーゾとして輝いているばかりか、作曲家としても最高の仕事をしています。彼は第一級の人間です。ショパンは、音楽に最高の精神的喜びを求めるエリートたちの寵児であり[☆39]、その名声は貴族的で、上流社会の賛辞の香水を振りかけられていて、本人の人格と同じように上品です。

　ショパンはポーランドでフランス人の両親のあいだに生まれ、ドイツ〔ウィーン〕で教育の一部を受けています。これら三つの国の影響を受けて、彼の人格はきわめて珍しいものになっています。つまりショパンは、それら民族の秀でたところを身に付けたのです。ポーランドは彼に騎士的なセンスと歴史の苦しみ〔ポーランド蜂起とワルシャワ陥落〕を、フランスは軽やかな優美さ、気品を、ドイツはロマン主義的な洞察を与えています……。そして自然が彼に、愛らしくスマートで、いくらか華奢な容姿を、この上なく気高い心を、天才を与えました。そう、私たちはショパンに言葉の完全な意味において天才を認めなければなりません。彼はヴィルトゥオーゾであるばかりか、詩人でもあります。自らの魂のなかに生きるポエジーを具現化することができるのです。彼は音の詩人であり、ピアノのまえに座り、彼が即興演奏で私たちに与えてくれるあの喜びに勝るものは他にありません。そんなとき彼はもはやポーランド人でもフランス人でもドイツ人でもありません。もっと高貴な出であることが分かります。そんなとき私たちは、ショパンがモーツァルト、ラファエロ、ゲーテと同じ国の出であること、彼の本当の祖国がポエジーの夢の国であることに気づくのです。ショパンがピアノのまえに座って即興演奏をしていると、まるで愛しい郷里から昔なじみが訪ねてきて、留守をしているあいだに故郷で起こった奇妙なことをいろいろ話してくれているような気がします……。そして私は時おりこんな質問をして知り合いの話を遮りたくなるのです。あの美しい水の精は元気でしょうか。あの娘《こ》は銀色のベールを緑の巻き毛へあんなにうまくコケットに結ぶことができましたね。白髪髭の海神は相変わらずですか。気の抜けた馬鹿げた恋に落ちたままで、あの妖精をまだ追いまわしているのでしょうか。私たちの家の薔薇は、いまもまだ誇らかに、炎のように燃えているのでしょうか。木々は月の光のなかで、いまもなおあんなに美しく歌っているのでしょうか……。

ああ、私は異国に暮らしはじめてからもうずいぶん長くなります。途方もない郷愁に駆られて、ときおり自分がさまよえるオランダ人とその船乗り仲間になったような気がしてきます――冷たい波にいつまでも揺られつづけ、オランダの静かな埠頭を、チューリップを、メイフローヴェンを、陶製のパイプを、陶器のカップを空しく求めるあの人たちのように思えてくるのです……。「ああ、アムステルダムよ、アムステルダムよ！　おれたちは一体いつまたアムステルダムに帰れるのだろう」と彼らは嵐のなかで溜め息をつきます――吠え立てる風によって、水責め地獄のいまいましい大波のあいだを四六時中あちらこちらへと投げつけられながら。あるとき幽霊船の船長が「もしいつの日かアムステルダムに帰れたとして、そうして、また故郷を離れねばならないとすれば、あの町のどこかの街角に転がっている石ころになってしまいたい」と言いましたが、私には船長のこの苦しみがよく分かります。ああ、哀れなヴァンダーデッケンよ。

レーヴァルトさん、これらの手紙が薔薇色の命の光に包まれ、明るく朗らかにあなたのもとへ届くことを願っています。さまよえるオランダ人の手紙のようにならないことを願っています。あの船長の手紙はふつう、本人が故郷を離れている間につとに亡くなった人に宛てられているのですから。

断篇

手紙四関係

一〈今日のファラオとパリサイ人への神の怒り〉

一一九頁上段九行目の前に

……神は万事を最善の結果へとお導きくださるでしょう。神の永遠なるご意志なくしては、スズメ一羽といえど屋根から落ちることはなく〔「マタイによる福音書」第一〇章第二九節、「ルカによる福音書」第一二章第六～七節〕、政府顧問官カール・シュトレックフースも詩を書くことはなかったでしょう。だから、そのような神がお粗末このうえない近視眼の専横に地上の諸国民すべての運命を委ねられるはずはありません。私は心底から確信しているのです、かつてあれだけ強大な奇蹟の力でもってイスラエルの子らをエジプト、つまり神になった牡牛とカーストの国エジプトから導き出されたあの神が、今日のファラオたち〔＝メッテルニヒとプロイセン国王〕にもその得意技をお見せになることを。神はまた折りにふれて、図に乗ったパリサイ人たち〔＝現状に満足するブルジョアジーたち〕を元の領地へ押し返されるでしょう、かつて士師《さばきつかさ》たち〔裁判官〕に対して行われたように。そして神はまた、どのような足蹴のプレゼントを新バビロンの大淫売婦に与えられるでしょうか〔「ヨハネの黙示録」第一七章第一節以下〕。あなたにはそれが、神のご意志が、もう見えていますか。神のご意志は空中を飛んでいるのです。例の信号機★01の無言の秘密みたいなものです。この器械は、事情を知る者には私たちの頭上高くからお告げを与えます。しかしその一方で、事情に通じぬ者は下界の騒がしい市場の雑踏のなかで暮らすばかり、彼らは、目に見えぬ空中で戦争か平和かという最重要問題が頭越しで交渉されていることなど何一つ気づかずにいるのです。私たちのなかの誰かが天空を見上げ、そして、たまたまその人が各地の塔のうえの図形を読み解くことのできる専門家で、災厄の接近を人びとに警告でもすると、その人は夢想者と呼ばれて嘲笑されるのです。いや、時としてもっと酷い目に遭うことさえあります。警告を受けた人びとは、不吉なことを知らせたことに恨みを抱き、警告者を石で打ち殺してしまうのです。預言者は時にまた、預言が現実になるまで城砦に閉じ込められることさえあります。そして、拘束が長引くこともあります。というのも神さまは、自らが最上だと見なし決定したことをたしかに実行されますが、お急ぎになることがないからです。

おお、主よ、私は知っています。あなたは知恵と正義そのものであり、そして、あなたのなさることはいつも正しく賢明でありましょう。けれども、なさろうとすることは少しばかり速やかに行われるようお願いしたい。あなたは永遠であり、十分に時間があって、待つことができます。しかし私は死すべき身で、そしてじっさいに死んでゆくのです。

二　〈フランスのカネ貴族〉　一二三頁下段一四行目の後ろに

前回の手紙で私は、フランス喜劇をドイツ以上に発展させているのは政治状況ではないと言いました。同じことは悲劇にも当てはまります。それどころか私は、フランスの政治状況がフランス悲劇の繁栄に不利だとあえて主張したいのです。悲劇詩人はヒロイズムへの信仰心を必要とするものですが、しかしそうしたものは、報道の自由、代議制度そしてブルジョアジーが支配しているような国ではまったく不可能なのです。というのも、報道の自由がヒーローの人間性を不遜きわまりない光で毎日毎日照らし出し、ヒーローの頭からありがたい後光を奪ってしまうからです。民衆と詩人たちの盲目的な尊敬の念をヒーローに確保するのは、じつはこの後光にほかならないのです。もちろん私は、フランスの共和主義が傑出したすべての大物を嘲弄あるいは中傷によって抑えつけ、そうして、個々の人間に寄せる個人的な感激の気持ちをすべて根っこから破壊するため報道の自由を利用している、などと述べるつもりは決してありません。ところで、この誹謗癖をとくに《支援》しているのがいわゆる代議制という政治体制です。これはつまり、自由の大義を促進するよりはむしろ先延ばしにするばかりで、国民のなかにも玉座のうえにも偉大な人物を輩出させない虚構のシステムです。というのもそれは、諸国民とまったく同様、国王たちまで堕落させてしまうからです。このシステムは、国民の利益の真の代表・代理を嘲笑[★02]するものであり、こせこせした選挙策動と不信感と喚《わめ》き癖と堂々たる無恥と舞台裏での買収と表向きの虚偽とのごた混ぜにほかなりません。この制度にあっては、国王たちは喜劇を演じなければなりません。無内容なおしゃべりに対して、それよりもっと無内容な決まり文句で応答し、敵たちには好意溢れる微笑を投げかけ、味方を犠牲にし、つねに間接的に振る舞い、そうして永遠の自己否定により、自らの胸の内なる、王者然たる英雄精神の自由でおおらかで活発な動きをことごとく殺してしまわねばなりません。すべての偉大なるもののそうした矮小化と、ヒロイズムのラディカルな破壊にとりわけ強く寄与したのは、世襲貴族の失墜を契機にここフランスで支配権を握り、そして、狭量で無味乾燥な小商人《こあきんど》根性を生のあらゆる領域で勝利させたあのブルジョアジー、あの市民階級にほかなりません。この国では、すべてのヒロイックな思考と感情が――完全に消え去ることはないにしても――少なくとも笑いものになるまでそんなに長くはかからないでしょう。私は、貴族に特権を与えるあの旧体制の復帰を望む気などさらさらありません。あれは、ワニスをかけた腐敗、白粉を塗りたくり香水を振りまいた死骸にほかならなかったからです。この屍《しかばね》がみじめな見かけの生を続けんとあまりに強く葬儀に抵抗しようとしたとき、ゆっくりと墓穴のなかへ沈めるか、あるいは力ずくで墓所のなかへ蹴り込んでしまわねばなりませんでした。けれども、旧体制に取って代わった新体制はそれよりもっと不快なのです。ワニスのかからないこの野蛮さ、香のないこの生、あくせくするこのカネ騎士階級、この国民衛兵、この武装せる臆病心のほうがはるかに耐えがたく、吐き気を覚えずにいられないのです。世界を指導するにふさわしいのは、ちっぽけな算盤《そろばん》勘定とか多額納税者の計算の才などではなく、天才、美、愛と力である――とたとえばあなたが主張でもすれば、これらの臆病な連中は知的な銃剣であなたを突き倒すことでしょう〔HLY二五三〕。

一八世紀にあれだけ根気強く革命の準備をしたかの思想の男たちが、どんな人間のために自分たちが働いてきたかを知ったならば――打ち壊した宮殿の代わりに利己心がどんなにみすぼらしい小屋を建てたか、そして、これらの小屋から新しいカネ貴族が現れ出てどんなに蔓延《はびこ》るかを知ったならば、彼らは必ずや顔を赤らめることでしょう。このカネ貴族たちは――旧貴族よりもずっと不愉快なことに――なんらかの理念とか、理想とする相伝の美徳への信仰とかによって自らを正当化するのではおよそなく、もっぱら儲けに、カネの資産に己の究極的存在理由を見出すのです。そしてこの儲けというのがふつう、汚辱にまみれた悪徳に負う、とまで言わぬまでも、しみったれた根気強さに負うような代物なのです。

それでもこの新しい貴族をつぶさに眺めてみますと、〔フランス革命で〕死に絶える少しまえに姿を現したかつての貴族とのあいだに類似性が認められるのです。貴族たちの生得の特典は当時、祖先の立派さではなく、その数を証明するだけの紙の証書に依拠していました。一種の家柄紙幣みたいなもので、これこそがルイ一五世とルイ一六世時代の貴族たちに公認の価値を与え、そして、彼らのクラス分けは名望の位階を基準にして行われたのです。それは、ルイ・フィリップのもとで今日の商業紙幣が産業家たちに価値を与え、彼らの位階を決めるのと同じやり方です。紙の証書によって正当化される品位の判定と位階の評価、この仕事を今フランスで引き受けているのが株式取引所なのです。しかも取引所がこの仕事で見せる几帳面さは、宣誓せる紋章学者たちが家柄の良さの証明書を、貴族の資格証書を調査したときの、あの前世紀の几帳面さと同じなのです。これらカネ貴族たちはかつての家柄貴族と同じようにヒエラルヒーを形成しています。そのなかでは、誰もがいつも自分を他より良いと思っているのですが、それでも彼らは、すでにある種の団結心を持っていて、窮地に陥るとたがいに連帯してまとまり、団体の名誉が危機に晒《さら》されたようなときには犠牲を払い、そして私の聞くところ、身を落とした同じ身分の仲間たちのため支援施設まで作ったというのです。

レーヴァルトさん、私は今日かなり苦々しい気分がしていて、新貴族が旧貴族以上に日の光のもとに持ち出すあの慈善行為の精神までも見誤りかねないほどです。いま私は「日の光のもとに持ち出す」と言いましたが、それは、彼らの慈善行為が光を厭わず、明るい陽光のなかに姿を見せるのが大好きだからです。この慈善行為は今日のカネ貴族にあって、かつての世襲貴族においては恩賜とか下賜とか呼ばれたものであり、今ではご立派な美徳になっています。とはいえそうした美徳の実践は、私たちの感情を傷つけ、時として気取った尊大さのようにも思えます。ああ、私が激しく憎むのは、閂《かんぬき》と錠を下ろしびくびくして自分の財宝を守っている金持ち守銭奴よりも、これら慈善的百万長者なのです。守銭奴のほうが慈善的百万長者よりも私たちを侮辱するところが少ない。こちらの連中は、窮境貧苦につけこんで私たちから獲得した富を公然と見せびらかし、そしてその中から数ヘラーを施し物として投げ返すような人たちなのですから。

手紙七関係

〈シャイロック役のキーン〉　一四一頁上段一四行目の前に

レーヴァルトさん、あなたもご存知のとおり、心地よい言葉をいっぱいならべて喜劇役者たちの演技もしくは（上品な言い方をすれば）芸術家たちの業績を論評するのは私のいつものやり方ではありません。けれども、前回の手紙で述べ、のちにいま一度立ち返ってくるエドモンド・キーンは、舞台上の並みのヒーローではありません。あなたに隠さず申しますが、私は、キーンのそのつどの演技について心に去来した感想を、イギリス議会での世界的に重要な演説者[★03]の評論とならべてイギリス日記に書きしるすことも厭いませんでした。残念ながらこの日記はあんなに多くの最も良い原稿とともに紛失してしまいました。にもかかわらず私は、いつか〔ハンブルクの〕ヴァンツベークで、シャイロックに扮したキーンの演技のことを例の日記からあなたに何か読み上げたように思えて仕方ないのです。[★04]私が見たキーンの最初のヒーロー役はヴェニスのユダヤ人でした。「ヒーロー役」と言いましたが、それは、キーンの演じたシャイロックが失意の老人でもなく、デフリーントがやったような憎しみのシェヴァ[★05]のような人物でもなく、じっさいに一人の英雄だったからです。キーンはいまもなお私の記憶のなかにヒーローの姿で立っています。袖なしの、膝までしか届かない黒い絹のロックロール[★06]を着ており、そのため、足まで垂れ下がった血のように赤い下着がいっそうどぎつく上着から覗いています。黒いフェルト帽には、両サイドの折り上げられた広い鍔《つば》があり、高い円錐部分は血のように赤いリボンが巻かれています。そんなフェルト帽がシャイロックの頭を覆い、そこから真っ黒な髪の毛が顎鬚と同じように長々と垂れ下がっています。いわば荒々しい額縁となって健康な赤ら顔を囲んでおり、[★07]そこから二つの白い渇いた眼窩《がんか》がぞっとするような不安な光を放って、辺りを窺っています。右手にステッキを持っていますが、それは身の支えというよりむしろ武器です。左腕の肘だけをそれで支え、左の手には、背信的に思慮深げに、黒い頭が、それよりもっと黒い思念とともに載っています。これは、今日にいたるまでこの世に通用している「いい人」という表現をいったい如何に解すべきかを、バッサーニオーに説明している場面です。[★08]族長ヤコブとラバンの羊の寓話〔「創世記」第三〇章第三七〜三九節〕を物語るとき、シャイロックは自分が自分の言葉のなかに埋没しているかのように感じています。そして不意に彼は、「さよう、三代目にな」と言って話を切り、続く長い合間に、自分が何を言いたいのか考えているふうに見えます。彼の頭のなかで話がしだいにまとまってゆく様子がよく分かります。そして、話の糸口をまた見つけたかのように、突然、「いや、利子は取らない……」と続けたとき、私たちは暗記した役割などではなく、苦労して自分で考えだした台詞を聞いているように思うのです。物語の最後で彼はまた、自分の発想に自ら満足している作家のように微笑みます。彼はゆっくりと始めます。「アントーニオーさん、今日までいったい何度になりますかな」から、「犬」という語まではゆっくりですが、「犬」はもう前よりも激しく口から吐き出されてきます。「そしてこのユダヤ人の着物に唾を吐きかけなさった……おれの」という台詞では憤懣がふくらんできます。——それから、背筋を伸ばして誇らかに相手に接近してゆき、そして、苦々しく嘲笑しながら「さあ、そこでだ……金に用がある」と言います。しかし不意にうなじを曲げ、かぶっていた帽子を取り、卑屈な身振りで「それとも、腰をかがめ……しかじかの金額」と言うのです。そう、その時は声までが卑屈になっていて、かみ殺した恨みの念もかすかにしか聞こえず、好意の浮かぶ唇のまわりには小さく活発なヘビがくねっています[★09]。しかし双眸《そうぼう》だけは偽装できず、たえまなく毒矢を放っています。そして外面の卑下と内面の憤怒のこの分裂は、最後の言葉「しかじかの金額」において、長く尾を引く気味悪い哄笑とともに終わってゆきます。笑い声は、突然すげなく途切れてしまいますが、引きつって卑屈に歪んだ顔は仮面のごとくしばしそのまま動かず、眼《まなこ》だけが、邪悪な眼だけが威嚇と必殺の視線を放ってギョロメをむいているのです〔HSY五-八五~八六〕。

しかしこんな言葉はすべて空しい。どんなに上手に描写したところで、あなたにエドモンド・キーンの本質を明らかにすることはできません。彼の朗詠、彼のとぎれとぎれの話し振りであれば、多くの者がうまく聞き覚えることができました。というのもオウムは、天空の王者たる鷲の声を本物そっくりに真似ることができるからです。けれども、自らの親類たる太陽をのぞき見ることのできる鷲の眼差し、大胆な炎、キーンの眼、この魔術的な閃光、この魔法の焔——月並みな舞台の鳥は、それらを我が物にできませんでした。私はフレデリック・レメートルの目のなかにだけ、しかも彼がキーンを演じているときにだけ、本物のキーンの眼差しともっとも似通った何かを見出したのです。

手紙一〇関係

一　〈ヴィルトゥオーゾ・リストとタールベルク〉
一七六頁下段一八行目の後ろに

いま述べたコンサートは、公衆にはさらに特別の関心がありました。あなたは雑誌の報道により、リストと、そしてウィーンのピアニスト、タールベルクとの間にどんなに悲しい不和があるのか、タールベルクを批判するリストの一篇の記事が音楽界にどんな騒ぎを引き起こしたか、隙あらばと待ちかまえる敵意と醜聞癖が、批評家にも批評される者にもどれだけ災いの大きい役割を果たしたかは、十分ご存知のことでしょう。ところがこのスキャンダラスないざこざが花盛りのとき、これら時代の両ヒーローが、同じコンサート〔一八三七年四月五日ベルジョイオーソ侯爵夫人主催〕で順に演奏する決断をしたのです。二人は、慈善目的を支援するために傷ついた個人的感情を度外視したのです。聴衆は、二人に固有の相違点を即時の比較によって認識・評価できる機会を与えられ、しかるべき賞賛を両者にたっぷりと贈りました。

そうです、二人の音楽的な性格を一度でも比較してみれば、一方を褒めんがために他方をくさすようなことが大いなる悪意と愚かしさの証左となることに納得できるでしょう。両者の技術的な熟練度は伯仲しており、他方、精神的な性格では両人以上に顕著なコントラストは考えられないでしょう。タールベルクは、高貴で情緒豊かで、賢く穏やかで静かでドイツ的、そうオーストリア的であり、これに対してリストは、荒々しく、いなずまの閃光をひらめかせ、火山のようで、天にも駆け上らんばかりの怖い物知らずです。

ふつうヴィルトゥオーゾたちについての比較論は、かつて文学でも盛んだった一つの誤謬、いわゆる困難克服という原理に基づいています。しかしその後、韻律形式が詩人の言語的熟達の証明などとはまったく違った意味をもっていること、そして、私たちが美しい詩を賞賛するのは、創作に多大な苦労を要したためなどでないことが分かってきました。それと同じようにほどなく音楽においても、音楽家は自分が感じ考えることすべてを、あるいは、他の人びとが感じ考えたことすべてを、自らの楽器で伝えることができれば十分なこと、そして、すべての名人芸的力業《ちからわざ》は困難の克服を証明するだけであって、むしろ不要な響きとして難じられるべきもの、それらは手品やトランプのいかさま切りや剣の飲み込み芸や綱渡りや卵踊りなどの領域に追いやるべきものであることが分かってくるでしょう。音楽家は、自らの楽器を完全に意のままに操ることができ、物質的な媒介など完全に忘れて精神だけを聞こえるようにできれば、それで十分なのです。そもそもカルクブレナーが演奏技術を最高の完成度にまで高めて以来、ピアニストはあまり技術の器用さなどに自惚れるべきではないでしょう。タールベルクはその楽器で革命をもたらした、などとペダンチックな表現であえて云々するようなことは、ナンセンスと悪意にしかできないことです。演奏の若々しい美しさ、繊細さ、そして愛らしさを褒め称える代わりに、偉大で素晴らしいこの芸術家タールベルクをピアノフォルテによるアメリカの発見者コロンブスだと持ち上げたとき、人びとは好ましくないサービスをしたことになります。「聴衆を音楽の珍味で喜ばそうと思ったとき、これまで他の音楽家は苦労に苦労を重ね、喜望峰を迂回して演奏せねばなりませんでした、でもあなたはアメリカ大陸を発見なさったのですよ」と言われたとき、カルクブレナーはこの新発見にどれだけ苦笑せねばならなかったことでしょう。

二 〈夜のまぼろし〉一七八頁下段一一行目の後ろに

ああ、わが人生の船が異国にあって全く絶望的な嵐にあちらへこちらへと翻弄されているあいだに、どれだけ多くの親しい人が亡くなってしまったことでしょう。私は目が回りはじめ、大空の星たちさえもはやじっとしておらず、情熱的な円軌道を描いてクルクル回っているように思えてきます。目を閉じると、狂った夢が長い腕を伸ばしてきて、私を聞いたこともないような世界へ、ぞっとするような不安のなかへ連れてゆきます……。レーヴァルトさん、私が夢で見る景色がどんなに妙でどんなに奇怪でどんなに不思議議か、そして、眠っているときまでどんなに恐ろしい痛みが私を苦しめるか、あなたにはご想像いただけないでしょう……。

昨夜私は巨大なドームのなかにいました。ぼんやりした薄明かりが辺りを支配しています……。最上階にだけ光が見えます。行列のちらちらする灯明が、〔丸屋根を支える〕最初の支柱群の上方の回廊を進んでゆきます。赤い頬をした合唱隊の少年たちが途轍もなく大きな蠟燭と十字旗を先に立てて進み、そして褐色の僧と、色とりどりのミサの衣裳をまとった司祭たちがその後を行きます……。一行は、ドームの上方でメルヘンのようにおそろしい動きをし、丸屋根に沿って進み、しかし次第に下へ降りてきます。その間に私は下で、不幸な女性を腕に抱き、ずっと教会の内陣をあちらへこちらへと逃げまわっていました。――何を怖れてのことだったかもはや分かりませんが、私たちは不安で心臓をドキドキさせながら逃げまわり、時おり巨大な柱の一つの後ろに隠れようとしましたが、うまくゆきません。行列が螺旋階段を降りてきてとうとう身近に迫ってきたので、ますます怖くなって逃げたのです……。あれは得も言われぬ悲しげな歌でした。そしてそれよりもっと不可解だったのは、先頭を歩む細長くて青ざめた、もう若くはない一人の婦人でした。顔にはまだかつての美貌の跡が残っていましたが、その女がまるでオペラのダンサーのごとく、ゆったりしたステップで私たちのほうへ向かってくるではありませんか。手に黒い花の束を抱えていて、芝居の身振りで私たちに花束を差し出しました――その間に、彼女の大きな輝く瞳のなかで途方もなく大きな、真の苦しみが泣いているようでした……。しかし不意に場面が変わり、私たちは暗いドームのなかではなく、別の景色のなかにいました。山々が身を動かし、人間のようにいろいろな格好をし、そして、木々が赤い炎の葉をつけて燃えているように見えました、いや本当に燃えていたのです……。というのも山々が、激しく荒れ狂った動きをしたのち完全に平らになってしまったとき、木々もまた自ら炎をあげて燃え、崩れ落ちて灰のようになってしまったからです……。そしてとうとう私はまったく一人ぼっちで荒れた広い平地に立っていました。足下には黄色い砂ばかり、頭上には侘しく青白い空があるばかりです。私はたった一人でした。連れの女が傍から消えてしまっており、心配になって探していると、砂のなかに一体の女の彫像が見つかりました。すばらしく美しいのですが、ミロのヴィーナスのように腕が折れていて、あちらこちらで大理石が風化してボロボロになっています。しばらくそのまえに佇んで悲しげに眺めていたところ、一人の騎手が駆けてきました。大きな鳥、ダチョウでした。ラクダに乗っていましたから、じつにおかしな姿です。この者も壊れた像のまえに立ち止まり、長いあいだ私たちは芸術について話しました。芸術とは何なんでしょう？ と尋ねると、パリの博物館の前庭にうずくまっている大きな石のスフィンクスに尋ねてごらん、とダチョウが答えました。

レーヴァルトさん、私のこの夜のまぼろしを笑わないでください。それともあなたまで、夢に対して仕事日的な灰色の偏見をお持ちなのでしょうか。——明日、パリに向かいます。ごきげんよう。

訳注

☆のついた注にカギ括弧付きで掲げたテキストは、単行本とジャーナル稿（『一般演劇レヴュー』）との異同に関わるもの。☆39を除けば、すべて単行本で削除されている。手紙四の分量がきわめて少ないのは、一八四〇年に冒頭部分と末尾部分が削除されたためである。

★01　パリの女工。おしゃれな浮気娘のことで、かつて身分の低い娘たちがグレーの安っぽい衣服を身に着けていたことに由来する。とくに縫い物や刺繍を生業とし、学生など若者に簡単に身をまかせた。

☆02　「セーヌ河が例年にない規模で氾濫したとき彼は溺死しました〔一八三六年秋〕。三日三晩かわいそうな妻は漁船で河の岸辺を探しまわり、ついに夫を引き上げ、そしてキリスト教の儀式に則って埋葬することができました。身体を洗い、服を着せ、自ら夫の遺体を棺に寝かせ、そして墓場でもう一度死者の顔を見るため棺桶の蓋を開けました。彼女は一言もしゃべらず、一粒の涙も流しませんでしたが、両目が真っ赤に充血していました。私は、血走った目をした白いこの石の顔を決して忘れないでしょう」

セーヌ河には溺死者が多く、死者を探す人たちのためにモルグ（死体公示場）が置かれていた。手紙三の冒頭に語られる夢で、ポン＝ヌフ橋の橋脚のあいだに現れる男たちも、そうした水死者だと考えられる。マルゴ（マルゲリートの愛称）のくだりは、現実のパリの出来事に由来していてフランス的だが、一方、鐘楼の役割をする巨木と鐘のエピソードはドイツ的である。このドイツ的特徴を言うのにデュッセルドルフ版の注釈は、シラーの『鐘の歌』（Das Lied von der Glocke、一八〇〇年）を引き合いに出し、ハイネの語るところをこの歌の一種のヴァリエーションと捉えている。しかし実際に引き比べて読んでみると、かなり違っていて、類似性を見るのは大胆すぎるように思える。

★03　一八三六年五月あるいは一八三七年六月に書かれた書簡を参照すると、ハイネが実際にこのころフランスの田舎に滞在していたことが分かる。フォンテンブロ近くのクドリか、あるいはマチルデの母親の住む郷里の村と考えられる。天気は相当悪かったが、やがて持ち直し、七月末までハイネはここに滞在している。執筆場所としては、グランヴィーユ、パリそしてル・アーヴルが確認されている。

★04　インマーマンの三部作『アレクシス』（一八三二年）は、ピョートル大帝の宮中における悲劇的な事件を扱っており、ベルリンでの上演を禁じられた。当局が友好国ロシアとの外交問題になることを恐れたためである。

★05　エルンスト・ラウパッハは劇作家、散文作家。一七八四年シュトラウピッツに生まれ、一八五二年ベルリンで亡くなる。一八〇一〜〇四年ハレ大学で神学と哲学を学び、一八〇五〜一四年ロシアで教職に就く。一八一六〜二二年にはペテルブルクで文学・歴史学教授となる。一八二四年にワイマルからベルリンにやってきて、最初は文学界での名声を目指したが、その後、きわめて通俗的な戯曲を執筆し、当時もっとも人気を博す流行作家の一人になった。歴史劇、喜劇、民衆劇など一一七作を書き、これら戯曲はほとんどすべての宮廷劇場で上演された。HSY四－二八六～八八参照。

★06　アンナ・ルイーゼ・カルシュは、フリードリヒ二世の賞賛者だったが、長きにわたって窮乏生活を送った。生活支援を求めるカルシン（カルシュの女性形）に王は初めこそ気前の良い贈り物をしたが、その後は数ターラーしか与えず、彼女はこの贈り物を拒絶した。フリードリヒ・ヴィルヘルム二世がようやく家を建ててやり、ここで彼女は一生を終えた。

★07　Guter Groschen. プロイセンでは二四分の一ターラーに当たる。南ドイツの一グロッシェンはほぼ三〇分の一ターラーに当たり、このためプロイセンのグロッシェンが「良グロッシェン」と呼ばれたのである。なお、グロッシェンは一三世紀にフランスで鋳造され、他の国々に広まった。のちにオーストリア、スイス、南ドイツの小額貨幣となった。

★08　『一般演劇レヴュー』を出版するコッタ社は、一八三六年、ドイツの優れた喜劇作品を表彰するために演劇賞を創設した。『一般演劇レヴュー』第二巻（一八三六年一二月二日）に審査報告が出ており、それによれば、六〇本以上の作品が寄せられたが、それらの質は全般的に満足できるようなものではなかった。宮中顧問官ラインベック教授、演出家ザイデルマンそしてレーヴァルトから成る審査委員会は、W・A・ゲルレとU・D・ホルンの作品に賞を与えることにした。ビューヒナーの『レオンスとレーナ』は到着が遅れ、審査の対象にならなかった。

★09　スターンは、物思いに耽ったとき自らのことをこう呼んでいた。

★10　一八三五年一二月のドイツ連邦議会決議後の検閲強化を示唆している。

★11　木庭宏『ハイネ――挑発するアポリア――』松籟社、二〇〇一年、一五四頁以下参照。

☆12　「私が『社会状態』をどのように理解しているか、あなたはご存知でしょう。そこに支配的な人生観が表現されているかぎりにおいて、一つの国民の風俗習慣、行動・行状、社会と家庭での営みすべてを言うことになります」

★13　ハイネのこの分析は、フランスの新しい演劇界に見られるオリジナルで優れた革新の試みを括弧に入れているという点で奇妙だとされる（ユゴーに初めて言及されるのは、手紙六においてである）。そうした改革が狭い意味での喜劇に関わっていないためなのだろう。

☆14　「この鏡が私たちに見せるものはたしかに歪曲像です。しかしそれら歪んだ像もまた、フランス人のもとではすべてが極端に誇張されてカリカチュアになっているとおり、私たちに無慈悲な真実を、たとえ今日の真実ではなくとも、明日の真実を確実に提供してくれているのです」

★15　現実から離れた、理論的な考え方だとされる。当時のフランス喜劇の弱さは、ハイネの言うようなコントラストを足場として社会的問題を表現する傑作が欠けていたことにあったとされる（他の時期にはそうした傑作が生まれていた）。

★16　アンリ・サン・シモンもフランス社会の組織的崩壊に大きな危機感を抱いていたが（吉田静一『サン・シモン復興――思想史の淵から――』未来社、一九七五年、二七四～七五頁）、現実はしかしもっと複雑だったようである。家族の絆は当時まだ健在であった。フランス社会の法的基盤となる民法はいまだ家長の特権に手を触れておらず、たしかに貴族階級では夫婦の離婚や家族の離散過程が進行していたが、少なくとも市民階級においては生活習慣と法的基盤が一致していたのである。とはいえ、誇張があるにしてもハイネの分析は鋭く、未来を洞察するものである。なぜなら封建体制を基礎づける人間と人間のあいだのさまざまな結びつき、たとえば家族、宗教、職業、地域共同体などの縦と横の情緒的な絆をゆるめ、断ち切り、そして個々人を自立させ互いに交換可能な対等の国家構成員にすること、つまり社会的エントロピーを増大させることは、産業化の道を進む国民国家の必然的な要請だったからである。たぶんこの過程は、思想家や哲学者たちの要請や個人的努力などを立ち越えたものであったろう。その意味では、個人と個人、個人と集団を結ぶ社会的な紐帯をゆるめ切断するのに、フランス革命がどれだけ大きな役割を果たしたかは、縷々説明するまでもあるまい。ハイネがこのような方向で当時のフランス社会を解釈していることは押さえておく必要があり、現在の先進諸国の社会状況を思うと、彼の先見の明がはっきりと見て取れよう。本文にはまた、唯物論哲学から生まれた批判精神が発揮する破壊力についての言及がある。唯物論哲学とそのイデオロギーの信奉者は共和主義者、社会主義者など極左の人びとに限られ、大半の市民階級のあいだではカトリック・キリスト教世界観が支配的であったというのは事実であろう。しかしここでもハイネの誇張を批判するのは問題である。むしろハイネの急進的な立場、マイノリティーとしての彼の立場がそこに示されていると考えるべきだろう。唯物論云々についても、啓蒙主義→フランス革命→七月革命（→二月革命→パリコンミューン→社会主義国家、共産主義国家）の歴史的な流れが言われているのであり、当時の市民階級の保守的動向はそうした太い近代化の趨勢への反動だったのである。

★17　ポリュビオスはローマ時代のギリシア系歴史家。ローマのギリシアへの進出のさいに、人質としてローマに連行された。やがてローマ貴族に加えられ、カルタゴ攻撃に参加した。その間に彼は、ローマ国家政体の熱烈な支持者となっていった。『歴史』（四〇巻）において、ローマが世界支配に成功した理由を説いた。カエサルのほうは、自らがアクターとして参加・行動した出来事をその著書『ガリア戦記』に記述している。

★18　ここでも、真実というよりはむしろハイネの希望的観測が語られているとされる。カトリックは、社会的な変革やそれに伴う労働者の蜂起や動乱や動揺を極度に嫌う保守的市民階級のあいだで勢力を挽回していた。フランス革命以来のヴォルテール主義は、中高年齢者のあいだにまだ多くの信奉者をもっていたが、中間階層のあいだでは、教会こそ信頼感を醸成する力だと見る人びとが増大していた。

★19　ハイネのテキストを理解するには、いつもレトリックを視野に入れておくことが肝要である。「最後の補巻数冊」も「この人権ドイツ語豪華版」もじっさいの書物のことを言うのではなく、前者はフランス大革命以降に起こる七月革命などのことを、後者はそれらのドイツへの翻訳版、つまりドイツ革命のことを指していると見るべきであろう。バイエルン国王への献呈云々とあるのは、七月革命以降これまでのリベラリズムから右旋回を始めたルートヴィヒ一世への当てこすりである。

★20　夢に出てくる女性をめぐるモデル問題は実証主義的研究のお好みのテーマであり、これまでに、ジョルジュ・サンドと見る説があった（ヒルト）。しかし、『フランスの舞台芸術について』執筆の数年前からハイネが親しくしていたベルジョイオーソ侯爵夫人と考えるほうが妥当なようである。ミラノに生まれたベルジョイオーソの周辺には、リベラルな理念に共鳴する人が多くいて、彼女はまた、イタリア統一運動とも深いつながりのある生活環境で育った。一八二四年に結婚した配偶者は、イタリア統一を目指す秘密結社を導く侯爵であった。夫人はこうした状況にあって、オーストリア警察の追及を避けるため他の多くの同胞と同じく、一八三一年にイタリアを脱出、そしてパリに住んで自らの住まいをイタリアの政治亡命者のための故郷として、避難場として提供した。侯爵夫人は自宅で有名なサロンを主宰し、多くの作家や芸術家たちを集めた。夫人はきわめてチャーミングで、その品行もおおらかであった。ハイネが侯爵夫人と知り合ったのは一八三三年三月ころで、その後コンタクトが続き、一八四四年の初め二人はかなり親しい関係になっている。侯爵夫人は、のちにハイネの妻となる庶民出で文盲のマチルデとは対照的な人物で、ハイネには高嶺の花だったようである。

★21　一八三一年一〇月四日ゲーテがG・プフィツァーなどシュヴァーベン派詩人についてツェルターに語った言葉。

★22　ハイネが実際にコサック兵を見たのは、一八一三年末デュッセルドルフでのことだとされる。この年の一〇月、ナポレオン軍がライプツィヒの戦いで敗れ、ロシア兵がそれを追ってドイツ、フランスへと侵攻してきた。リベラル派のあいだでは、コサックという語は勝利する反動勢力の象徴となっていた。

★23　フランコーニはイタリア出身の、フランスで出世した曲馬師一族の名前。ヴィクトール・フランコーニは、デュ・タンプル大通りでサーカスの興行を行い、多くの観客を集めた。出し物は当初もっぱら曲馬芸で、後には歴史場面の再現も取り扱った。演出は技術的に完璧であり、人びとに強い印象を与えた。素材はほとんどナポレオンの人生とその統治時代から取られた。

★24　この断定もハイネのイデオロギーに基づく希望的観測だとされる。当時のフランス・ロマン主義演劇は、それが依拠する原理と美学に基づき、フランスの過去、歴史に素材を求めていた。

★25　フランス座は当時衰弱期にあった。長年フランソワ＝ジョセフ・タルマ（一七六三〜一八二六年）が劇団の名声を支えてきたが、彼が没し、さらには女優のデュシェノワとジョルジュが引退したあと、残る名優はマドモアゼル・マルス一人となった。彼女もしかしすでに高齢で、自らのキャリアの持続に腐心し、聴衆の要求に関心を示さなかった。劇場がふたたび隆盛期を迎えるのは、ラシェル（一八二〇〜五八年）が登場してからのことである（HLY二三九、二六九）。

★26　ハイネが言うのは、一八〇八年にフランス座がエアフルトで行った有名な招待公演のことである。ナポレオンはロシアとの協定を一般に知らせる場として中部ドイツのこの町を選んだ。バイエルン、ザクセン、ヴュルテンベルクを初めとして、他の小国に至るまでほとんどの国王がこの町にナポレオンを表敬訪問した。タルマが皇帝とツァーの臨席のもとに主演し、国王たちの平土間席から喝采を浴びた。

★27　アウグスト・ヴィルヘルム・イフラントの人気戯曲はゲーテとシラーに批判された。古典芸術の綱領に従っておらず、平板で自然的すぎるという理由からであった。それとは逆にフランスでは、一八三〇年ころ自然らしさがより強く求められていた。ユゴーがその原理を定義した新しい戯曲スタイルは、一八世紀に要請されていたような「高貴な言葉」の破棄を前提としていた。

★28　コンスタンティヌス帝は三一三年キリスト教を国家宗教として承認した。「コンスタンティヌス帝のキリスト教会と同じく」wie die christliche Kirche von Constantin は、エルスターを初めとして、ヴァルツェルを底本とする既存のハイネ全集（HSAも含めて）ではすべて、wie die christliche Kirche vor Konstantin もしくは vor Constantin となっている。これらによれば訳語は「コンスタティヌス帝以前のキリスト教会と同じく」となる。しかし、厳密なテキスト批判を行ったデュッセルドルフ版では von Constantin となっており（DHA一二－二五九）、私たちの日本語版はこれに依拠した。

★29　「追憶と予感の薄明の国」は、ハイネの言うところとは反対に、ラマルティーヌからミュッセに至る新しい文学の中心モチーフだったし、もちろん雰囲気や調子は違っていたが、月光も登場しているとされる。

☆30　「それについてグービッツは、彼女らはハートでショ××ンする、と言います」

★31　紀元前三九〇年ローマがガリア人に包囲されていたとき、ローマ人たちはカピトール丘に飼われていたガチョウの鳴き声で、よじ登ってくるガリア人たちに気づき、彼らを撃退した。HSY二－七四、五—二二一参照。

★32　東ローマ帝国の将軍ベリサリウスは、皇帝ユスティニアヌス一世に仕え、ササン朝ペルシアの侵入を撃退したり、ヴァンダル王国を征服するために総帥としてアフリカ遠征を行った。また、シチリア、南イタリアを征服するなど数々の勲功を上げたが、皇帝は謀反の嫌疑をかけて彼を追及し、あげくの果てには逮捕によってこれまでの功労に報いた。一説によれば、将軍は目をくりぬかれたとも言われ、物乞いによって糊口を凌がねばならなかった。HSY二－一三九、HLY二八八参照。

★33　ハイネのこの政治的な見解は必ずしも正しくないとされる。イタリアの伝統やベルカントの愛好家はロッシーニに熱中していたし、ハイネのこの言及はまた『ミュンヘンからジェノバへの旅』第一九章でのロッシーニ論と齟齬をきたしている（HSY二－一六二～六三）。

★34　いつもながらのハイネの深く鋭い洞察である。現代社会でジャーナリズムなどが調査対象とする世論なるものがいかに軽いものであるか、また、いかに操作可能なものであるかは、私たちの実感するところである。そしてそのことは、現代人が信念の体系あるいは確信の体系を持たないことを如実に物語っている。オルテガのいう危機の時代が続いているのだ。ホセ・オルテガ・イ・ガセット著／前田敬作・山下謙蔵共訳『危機の本質——ガリレイをめぐって——』（オルテガ著作集四、白水社、一九七九年）、オルテガ著／桑名一博訳『観念と信念』（オルテガ著作集八、白水社、一九七七年）参照。

★35　一八一一年、マイアーベーアは弱冠二〇歳でヘッセン・ダルムシュタット大公国の宮廷作曲家に任じられ、一八三二年にはレジオンドヌール勲章を授かり、一八三三年フランス学士院の会員になった。ベルリンでもマイアーベーアは類似の顕彰を受けている。一八三二年に彼は、プロイセン国王により宮廷楽団指揮者になり、一八四二年には音楽総監督に任命された。もちろんこうした昇進は、マイアーベーアの政治的な深謀遠慮を前提にしていた。

☆36　「いや、宗教的な性質のものではなく、彼の宗教はただネガティブなだけなのです。その本質は、他の芸術家たちとは違って——たぶん誇りから来るのでしょうが——自らの唇を嘘で汚そうとしないこと、ある種の押しつけがましい祝福を拒絶することにあるだけです。そうしたものを受け入れることはいつもいかがわしい行為で、決して高貴な行為だとは見られないからです」

★37　マイアーベーアの父親ヤーコプ・ベーアは銀行家だった。ジャコモがベーアという姓にマイアーを冠したのは、ある金持ちの親類から遺産相続の条件として求められたからである。母親も裕福な一族の出で、両親とも教養がきわめて高く、ベルリンの文学や芸術のエリートたちと交際した。ジャコモに才能のあることが分かると、すぐに最高の家庭教師がつけられた。

★38　一九世紀初めの数十年、優雅さとモードを先導せんとしたイギリスの若い貴族たちはダンディーと呼ばれた。彼らのスタイルの本質は無頓着さと慇懃無礼にあり、それらは飾り気のなさによって強調されたが、そうした質素さは凝りに凝った技巧の結果であった。お手本は、男子服の流行をリードした有名なボー＝ブランメル（Beau Brummell、一七七八〜一八四〇年）である。王政復古時代にこのモードは嘲弄の的になることが多かったが、一八三〇年後は芸術家や文学者たちのあいだに広まっていった。真のダンディーはしかし、まずは道徳的、社会的な大勢順応主義から自らを解放しようとし、ジャーナリストや作家として活動することは考えていなかった。

☆39　本文の「ショパンです」から「……エリートたちの寵児」までは、『一般演劇レヴュー』では次のとおりだった。「ショパンです。そしてこの人物は同時に、並外れた人間というものは自らの専門領域の最良の人たちと技術的な完璧さを競うだけではいかに物足りないかを示す例証として役立つでしょう。ショパンは、自分の手が器用さのために他の手から賞賛の拍手を受けるだけでは満足しません。彼はもっと良い月桂冠を目指しています。彼の指は自らの魂の召使いでしかなく、そしてこの魂は、音楽を耳だけではなく魂でも聴く、そんな人たちに喝采されるのです。彼はそれゆえエリートたちの寵児……」

断篇

★01　フランス革命時代にG・シャプが一七九二年に考案した信号機で、手旗信号を器械にしたようなものである。アルファベットのそれぞれの文字に見合う図形が決められ、これを組み合わせて文章を作る。発信地、たとえばルーヴル宮殿の屋根のうえで、この器械を手動で操作して次々と図形を作ってゆく。そしてそれを遠くの受け手が望遠鏡で読み取るという仕組みである。一七九三年にはパリとリール間に二〇ヵ所の中継点を持つ通信ラインが敷かれた。一つの合図を送るのに早馬では二〇時間かかるところを、約六分で伝達できたという。一八三〇年の七月革命にさいしてもこの信号機が用いられた。当時のジャーナリズムはこの通信手段を使って報道活動を行っていたのである。木庭 宏「ハイネと七月革命——ヨーロッパの国際関係から見た一八三〇年のフランスとドイツ——」神戸大学ドイツ語教室編『ドイツ文学論集』第二一号（一九九二年）、三九、八〇頁参照。

★02　「国民の利益の真の代表・代理を嘲笑する」ような法律にはたとえば次のようなものがある。フィエスキによるルイ・フィリップと王子たちへの暗殺未遂事件（一八三五年七月）が起こったのちの翌年八月、国王への敬意を欠く言動を不敬罪と見なし、いかなるテーマのものであれ、イラスト、石版画、銅版画の販売に届出の義務を課す反動的法律が議会を通過した。議会多数派はこうした方法で体制を効果的に守ることができると考えたわけである。

★03　たとえばヘンリー・ブルーム。HSY一－五四以下参照。

★04　一八三〇年五月レーヴァルトはこの地にハイネを訪ねていた。

★05　リチャード・カンバーランド（一七三二～一八一一年）の戯曲『ユダヤ人』（一七九一年）の主人公。慈善心に富み、人びとの同情を誘うユダヤ教徒の老人。ドイツでもこの戯曲はよく上演された。

★06　ロックロール伯爵がルイ一四世の時代に導入した短い外套。

★07　ハイネお得意の表現である。木庭 宏『ハイネのおしゃべりな身体』松籟社、二〇〇四年、一一〇～一一一、一一四頁参照。「ハインリヒ・ハイネの散文作品における形象の研究――被り物、着衣、服飾（一）」神戸大学ドイツ文学論集刊行会編『ドイツ文学論集』第三三号（二〇〇四年一一月）、七～八頁参照。

★08　第一幕第三場、シャイロックの台詞は福田恆存訳を用いた（『世界文学全集II―2　シェイクスピア』河出書房新社、一九六九年）。

★09　これもハイネの好む表現である。木庭 宏『ハイネのおしゃべりな身体』一三二～一三三頁参照。

作品解題

フランスの画家たち
パリの絵画展　一八三一年

Französische Maler. Gemäldeausstellung in Paris. 1831

一八三一年五月一日から八月半ばまでのフランス絵画展に関するハイネの評論は、コッタ社刊行の日刊文学新聞『教養階級のための朝刊紙』（Morgenblatt für gebildete Stände）のシリーズ記事として、一八三一年一〇月二七日から一一月一六日にかけて発表された。そしてその後この評論は、一八三三年一二月にホフマン・ウント・カンペ社刊行の『サロン』第一巻に再録されて今いちど刊行されている。『サロン』第一巻にはこのほか、「はじめに」、『序言』、『フォン・シュナーベレヴォプスキイ氏の回想録より』が収められていた。『フランスの画家たち』への「補足　一八三三年」は、ユーリウス・カンペが既発表作品の『サロン』第一巻への収録をしぶっていたことにハイネが対応して書いたものである。絵画評論の主たる執筆時期は一八三一年八月と九月で、一〇月には加筆・修正が行われている。執筆場所は、ハイネの避暑地の一つになるドーヴァー海峡に面するブーローニュ・シュル・メールである。

ハイネとコッタ社

一八三一年八月といえば、ハイネがその年の五月二〇日にパリへ到着してからまだ三ヵ月になるかならないかのころである。この時点で早くも彼は執筆活動を開始し、しかもその成果たる美術評論を同じ年のうちに発表したのである。そんなことが達成できたのは、ハイネが自作の刊行を引き受けてくれる新聞や雑誌を探さずにすむという恵まれた状況にいたためである。「旅の絵」の著者としてハイネはすでに名を馳せており、随所で大いに物議をかもしてはいたものの、作家・詩人として彼の地位は確立していた。コッタ社の『朝刊紙』に絵画評論を発表した動機は、ハイネがコッタ社の創業者ヨーハン・フリードリヒ・フォン・コッタ男爵に見込まれ、以前からこの社とコネクションがあったこと、『朝刊紙』(一八〇七〜六五年)にはすでに寄稿の経験があったこと、そして、同紙への投稿を一八二九年に約束していたこと、などによる。ちなみに、コッタ社が当時ドイツでもっとも重要かつ名望ある出版社であることはよく知られるところである。同社は出版業界のコンツェルンとして、ゲーテ、シラーなど著名な作家・詩人の作品出版を手がける一方で、新聞雑誌などの定期刊行物も手広く扱っていた。後者、コッタ社刊行になる新聞のなかでは、『朝刊紙』よりもアウクスブルク『一般新聞』が注目に値するものであった。それが一九世紀ドイツの、いや、ヨーロッパの最高水準のメディアであったから、というわけだけではない。ほかならぬ当のアウクスブルク『一般新聞』こそ、その後ハイネがフランスで展開するジャーナリズム活動の重要なメディアとなったからである。フランスの政治、社会、芸術一般についてのハイネの報道記事は主としてこの新聞によってドイツに伝えられた。そしてそれらの記事はのちに単行本『フランスの状態』、『ルテーチア』としてまとめられ、ホフマン・ウント・カンペ社から出版された。といってもしかし、ハイネの報道活動は順風満帆というわけではなかった。自らの投稿記事への事前検閲をめぐって、アウクスブルク『一般新聞』の編集者グスタフ・コルプ(一七九八〜一八六五年)との長い確執が始まってゆくのである。

サロンの伝統、一八三一年のサロンとハイネの鑑賞時期

サロンと呼ばれるフランス絵画展の発祥は一七世紀後半にまでさかのぼる。一六六四年「王立絵画彫刻学院」は、若いルイ一四世の慫慂《しょうよう》により、毎年メンバーたちが出展する公開絵画展の開催を決定した。のちには隔年開催がふつうになるが、この決まりもまた決定的なものではなかった。開催日は学芸の振興に尽くしたルイ聖王の洗礼日に因んで五月八日とされ、会場はルーヴル宮殿の大サロン（展示室）とされた。そしてこの展示会はやがて、開催場所の名を取ってサロンと呼ばれるようになった。出展資格をもつ者は学院所属者とされたので、展示会への出展数はごく少数であったが、やがてフランス革命がこの特権を打ち破ることになった。また、サロンではそれ以降審査団を選考し、彼らの判定に基づき優秀作品に賞を与える制度が確立した。

こうして共和国時代と帝政時代にはサロンに出展する芸術家たちが増えてゆき、王政復古時代もこの傾向が続いたが、サロンの開催時期はおよそ不定期であった。シャルル一〇世の治世六年のあいだには、ただの一度、一八二七年に開催されただけである。ともあれこの間に、社会構造の大変動に伴って美術市場も大きく様変わりし、美術作品の愛好の高まりが画商の投機を促し、他方で、芸術家たちは展示会開催により顧客を確保しようと試みて、美術品のよりスムーズな流通を図った。人びとの絵画への興味・関心は、芸術愛好家たちの黄金時代、あの一八世紀をはるかに上まわっていた。かくして、七月革命によるブルボン王朝の倒壊以降世論は、美学の領域でも社会で進行していたのと同じ大変革、つまり芸術の解放を待ち望んだのである。

そしてそんな人びとが革新の期待を寄せたのが、一八三一年の絵画展だったのである。じっさい三一年のサロンは、これまでの催しの規模をはるかに凌駕していた。出展した作家は一〇〇〇人以上、出展作品は三〇〇〇点を超えていた。ルーヴルを訪れる観客もきわめて多く、ジャーナリズムはサロンの成功を強調した。ではハイネはいったい何時この絵画展を訪れたのだろうか。『フランスの画家たち』におけるハイネの言及、さらにはドラロッシュの『クロムウェル』出展日から推して、その日は七月二日から七月末日の四週のあいだと考えられる。この間にハイネは何度かサロンを訪れていたようである。

サン・シモニズム

本文の注釈においてもしばしば述べたとおり、『フランスの画家たち』におけるハイネの芸術観や宗教観は、当時フランスで、そしてドイツでも影響をもちはじめたサン・シモニズムとの共通点が多いので、この思想についてここで簡単に触れておこう。ハイネとサン・シモニズムとの出会いは、ラーエル・ファルンハーゲン・フォン・エンゼ（一七七一～一八三三年）の紹介（一八二九年）によるものとされ、また、ハイネがフランス移住を決断したのも、この思想の影響を受けたためとされている。しかし一般に流布するこの説は必ずしも正しいとは言えず、ハイネがサン・シモニズムと積極的に関わるのは一八三一年の初めの数ヵ月とされ、そののちはいくらか距離をとっていたことにも留意する必要がある。

それはともかく、ハイネがパリ到着前後にサン・シモニズムに強い共感を覚えていたこと、そして、サン・シモニストたちのほうもハイネに着目し、彼を同志として歓迎していたことは事実である。現に彼らの機関誌『ル・グローブ』は、ハイネのパリ到着を早々と伝えていたし、また『フランスの画家たち』から多くの抜粋をフランス語に翻訳して掲載しているのである（ミッシェル・シュヴァリエによる）。そこで次に、まずはフランスの初期空想的社会主義者と言われるサン・シモンについて、そしてその後にサン・シモニズムについて紹介してゆく。

サン・シモンは、伯爵家の長男としてパリに生まれ、ダランベールなど啓蒙主義思想家の影響のもとに教育を受けた。一八歳のときにアメリカ独立戦争に参加してフランス陸軍大佐になるが、従軍中アメリカの産業発展に目を奪われ、帰国後は軍籍を離脱、フランス革命にさいしては自主的に爵位を放棄した。ロベスピエールの統治下にあっては、反革命派と見なされて投獄されたが、総裁政治時代に釈放され、国有地売却の投機によりかなりの富を手にしたのち科学研究に専念した。その後、極貧のなかにあっても研究を続け、しだいに政治や社会問題に関心を移していった。晩年には大銀行家の資金援助を受けて、『産業論』、『産業体制論』、『新キリスト教』などを完成させた。封建領主と産業者、この二つの階級間の闘いという視点からサン・シモンは過去数世紀のフランス史を分析し、そうして、歴史の課題は労働者と資本家を含めた「産業者」の支配する新しい社会体制の創設にあるとし、この新しい社会での生産活動は産業者協議会と科学アカデミーのもとに計画的に行われるべきものと考えた。自らのこうした学説を彼は新キリスト教と呼んだ。カリスマ的なこの思想家は、A・コント、L・アレヴィ、O・ロドリゲス、ティエリーなど多くの重要人物を周辺に集め、また、バザールとアンファンタンはこれを引き継いで社会主義党派を結成した。サン・シモンの弟子、A・コントはこうしたサン・シモニズムの根本思想を引き継ぎ、自らの社会学においてこれをさらに発展させていった。

サン・シモニズムがその理論の中心に据えるのは私有財産への批判であり、彼らは、相続権の廃棄、生産手段の社会全体への委譲、個々人の能力に基づいて形成されるヒエラルヒーによるその管理などを主張した。私有財産の批判は、歴史とはより強力な社会化への絶えざる前進だ、とする歴史哲学に裏付けられていた。プロレタリアートに期待を託すマルクス主義とは違って、サン・シモニズムは国民の啓蒙と教養ブルジョア階級にすべての望みを掛けたのである。七月革命ののちにサン・シモニストたちはもっとも大きな影響力を持ったが、それもバザールの死(一八三二年)、そして風俗紊乱のかどでアンファンタンが逮捕されたのち急激に衰えていった。そしてその後に、ハイネが「ひらひら飛びまわる」スズメたちと表現する小物のサン・シモニストたちの実践運動が続く。「鉄道、運河、保険会社、ガス照明、信用会社、あるいはスエズ運河などの建設」は、七月王政とルイ・ボナパルトの第二帝政とのあいだにサン・シモニズムの思想に基づき、サン・シモニストたちによって推し進められたが、彼らの政治権力との癒着は甚だしかった。こうしてサン・シモニズムは、「人間の人間による搾取を基礎とする体制」の支配者になっていったとされる(吉田静一『サン・シモン復興——思想史の淵から——』未来社、一九七五年参照)。

『フランスの画家たち』の同時代における受容

『朝刊紙』でハイネの連載記事が大きな呼び物になったことは言うまでもないが、それはまたハイネ周辺の人びと、グスタフ・コルプ、コッタ、ユーリウス・カンペ、フランツ・フォン・ガウディなどにも大きな感動と好評を呼び起こした。ハイネのライバルであり、後に不倶戴天の敵となるルートヴィヒ・ベルネさえも、この時はまだどちらかと言えば好意的な評価を下していた。他の新聞雑誌などからの反響は少ないが、サン・シモニズムの機関誌『ル・グローブ』がきわめて敏感な反応を示し、ハイネの記事からかなりの部分を抜粋して掲載したことは前述のとおりである。

単行本に再録されたハイネの絵画論は、「若きドイツ」派の親友ハインリヒ・ラウベ(一八〇六〜八四年)が自ら主宰する雑誌『優雅世界のための新聞』Zeitung für die elegante Welt においてきわめて好意的で詳細な書評をおこない、フェルディナント・フィリッピ編集のライプチィヒの文学新聞(= Literarischer Hochwächter)もハイネの評論から特定部分を再録して、好意的な評価を下している。他方で、反「若きドイツ」派の新聞はハイネ・テキストを抜粋しながらも、保守的、伝統的な立場からそれに批判を加えている。なかでも重要なのは『朝刊紙』の付録『文芸誌』Literatur-Blatt の反応である。これはヴォルフガング・メンツェルの編集する文学新聞で、同紙掲載の書評(一八三四年七月)もメンツェル自身の筆になるものである。一見『サロン』第一巻にきわめて好意的で、テキストを抜粋して掲載もしているが、評者の本来のねらいは、『フランスの画家たち』における《芸術時代の終焉》に関する箇所(六四〜六五頁)とそれへの批判にあったようである。のちに『ロマン派』においてて展開されるこの概念は、ハイネの文学観においてきわめて重要な役割を果たしており、専門の研究においてもしばしば取り上げられている。これについてはメンツェルとの関係において込み入った事情があるので、少し詳しく言及しておく。

ヴォルフガング・メンツェルは一八二八年にシュトゥットガルトで『ドイツ文学』と題する著書を刊行しており、ハイネは同じ年に、フリードリヒ・シュレーゲルの文学講義と対照させながらこの書に好意的な書評を書いている。メンツェルの著書で彼が評価するところは、シュレーゲルとは違ってもはや「芸術の理念」が中心となっていない点、むしろ、生との関わりや学問性を文学に求めている点などであるが、ハイネの注目点はやはり――批判の手法や程度には賛同せず、むしろ咎めてもいるのだが――メンツェルの果敢なゲーテ批判にあった。そしてこの関連でハイネは、ゲーテの時代について、「〔……〕芸術の理念は同時に、ゲーテの登場に始まり今ようやく終着点に到達したあの文学時代全体の中心なのだから、その理念は同時にこの時代の偉大な代表者ゲーテ自身の本来の中心なのだ」と述べている。ハイネが『フランスの画家たち』において「ゲーテの揺り籠に始まり、そして彼の棺桶で終わるであろう《芸術時代の終焉》という私のかつての予言」（六四頁）と述べるくだりは、直接的には右の箇所を指していると見てよいだろう（ほかにK四－二四六～四七参照）。先に述べたメンツェルとの関係における込み入った事情とは、じつは、ハイネの《芸術時代の終焉》予告に対するメンツェルのプライオリティーの主張に関わることなのである。

ハイネの絵画論への書評でメンツェルは、問題のくだりを引用したのち「《芸術時代の終焉》という私のかつての予言」という言に対して、「自分の予言だって？ よく思い出してみれば、それはしばらく前に出版された一冊の著書によって刺激されただけのものなのだ」とコメントしている。もちろん、「しばらく前に出版された一冊の著書」とは本人の『ドイツ文学』のことにほかならない。メンツェルのプライオリティーの主張はこれだけのことで、ハイネの言への抗議とか撤回要求といったものではない。全般的に彼は、文学をも含めた芸術における客観性を強調することで、ハイネの主観性論を批判しているのだ。そうしたハイネ批判は、メンツェルが間もなく展開する「若

き ドイツ」反撃のキャンペーンの先触れとなるものであった。

以上で見てきたとおり『フランスの画家たち』は、総じて同時代人たちから――批判的な声もなくはなかったが――興味をもって迎えられたと言ってよいだろう。

フランスの舞台芸術について

アウグスト・レーヴァルトへの手紙（一八三七年五月、パリのさる近村にて）

Über die französische Bühne. Vertraute Briefe an August Lewald. Geschrieben im Mai 1837, auf einem Dorfe bei Paris

フランスの演劇と音楽についてのハイネのこの評論は、一八三七年一二月、アウグスト・レーヴァルトの主宰する『一般演劇レヴュー』（コッタ社刊）第三巻（一八三八年）誌上に発表され、さらには一八四〇年一二月、単行本『サロン』第四巻に再録されて出版された。ハイネのフランス関係の主要著作は『フランスの状態』、『ルテーチア』そして本書収録の『フランスの画家たち』と当作品の四篇であるが、それらのなかでこの演劇書簡は同時代においては知られることが比較的少なかった。『一般演劇レヴュー』誌上に発表されたとき反響は小さく、『サロン』第四巻に公刊されたときも事情はさほど変わらなかった、というよりこのときは、『ルートヴィヒ・ベルネ回想録』への激しい反発の影に隠れてしまったのである。フランスの史料編纂者たちも当作品を参照することはなかった。それだけに、私たちは改めていまこの演劇書簡に注目する必要があるわけで、読者はきっと、フィクション性のきわめて強いこの評論の巧みな構成、洒落た言い回し、寸鉄人を刺すようなユーモア、時に滑稽な、時に深刻な逸話、洒脱な落ちなどに感心され、また、いくつもの深い洞察に感銘を受けられることだろう。当時の演劇や音楽と、勃興する市民階級との関係についての芸術社会史的なハイネの考察も大いに参考になるものと思える。

アウグスト・レーヴァルト

まずはハイネの手紙の名宛人《なあてにん》、アウグスト・レーヴァルトのことを紹介しておこう。レーヴァルトは、自らの主宰する演劇雑誌『一般演劇レヴュー』への投稿をハイネに熱心に依頼した人物であり、また、本作品が捧げられた人物でもある。一七九二年一〇月一四日東プロイセンのケーニヒスベルクの富裕なユダヤ商人の家に生まれ、一八七一年に没した。早くからフランス語、フランス文化に親しんだが、フランス革命後のヨーロッパ動乱期、さらにはナポレオン戦争時代にあっては、とくにケーニヒスベルクの地理的位置からして、彼もまた戦争の渦中に巻き込まれずにはいなかった。プロイセン軍がイェーナ、アウエルシュテットの戦いでナポレオンの率いるフランス軍に敗れ(一八〇五年)、国王一家が退却してきたのはこの町であり、その後はロシア軍が同盟軍支援のためここへ進駐してきた。そして一八一二年、ナポレオンがモスクワへのロシア遠征を企てたとき、フランス軍の侵攻ルートはヨーロッパ東北部にあって、ケーニヒスベルクが拠点都市として大きな役割を果たしたのである。いや、それだけではない。冬将軍の到来によりナポレオン軍がモスクワから敗走したのちの一八一三年、同盟国軍がライプツィヒでフランス軍を襲うべく態勢を立て直した拠点も、やはりこのケーニヒスベルクだったのである。

こうした状況のなかでレーヴァルトも、若き日のハイネと同様、愛国的反フランス運動に心を寄せてゆくようになる。しかしその間に父親が一八〇七年に亡くなり、やむなく大学を中退して商売の勉強を始めるが、そのさいもハイネと同じく商売に馴染むことができず、家庭教師になっている。一八一三年には健康上の理由から対フランス戦役への従軍が適わなかったが、縁あってロシアのさる将軍の個人秘書になることができ、その資格で一八一四年フランス遠征に加わり、パリに入ることになった。このパリでレーヴァルトが何を経験し何を感じ何を思ったかは分からないが、フランスへの興味と共感がナショナリズムを凌駕してしまったものと推測される。彼は暴力を好まず、たぶん戦場にも立っていないだろう。政治に関心を示さず、ドイツ学生組合の運動やリベラル派の示威運動に加わった形跡もない。

レーヴァルトの主たる関心はあくまで演劇に向けられていた。少年時代のごく初めから芝居に関心を示し、その後一貫してこの道を進んでいった。ドイツ語圏で最も優れた劇団と最も有名な劇場をもつウィーン、ミュンヘン、ハンブルクで修行時代を送り、最初は俳優に、次いでミュンヘンの劇場支配人の秘書になり、ウィーンとハンブルクでは劇作家などの仕事をし、そして、このハンブルクでハイネと知り合った。演劇界において目まぐるしく仕事を変えることで、レーヴァルトは並はずれた専門知識と経験を蓄え、かくして彼は、ドイツ演劇事情にこのうえなく良く通暁し、そして、検閲と国君の干渉権というものの実体も知悉することとなった。

七月革命成功後のパリで「演劇の解放」が言われるようになったとき、専門知識と経験をいっぱい詰め込んでいたレーヴァルトが、実地見聞せずにおれなくなるのは当然であった。一八三一年七月、ハイネより二ヵ月ほど遅れてパリに到着し、翌年四月まで逗留、このときの体験を『パリからのアルバム』という著書にまとめて、同年ハンブルクのホフマン・ウント・カンペ社から出版している。彼の関心は主に演劇の芸術上の問題、演劇関係者の職業の問題にあったため、その活動はドイツの政治亡命者たちの運動とは違っていた。ともあれ、パリでの研究成果は概して予想を裏切るものであった。フランスの演劇事情もドイツのそれとさほど変わらなかったからである。そこで帰国後レーヴァルトは、観衆の訓練・教育を目指してグリルパルツァー、ゲーテ、シラーの劇作品のフランスへの紹介をもくろみ、公演旅行を企画する。シュレーダーやデフリーントなどドイツ最高の俳優を率いての公演旅行は、一八三二年五月一五日初演の日程まで決まっていたが、運悪くパリにコレラが流行り、頓挫の憂き目に遭うこととなった。

その後レーヴァルトは、シュトゥットガルトを拠点に演劇事業の改善に取り組み、一八三三年初頭に『演劇ファンのための談話誌』を創刊した。この演劇雑誌は短命に終わったが、斯界では注目される専門誌であった。

『一般演劇レヴュー』とハイネへの投稿依頼

レーヴァルトのこの最初の試みに目をつけたのが、シュトゥットガルトの有名な出版者コッタであり、彼は演劇雑誌『一般演劇レヴュー』を新たに創刊し、その編集をレーヴァルトに委ねようとしたのである。『レヴュー』の目的は、演劇評論にかつての意義を取りもどし、評論を改めて芸術史に関連づけ、教養ある聴衆の関心を引きつけることにあった。ヨーロッパのすべての舞台についてレポートし、それによりドイツ演劇界を刺激しようとしたのである。もちろんそうした企図には困難が予想された。一流の投稿記事が十分に集められるかどうかという問題があったためである。一八三五年の初めこのプロジェクトの大筋が固まると、レーヴァルトはすぐハイネに白羽の矢を立て、J・G・コッタとともに彼の協力、寄稿を求めた。一八三五年一月二〇日付の手紙には、すでに獲得した執筆者たちの名前が挙げられており、そのさいレーヴァルトは気を遣って、あなたの気に入らない人がいれば降りてもらってもよい、とハイネに申し出ている。執筆協力者のリストにメンツェルとグッコの名が見られ、結果的にはレーヴァルトの気遣いは当を得ていたことが分かる。というのもメンツェルは、この年の一二月に決議されるドイツ連邦議会による「若きドイツ」弾劾のきっかけを与えた人物であるし、グッコはその後ハイネの宿敵となっていったからである。

さてそれはともかくとして、レーヴァルトの誘いに対するハイネの反応は鈍くて煮えきらず、もしも依頼者が意を決して一八三六年春パリにハイネを訪ねていなかったなら、話の進展はなかっただろうと思える。彼のパリ行きにはコッタの促しがあったようで、じじつパリでの直談判の効果は大きかったのである。

一八三六年四月六日付のレーヴァルト宛手紙でハイネは『レヴュー』への執筆を約束し、一ボーゲン（一六頁）につき三〇〇フラン（約三〇万円）の報酬を求めている（コッタは二〇〇フランしか支払わなかった）。かくて話がまとまり、あとは原稿の到着を待つばかりとなった。

作品の執筆、原稿送付、出版まで

だが、今すぐにでも上梓したいと思うレーヴァルトの期待に反して、望みの原稿が手元に届くのはまだ一年以上も先のことであった。人気作家であったうえ、マチルデとの恋や身辺のいざこざ、さらには病気など支障が重なって筆が進まず、結局のところ執筆時期は一八三七年五月末から八月末ということになった。手紙八までの原稿二〇〇頁ほどは脱稿後七月二九日に、残る手紙九と一〇は八月二六日に出版社に送付された。レーヴァルトの喜びはきわめて大きく、一〇月二四日付で見本刷りをパリのハイネに送った。誤植や歪曲があったうえ、さらにコッタによって手紙二および三の《犬の祈禱》（一〇七、一一九頁）が削除されてしまったことにハイネは憤ったが（犬は官憲を意味している）、それでも演劇書簡は、一八三七年一二月末発行の『一般演劇レヴュー』第三巻（一八三八年）に収録されて世に出たのである。

韻文も散文も含めてハイネの多くの著作は、最初は新聞や雑誌に掲載され、のちに単行本あるいは単行本のなかの一部として出版されている。そしてこのことが『フランスの舞台芸術について』にも当てはまる。一八四〇年初めにハイネは、演劇書簡を自らの著作シリーズ『サロン』の第四巻に収録して出版することを思いつき、そして、出版者ユーリウス・カンペの同意を得たのち同書簡の推敲・整理に着手する。編集作業はしかし、手元にすべての原稿が揃っていなかったためかなり手間取った。けっきょく完全原稿がハンブルクのカンペに送られたのは、八月八日のことである。一八四〇年の改稿は基本的には雑誌原稿の短縮に向けられ、手紙四、七、一〇において合わせて五段落が削除された。それは、四〇年の時点でアクチュアリティーを失っていたり、中心テーマからかけ離れていたりして、しかも削除しても内容上、構造上問題のないくだりであった。追加箇所は、コッタが検閲を恐れて削除した手紙二および三の《犬の祈禱》である。このようにして『フランスの舞台芸術について』はもとの副題のまま、『バッヘラッハのラビ』、抒情詩、ロマンツェ(のちに『新詩集』に収録)と共に『サロン』第四巻に収録され、一八四〇年一一月の初め書籍市場に出たのである。本書の日本語版が依拠した定本はこの『サロン』稿であり、雑誌稿から削除された部分については、テーマ的にまとまっているテキスト・ブロックは断篇として、小さなものは訳注の一部として掲げることにした。

ドイツ連邦議会決議

『フランスの舞台芸術について』をより良く理解するには、ハイネの人生の一つの転機となった重大事件を知っておく必要がある。その事件とは、本文と訳注で言及されているドイツ連邦議会決議(一八三五年一二月一〇日)のことである。一八三〇年フランスに勃発した七月革命は、王政復古体制の厳しい思想統制下に置かれていた隣国ドイツにも大きな政治的、社会的影響を与え、ドイツ連邦に属する領邦のなかに、自由、民主主義、人権を求める運動が起こりはじめた。オーストリアとプロイセンの牛耳るドイツ連邦議会(フランクフルト)はしかし、王政復古体制堅持のため自由主義的な要求を封じ込めるべく、領邦内で高まりかけた変革の機運にブレーキをかけようとした。そして、そんな反体制的運動の盛り上がりに対する決定的歯止めとなった出来事が、右のドイツ連邦議会決議なのである。連邦議会は、当時のアクチュアルな社会や政治の諸問題にも積極的に取り組み、ドイツ文学の伝統的な在り方を変革せんとする若い作家たちの運動の萌芽を摘み取ろうとしたのである。連邦議会の決議した勅令は諸邦に対して、「若きドイツ」と呼ばれるグループに所属する作家たち、ハインリヒ・ハイネ、カール・グツコ、ルードルフ・ヴィーンバルク、グスタフ・キューネ、テーオドル・ムントへの身柄取り調べと著作物の発売禁止、さらには実刑を科すなどの処分を求めた。決議は、シュトゥットガルトの辛辣な批評家ヴォルフガング・メンツェルが展開したいわゆる「若きドイツ」への反対キャンペーンを利用して、玉座、祭壇、風紀を誹謗するものとして反体制的ジャーナリズムや反体制的文学の全面禁止を画策するもので、具体的には次の三項目から成っていた。

一　全連邦政府は、「若きドイツ」もしくは「若き文学」という名称で知られる文学流派（これにはとりわけ Heinr. ハイネ、カール・グツコ、Heinr. ラウベ、ルードルフ・ヴィーンバルクそしてテーオドル・ムントが属している）に由来する著作の、作者、出版者、印刷者ならびに頒布者に対し、自国刑法、警察法ならびに言論取り締まり規則を厳格このうえなく適用する義務、また、書籍業、貸出文庫あるいは他の方法によるこれら著作の流布を、駆使しうるあらゆる手段により阻止する義務を負うものとする。

二　連邦諸政府は、上述の著作の出版と販売に関し書籍業者にしかるべき形で警告することとする。くだんの文学的著述物の破壊的傾向に対し諸政府は種々の処置を取るが、そのさい、書籍業者に対し、業者側にあっても自らの求める連邦保護という観点から効果的にこれらの処置を支援することこそ、同人らのよく理解する自己利益にどれだけ合致するか、という点に十分留意させなければならない。

三　自由都市ハンブルク政府には、この点に関しもっぱら上述のごとき著作の出版と販売を手掛けているハンブルクのホフマン・ウント・カンペ社に対して、しかるべき警告を発するようとくに要請する。（DHA一一－七九四～九五）

五人の作家たちに対する実名を挙げてのこのような発禁処分は、ドイツ文学史上でも初めてのことと言われるが、しかし同時にそれは、そもそも文学というものがドイツでも為政者が恐れねばならぬほどの政治的、社会的影響力を、効力を持ちはじめたことを示している。ホフマン・ウント・カンペ社は周知のとおり、ハイネの出版社と言っていいほどの書店で、連邦議会決議において名指しを受け、警告対象となっている。社主ユーリウス・カンペは、したたかで逞しい出版業者でリベラルな思想の持ち主、しかも、決議に言われるとおり支配体制に批判的な作家たちの著作出版を一手に引き受けていた。

ところで指弾を受けた作家たちには、いま一つ憂慮すべき深刻な事態があった。連邦議会決議には明記されていないが、先の五人の作家(ハインリヒ・ラウベを加えれば六人)に対する発禁・検閲処分は、実際的には、既刊本に対してだけではなく、このさき公刊するであろう著作にまで及んでいたのである。このことは、連邦議会決議の一月前に発令されたプロイセンの回覧命令書に関する同国内務大臣フォン・ロホの説明に窺《うかが》えるところである(拙著『ハイネ——挑発するアポリア』松籟社、二〇〇一年、一六〇頁参照)。ということでドイツ連邦議会決議の影響は、弾劾された作家たちにとって甚大なものであった。著作物の没収、投獄、所払い、そのうえ発禁・検閲処分が既刊の著作ばかりか未来のものにまで及ぶというのだから、彼らは生活基盤そのものを脅かされたのである。「若きドイツ」の領袖と見なされたハイネは、フランスに居住していたため取り調べや拘禁は免れたが、それでも自らの著作物のドイツ(とりわけプロイセンとバイエルン)での販路が断たれることになり、危機的な状況に陥った。国王、宗教、性風俗にかかわる事柄についてこれまでのような大胆な発言はできなくなり、いきおい、企図していた執筆活動が大きく制約されることとなったのである。

ドイツ連邦議会決議に対してハイネは差し当たり懐柔策で対応しようとし、一八三六年一月二八日付で公開書簡、いわば嘆願書を連邦議会に提出した。議会はしかし、演劇書簡のテキストにあるとおりそれを無視し去った(一〇八頁)。為政者たちは、抜群の表現力と勇気をもつハインリヒ・ハイネの影響力の大きさをよく知っており、彼を「若きドイツ」の運動の頭目と見ていたのである。議会から返答のないことに業を煮やしたハイネは、三ヵ月後にアウクスブルク『一般新聞』に「弁論」(一八三六年四月二六日付)を発表し、全面対決を避けながらふたたび決議に抗議した。しかしそれにもなんら効果はなかった。要するにハイネの認識が甘かったのである。事態は、フリードリヒ・ヴィルヘルム三世死去ののちフリードリヒ・ヴィルヘルム四世が王位に就き、これを機にしばしの雪解けムードが訪れる一八四〇年まで変わることはなかった。

解説

フランスの政治、社会、芸術などをテーマにするハイネのまとまった著作は、『フランスの状態』(一八三三年)、『ルテーチア』(一八五四年)、そして『フランスの画家たち』と『フランスの舞台芸術について』の四篇である。『フランスの状態』の邦訳は『ハイネ散文作品集』第一巻「イギリス・フランス事情」(松籟社、一九八九年)に収録されており、『ルテーチア』はその一〇年後の一九九九年に同じ出版社から単行本として出版されている。『フランスの画家たち』の既訳は『ハイネ全集　第七巻　サロン』(神保謙吾、国松孝二他訳、学藝社、一九三三年)に収められており、『フランスの舞台芸術について』もきっと翻訳が出版されているのだろうが、寡聞にして詳細を知らない。

本書は、現在ではもはや入手が困難になったフランス芸術評論の邦訳である。二つの評論、『フランスの画家たち』と『フランスの舞台芸術について』の成立のあいだには、ハイネの人生にとっての一つの大きな断層、亀裂があった。ドイツ連邦議会決議がそれであり、一八三五年一二月にハイネは、ドイツ連邦から発禁処分という言論弾圧を受けたのである。『フランスの画家たち』は渡仏後初めての、著者がまさにフランスで羽ばたき始めたばかりの著作であり、他方『フランスの舞台芸術について』はその翼をもぎ取られてしまったあとの著述である。このころは、玉座、祭壇、風紀に関わることをあけすけに批判することが難しくなっていた。その経緯については作品解題で述べたのでここでは繰り返さないが、両作を読み比べるときには、一八三五年のこの事件のことをぜひとも念頭においていただきたい。

翻訳対象の底本には、ハンス・カウフマン編アウフバウ社刊行の一〇巻本 Heinrich Heine. Werke und Briefe in zehn Bänden. Hrsg. von Hans Kaufmann. Berlin: Aufbau 1961-64 中の第四、第六巻を用いたが、もちろんハイネ全集の最高権威たる歴史的・批判的出版、デュッセルドルフ版 Heinrich Heine. Historisch-kritische Ausgabe der Werke. Hrsg. von Manfred Windfuhr. Hamburg:

Hoffmann und Campe 1973-97 第一二巻所収の当該テキストとの校合を行った。両作品の成立・受容史、そして注釈は主にデュッセルドルフ版に依拠した。また、『フランスの舞台芸術について』の断篇の底本も同版に求めた。なおこのデュッセルドルフ版には、『フランスの画家たち』で評論の対象となった主要な絵画の写真が掲載されているので、参照していただきたい（DHA第一二巻、五六二〜六三頁の間）。

ところでデュッセルドルフ版の注釈であるが、これは編者J-R・ドレ氏とChr. ギーゼン氏によるものである。両氏の詳密な実証的調査と該博な知識にはただただ驚くほかはない。今からもう一九年以上も昔のことになるが、上述の『フランスの状態』の作品解題のなかに私はこんなことを書いている（三〇四頁）。

ところでドイツ本国のハイネ研究であるが、それはここ一〇数年の間に瞠目すべき発展を遂げてきた。『フランスの状態』についても、独仏両国の研究者が協力しあい、徹底的な実証調査がなされている。その輝かしい成果がデュッセルドルフ版ハイネ全集第一二巻の注釈である。読者はいまこんな〈音声多重放送〉を思いうかべていただきたい。一つのチャンネルからはフランスの状態についてのハイネ自身の報道が流れてくる。そしてそれに合わせ、もう一つのチャンネルから研究者のコメントの声が聞こえ、ハイネのさまざまな言表につき、これは卓見、これは謬見、これは誇張、これは客観的、これはフランス紙からの流用等々と、逐一歴史的、批判的評言を加えるのである。

『フランスの画家たち』と『フランスの舞台芸術について』は、ここに言われる『フランスの状態』と同じデュッセルドルフ版第一二巻に収められており、訳者は今回もまたJ-R・ドレ氏とChr. ギーゼン氏の注釈を読み込み、前述のとおり、取捨選択しながら必要最小限のものを本書の注釈に活かすこととした。そしてこの注釈作業においても、訳者は右の引用文に言われるのとまったく同じ、というよりそれを越えた感概を覚えたのである。歴史的・批判的研究というものはかくも対象（＝ハイネ）を相対化するものなのか、たとえばゲーテの注釈なら一体こんなことはありえたのだろうか……。ゲーテの言葉の多くは権威あるものとして規範となるのだから、ゲーテにこんな相対化などいったい可能なのだろうか……。本書の注釈においては、ハイネの「卓見」や「客観的」とされる箇所にはほとんど言及していないが、「謬見」と「誇張」については重要なものをいくつか掲げることにした。「……とされている」とか「……といわれている」といった表現をした箇所がそれである。読者にはさほど気にしていただくことはないが、この辺りの問題はハイネ文学の本質に関わることなので、いくらか詳しく解説しておきたい。

謬見、つまり誤りは、故意によるものでない限り、やむをえぬことであって、訂正するしかない。そもそも人は、いかなる営為においても誤りから逃れることができないからである。異国のフランスで執筆活動をするハイネには誤りは付き物であったが、とりわけ『フランスの画家たち』の場合は特殊事情があった。執筆時期がパリ到着後まだ数ヵ月しか経っていなかったからである。いかに怜悧で洞察力があり、どれだけ外国語に堪能であっても、そして、いかに普遍的なヨーロッパ共通枠があるにしても、水も漏らさぬ潜水隔壁のような壁で遮断され、母語によって形成される秘密の体系たる国民国家が形成されようとしていたころに、そんな国の内実・真相が、わずか数ヵ月前にやって来たばかりの外国人に捉え切れるはずはない。捉え切れないのがむしろ当然だと言うべきであって、したがって、「謬見」の指摘はハイネもそれとして甘受できようというものである。

だが問題は「誇張」である。誇張はハイネの言葉の内容にも文体にも深く関わっているものだ。そこでまず、誇張とは強調されるべき真実の表現の在り様、表現の仕方に関わるものだという確認から出発しよう。誇張は虚言ではない。誇張は核に真実を宿している。私たちは、顔の道具の特徴的なところ、たとえば目や眉や鼻の特徴だけ、あるいは口元の特徴だけを描いてある有名人を的確に捉える似顔絵のあることを知っている。そしてそれが、微に入り細をうがって顔全体を描き尽くした肖像画よりずっと実物に似ていることのあることも知っている。そう、そうした描き方がまさしく誇張にほかならないのだ。精神的、物質的を問わずなんらかの対象のこのような、但し、言葉による描き方、広い意味での誇張法は、じつはきわめてハイネ的なのである。したがって、そうした描き方を誤りだと咎めるには慎重さが必要である。『フランスの画家たち』で言われる肖像画画家のグループ分けからすれば、ハイネは、「見知らぬ鑑賞者にもモデルの顔の理念を伝えることのできる、そんな相を的確に捉えて描き出」し、その結果人びとが「見も知らぬ実在人物の性格を即座に把握することができ、本人に出会うとすぐこの人だと分かる」そんな言葉の肖像画画家に属しているのであろう（本文二一頁参照）。

加えて、ウィット文化と呼んでしかるべきハイネの文体上の特徴がある。笑いは、なんらかの形でノーマルな基準から外れたところから生じてくる。そしてそんな笑いを誘うウィット、機知がまた、誇張とは切っても切れない関係にある。ハイネは機知を精神のノミとか頭脳のノミと呼ぶが、このノミが飛び跳ねる軌跡、つまり対象と対象を関連づける一つの方法が誇張と無関係ではないのである。もしも研究者がそうしたものまで誤りだと難じるのならば、それこそ学者的ペダンチックだとして斥けるしかないだろう。

さらには、誇張をも含めてハイネに現実もしくは真実からの逸脱をうながす主観的、能力的要因がある。まず主観的要因とは、イデオロギーとそれに基づく希望的観測、個人的願い、好み、情熱である。ハイネは、封建主義か民主主義のどちらかと問われるなら、民主主義の、保守か革新かと問われるなら、革新の、専制主義か自由主義かと問われるなら、自由主義の信奉者である（そして王制主義か共和主義かと言えば、怪しくなってくる！）。いま、こんなおおまかな区切りで捉えるなら、ハイネははっきりとしたイデオロギーの持ち主であった。この枠組から彼は現実を薔薇色ないし灰色ないし黒色に見てしまうことがあるのだ。そして、そうした見方を歪曲とか謬見と断じることができるかどうかは議論の分かれるところである。というのも、ハイネの判断がしょせん希望的観測であって現実に則していないといった場合でも、彼の観測のベクトルの正しいことがしばしばあるからである。

　では最後に、ハイネに現実もしくは真実の境界を踏み越えさせる能力上の要因とは何だろう。それはハイネの卓越した言語能力と表現意志にほかならない。彼には、いわば表現を面白がって、あるいは面白い表現を作るために、現実なり真実を踏み越えてしまうところがある。技に溺れて現実の床の上を滑ってしまう、とでも言うべきだろうか。能力は強制なのである。

　以上のとおり、真実とは、現実とは、そして誇張とは何かといったことを深く考えてゆくと、実証的な研究の限界が露呈されてくる。このようなことも顧慮しながら『フランスの画家たち』と『フランスの舞台芸術について』を、そしてその注釈をお読みいただければ幸いである。

　ちなみに、右に述べた誇張であるが、ホセ・オルテガ・イ・ガセットはそのエッセイ『ゲーテを内側から見ることを願って』において、誇張について深い考察を述べている。最後にそれを引いておこう。

……考えること、喋ることは、いつも誇張することである。思考するとき、発話するとき私たちは、事柄の解明を前提としていて、そしてこの前提が事柄を極端にまで推し進め、繋がりから事柄を解き放ち、そして、それを図式化するように私たちを強制する。あらゆる概念がすでに誇張なのである。

解　説

編者あとがき

もう二〇年以上も前になるか、同じ職場の大先輩から、ハイネを研究するには翻訳から始める必要がありますよと言われたことがある。外国文学の研究を志す者は、研究対象たる詩人なり作家の日本語訳から始めよ、という意味である。この助言を聞いたときさして気にも留めずにいた。そしてほどなく私は、たぶん一九八六年か八七年ころだろう、本当にハイネ作品の翻訳刊行の計画を胸に温めるようになった。ただしそれは、かの先輩の助言に従ってのことではなかった。企画の動機はむしろ、外国文学の研究者たちが勝手に胸に抱いている、独りよがりでお節介な使命感――少しでも自分が研究している外国の詩人なり作家の作品を日本の読者に紹介してこれを広めたい、というミッション的な気持ちに促されたものであった。その間に私は、松籟社の社長・相坂一氏と知り合い、氏の尽力によって、夢のようなこの企画の実現へと踏み出すこととなった。そのころ松籟社は本格的な出版事業に乗り出してまだ日が浅く、私のほうもこのような企画は初めてだったから、すべてが手探り状態であった。それでも私は、責任編集者としてあの余計な使命感なるものに燃え、『ハイネ散文作品集』全四巻の企画に取り組んだのである。

翻訳対象作品の選択と訳者探しを終えて刊行計画がようやくまとまった。その詳細は、図版として掲げたパンフレットに見られるとおりである。残念ながら、「一年一冊ずつの配本」という計画は実現せず、全四巻の刊行完了も予定より二年遅れて、一九九四年になった。加えて、いろいろと都合があって翻訳対象と訳者も一部変更せざるをえなくなったが、それはともかくとして、私たちの企画で何よりも問題となるのは、採算の如何であった。そして、ハイネ作品のこの出版計画は、出版関係者がこんなときに好んで使う表現を借りるなら、まさしく「惨敗」、ドイツの舞台関係者の用語で言うならば、Fiasko「大外れ」だったのである。ハイネが売れなかった理由は、

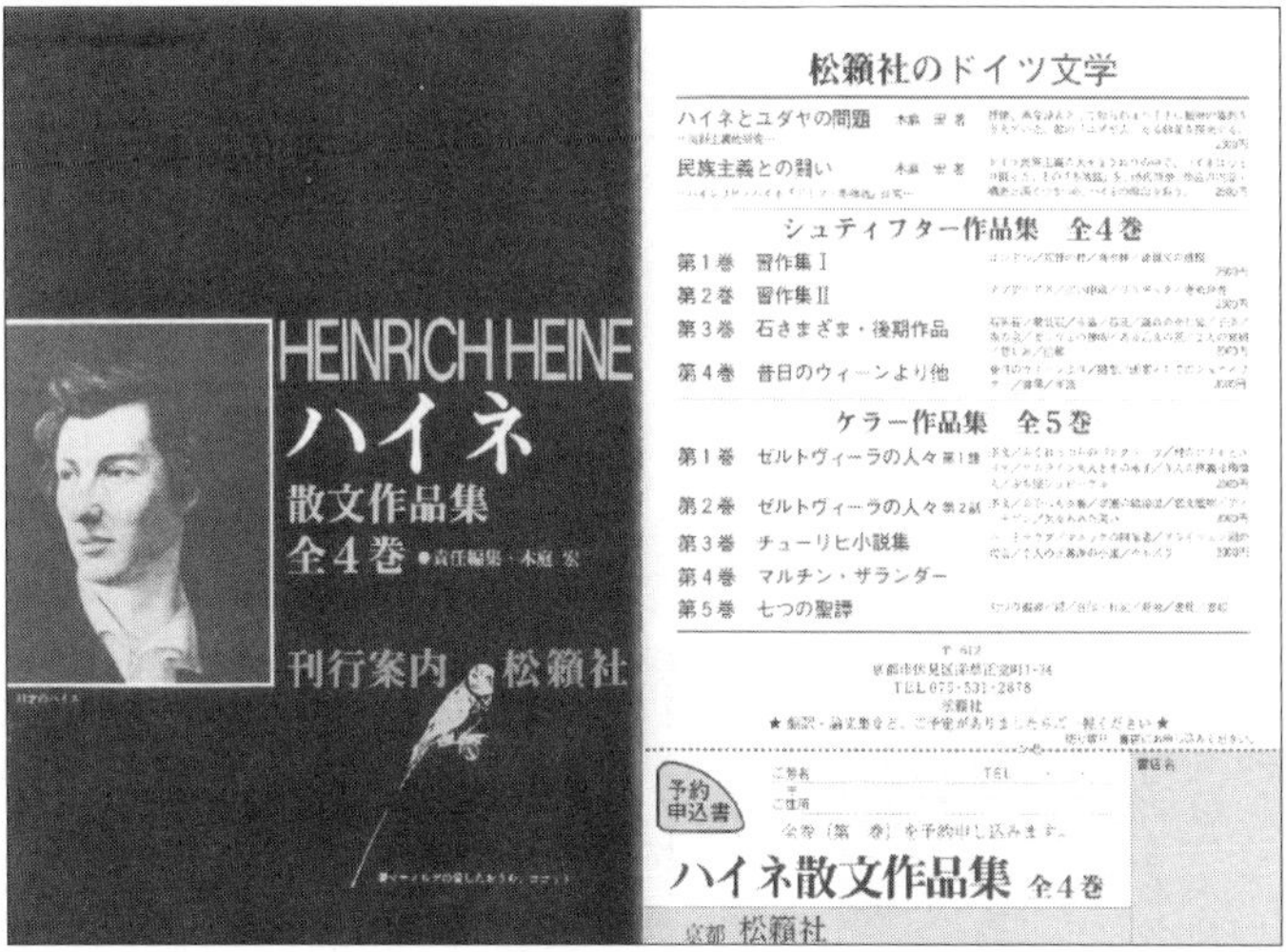

『ハイネ散文作品集』刊行案内（表、裏は次頁）

責任編集者の力量と名望の不足、時代の流れの変化、出版社の営業力・宣伝力の弱さなどいろいろあるだろうが、不採算のいちばん大きな原因は、ハイネの散文が日本人の趣味に合わなかった点にあったように思える。このことは、同社刊行で十分に採算の取れたシュティフター作品集と比較すれば明白だと言えよう。

　ということであるから、『ハイネ散文作品集』の責任編集者は、こんな売れ行き状態のなかで予定どおり最後の四巻までとにかく刊行できたことにつき、出版社と共訳者に深く感謝しつつ仕事を終えるべきところであった。にもかかわらず彼は、それでもまだ飽き足らなかったと見え、ハイネは四巻くらいでは不十分だ、などと出版社にねじ込み、またも共訳者を巻き込んで、さらにもう一巻の追加出版を勝ち取ったのである。かくて『ハイネ散文作品集』全五巻は、準備段階を合わせ約八年の歳月を経て一九九五年一二月に刊行を終えることになった。――ところが話はそれではまだ終わらなかったのである。かの責任編集者は思い込んだらとことんまでやるという相当に粘っこい男のようであ

ハイネ散文作品集刊行によせて

乱反射する一つの宝石……大きな世界観の台座に載り無数の切り子面をもつ宝石、それがハイネ文学である。

　フランス革命の理念を現実世界の中に無限に追い続け、しかも断定や固定化に疑念と否定をもってあらがう……それがハイネである。そもそも理想は実現しえぬ、との観念がそこに働く。ハイネ・テキストが、読む角度によって多様に彩りを変え、一義的、断定的解釈を許さないのはこのためでもある。

　過去と未来への洞察により、人間社会の現実にどれだけ迫りうるのか、どれだけこれに働きかけうるのか、その文学的実験、それがハイネである。ヨーロッパ社会の本質的問題について、したがって今日の日本の焦眉の問題についても、彼が省察をめぐらさなかったものは何一つない。いやむしろ、そうしたアクチュアルな政治、社会の問題こそがハイネ文学の中心的素材であった。そしてそのために彼は、政治や社会に背を向けた不幸なドイツ文学の伝統の中にあって、例外的な作家であり続けた。

　しかしいま、本国のドイツにおいてこのハイネは、一般に親しく読まれる作家となっている。このことの意味するところは大きい。わが国にあっても、いまこそハイネを自由に読むべき時である、過去の幾多の断定的解釈にとらわれず……

木庭　宏

ハイネ略年譜

1797 ドイツ、デュッセルドルフに生まれる。父ザムゾン、母ベティ、ともにユダヤ人。

1818 叔父ザロモンの援助によりハンブルクでハリー・ハイネ商会を開く。しかし商売になじめず、やがて廃業。

1819〜25 ボン、ゲッティンゲン、ベルリン各大学で法律学を学ぶ。A・W・シュレーゲル、ヘーゲルなどを聴講。その間にさまざまな作品を発表。人々の耳目を集める。

1825 法律博士号を取得。また、プロテスタントに改宗し、この洗礼証書、「ヨーロッパ文化への入場券」をもとに市民的職業に就こうとする。

1826 出版業者ユーリウス・カンペを知る。その後カンペは、ハイネ作品の出版を一手に引き受ける。北海に遊ぶ。

1827 イギリス旅行。ミュンヘンでコッタ社の『新政治年誌』を編集。

1828 ミュンヘン大学教授職取得に失敗。イタリア旅行。父ザムゾン死去。

1829 引き続きハンブルクで求職活動を行う。

1830 フランスで七月革命勃発。この報を逗留中のヘルゴラントで聞き大いに感動する。帰郷後ハンブルク革命を体験。七月革命の影響を受けたものであったが、その発端は反ユダヤ人暴動であった。

1831 パリに移住。独仏各紙の通信員として活動。

1834 靴屋の売子、マティルデを知り生活を共にする。

体裁　四六判　上製　カバー装
　　　本文12級　二段組
　　　平均　三〇〇ページ

配本　一九八九年　五月より
　　　一年一冊づつの配本

定価　平均定価
　　　三〇〇〇円

特色

ハインリヒ・ハイネの作品集はこれまで幾度か刊行の試みが行われましたが、いずれも挫折してきました。その原因の一つに、ハイネの、とりわけ散文作品はあまりにも時代状況と密に関わっているため、翻訳が難しいと言われてきました。けれどもその後のドイツにおける研究の目ざましい進展により、じつに多くの未知の事情が解明され、ハイネをめぐる事態は決定的、画期的に変化しました。

本散文作品集はこうした恵まれた情況を背景にして、ハイネの主要な散文作品を四巻にまとめてお送りします。本邦初訳のものものうち、とりわけ『ベルネ回想録』は注目に値します。当作は、その後のドイツ民主主義運動を真っ二つに分けたと言われるほど、多くの問題をはらんだ、きわめて興味深い作品だからです。

全巻内容（訳者）

第一巻
イギリス・フランス事情
刊行によせて　M・ヴィントフーア　記
イギリス断章（久山秀貞）
フランスの状態（木庭宏）

第二巻
『旅の絵』より
ハイネのこと（仮題）金時鐘　記
ポーランドについて（木庭宏）
ハルツ紀行（深見茂）
イデーエン　ル・グラン書（木庭宏）
ルッカの温泉（深見茂）

第三巻
回想記
ルートヴィヒ・ベルネ回想録（木庭宏）
告白（高池久隆）
メモワール（宮野悦義）

第四巻
文学・宗教・哲学論
ロマン派（久山秀貞）
ドイツ宗教・哲学史考（森良文）

1835　ドイツ連邦議会より著作の発禁処分を受ける。
1841　筆禍事件でS・シュトラウスと決闘。万一を思い、マティルデと正式に結婚する。
1843　初めてハンブルクへ帰郷、後パリでマルクスらと交友。
1846　病状悪化、四八年の三月革命にもさほど感激せず。
1856　「褥の墓穴」での長い闘病生活ののち、二月一七日死去。

ハイネの作品出版を一手に引きうけたホフマン・ウント・カンペ社の書店部門（ハンブルク）

る。それから四年ばかり後の一九九九年六月、彼はやはり同じ出版社に、そしてまたも共訳者の手を煩わして、『ルテーチア――フランスの政治、芸術および国民生活についての報告』(二段組四八四頁、索引一四頁)という浩瀚な訳書の刊行を強いているのである。

いや、それればかりではない。この男の執念はまったく終わりを知らぬようである。定年退職の後も彼はなお、新しい訳本のなかったハイネの絵画と舞台芸術評論の出版を松籟社に持ち込んだのである。そしてこうして成就したのがじつは本書、『ハイネ散文作品集』第六巻「フランスの芸術事情」なのである。そしてこれが、二〇年ばかり前に責任編集者が胸に抱いていたハイネ刊行企画の終着点でもある。今回は、社長ご本人と中嶋伸之輔氏に編集の労をとっていただくことになった。この場でお礼を申し述べておく。また、フランス語関係の事柄でお世話になった神戸大学国際文化学研究科の坂本千代教授にも謝意を表しておきたい。

ともあれ、当初の企画をたとえば『ハイネ散文作品集』全一〇巻として、組織的かつ一貫して翻訳作業に取り組めたならばそれに越したことはなかった。だがそれには客観的、主観的前提条件が完全に欠落していたのである。日本の読書界には、出版の採算が取れるだけのハイネ需要がなかったし、出版社にも、採算を度外視してまで出版しうる財力などなかった。他方で責任編集者のほうは、日常の教育研究に明け暮れ、いわば余力と余暇で、報われることの少ない翻訳と編集作業に取り組むという有り様であった。そしてこれこそが、執念の火を消すことなく、いわば手弁当で、そして相坂一氏と二人三脚で(というよりドン・キホーテとサンチョ・パンサのように、そう、ハイネとカンペのように)細々と続けてきた私の翻訳・編集作業の一面であり、そしてそのちぐはぐな結果なのである。せめて二版、三版と版を重ねることができれば良かった……。そうすれば、気になる誤訳を正し、より精度の高いハイネ作品訳を提供できたろうに……。しかしそれもままならぬのが、わが国のお寒いかぎりの翻訳事情なのだろう。

このように書くと、私はおよそ骨折り損のくたびれもうけの仕事をしてきたように聞こえるだろう。だが、じっさいはそれとは逆であった。冒頭に引いた職場の先輩の助言《ハイネを研究するには翻訳から始める必要がある》、つまり外国文学の研究を志す者は研究対象たる詩人なり作家の日本語訳から始めよ、とはまさしく至言だったのである。私のハイネ研究は、皮肉なことに余力と余暇で続けてきたこのハイネ・テキストの翻訳なしには考えられない、まさしくそのおかげなのである。あたかも舐めるかのごとく彼の言葉と取り組むことにより、ハイネ・テキストをわが身に付けることができた。そしてその作業こそが私のハイネ研究の決定的な基盤になったのである。外国文学の研究者は、自らの研究対象たる詩人なり作家の母語（私の場合はドイツ語）によって思考できないかぎり、厳密な意味での研究は難しいのかもしれない。そんな器用なことのできない者は、いっさいを研究者の母語に移し換え、あえて対象と取り組むしか道はないのだろう。その意味で、私の翻訳作業は決して疎かにできない文学研究の前提条件だったのである。

＊

最初の研究書『ハイネとユダヤの問題——実証主義的研究——』の刊行（一九八一年）以来私は、研究書や訳書、さらには趣味の本の出版に至るまで、松籟社にはずいぶん世話になってきた。これまでに拙著の編集をしていただいたのは、相坂一、沢田都仁、内藤浩哉、村上幸生、竹中尚史、木村浩之そして中嶋伸之輔の七氏である。いまこの場に各氏の名を掲げることにより改めて謝意を表しておきたい。また、校正やその他事務的な仕事をしていただいたスタッフの方々にも感謝したい。

思えば、相坂一氏とはほんとうに長い付き合いであった。《儲からんでもええ、最低でもトントンで！》という精神で、氏は私の持ち込む企画にいつも対応してくださった。彼のアシストがなければ今の私はなかっただろう。そして会うたびに――おたがい年を取ったものだ、人間、齢を重ねるとこんなふうになるものか、昔は髪の毛がもっと黒く、ふさふさしていたのだが……と共に感慨が深い。健康のことなど一顧もせず仕事に打ち込めた時代はもう終わった。いまになって言っても遅いだろうが、氏にはくれぐれも健康管理に留意しつつ、さらなるご活躍を祈念したい。

木庭　宏

平成二〇年七月二五日

『ハイネ散文作品集』総目次

第一巻　イギリス・フランス事情

第二巻　『旅の絵』より

第三巻　回想記

第四巻　文学・宗教・哲学論

第五巻　シェイクスピア論と小品集

第6巻　人名索引

パリからの手紙の名宛人アウグスト・レーヴァルトは省略した。
訳注からは、本文に登場する人名についてのみ、その頁数を記した。

【ア行】

アイスキュロス Äschylos（前 525 ～ 456 年）65
アステーファー Asthöver, K.（1750 年生まれ）107
アブランテス Abrantès, L. S. P.（1784 ～ 1838 年）126
アリストテレス Aristotelēles（前 384 ～ 322 年）27
アルナル Arnal, É.（1794 ～ 1872 年）111
アングル Ingres, J.=A.=D.（1780 ～ 1867 年）71
アンジェリ Angely（1640 年ころ没）170
アンジャーン Enghien, L.=A.=H. d. B.（1772 ～ 1804 年）57, 87
アンナ Anna von Österreich（1601 ～ 66 年、ルイ 14 世の母后）25
アンリ 4 世 Henri IV（1553 ～ 1610 年）20
アンリ 5 世 Henri IV（1820 ～ 83 年）58, 88
イス His, Ch.（1772 ～ 1851 年）56
イフラント Iffland, A. W.（1759 ～ 1814 年）133, 144, 194
インマーマン Immermann, K. L.（1796 ～ 1840 年）98-99, 115, 190
ヴァン・ダイク Dyck, A. v.（1599 ～ 1641 年）21, 59
ヴァン・デル・ヴェルフ Werff, A. v. d.（1659 ～ 1722 年）40
ヴァンロ Vanloo, Ch.=A.（1705 ～ 65 年）69
ヴィアン Vien, J.=M.（1716 ～ 1809 年）68
ウーラント Uhland, L.（1787 ～ 1862 年）115
ヴェルトプレ Vertpré, J.（1797 ～ 1865 年）111
ヴェルナー Werner, F. L. Z.（1768 ～ 1823 年）115
ヴェルネ・オラース Vernet, H.（1789 ～ 1863 年）16, 23-26, 62, 71, 88
ヴェロネーゼ Veronèse, P.（1528 ～ 88 年）25
ヴェロン Véron, L. D.（1798 ～ 1867 年）169-170, 172
ヴォルテール Voltaire（1694 ～ 1778 年）22, 67, 193
エーレンシュレーガー Oehlenschläger, A. G.（1779 ～ 1850 年）115

エッジワース Edgeworth de Firmont, H. E.（1745 ～ 1807 年）56
エテクス Etex, A.（1808 ～ 88 年）71, 72
オシアン Ossian ゲール語の伝説的詩人 129

【カ行】
カエサル Caesar, G. J.（前 102 ころ～ 44 年）84, 91, 110, 192
カルクブレナー Kalkbrenner, A.（1788 ～ 1849 年）187
カルシュないしカルシン Karsch (in), A. L.（1722 ～ 91 年）102, 191
カルデロン Calderón de la Barca, P.（1600 ～ 81 年）138
カルノ Carnot, L.=H.（1801 ～ 88 年）26
カロ Callot, J.（1592 ～ 1635 年）173
キーン Kean, E.（1787 ～ 1833 年）139-141, 183-185
クライスト Kleist, H. v.（1777 ～ 1811 年）115
グラッベ Grabbe, Ch. D.（1801 ～ 36 年）115, 137
グラニエ・ド・カサニャック Granier de Cassagnac, P.=A.=M.=P. d.（1806 ～ 80 年）139
グリム、ヤーコプ Grimm, Jacob（1785 ～ 1863 年）167
グリム、ヴィルヘルム Grimm, Wilhelm（1786 ～ 1859 年）167
グリルパルツァー Grillparzer, F.（1791 ～ 1872 年）115
グルック Gluck, Ch. W. R. v.（1714 ～ 87 年）163
クレビヨーン Crébillon, C.=P. J. d.（1707 ～ 77 年）67
グロ Gros, A.=J. Baron（1771 ～ 1835 年）69
クロプシュトック Klopstock, Fr. G.（1724 ～ 1803 年）146
クロムウェル Cromwell, O.（1599 ～ 1658 年）52-53, 57-63, 130
ゲーテ Goethe, J. W.（1749 ～ 1832 年）18, 28, 63-64, 115, 130, 133, 136, 138, 177, 193-194
ゲラート Gellert, Ch. F.（1715 ～ 69 年）102
ゲラン Guérin, P. Baron（1774 ～ 1833 年）69
ケラン Quelen, H.-L. Comte d.（1778 ～ 1839 年）90
コック Kock, P. d.（1794 ～ 1871 年）133
コッタ、ゲオルク Cotta von Cottendorf, Johann Georg Freiherr（1796 ～ 1863 年）105
ゴッチ Gozzi, C.（1720 ～ 1806 年）107, 173
コルヴィザール Corvisart des Marest, J.=N.（1755 ～ 1821 年）57
ゴルドニ Goldoni, C.（1707 ～ 93 年）107
コルネイユ Corneille, P.（1606 ～ 84 年）

133
コロンブス Columbus, Chr.（1451 ～ 1506 年）187
コンスタンティヌス 1 世 Konstanntin I.（280 ころ～ 337 年）135, 194
コンデ Condé, L. II., Herz. v. Bourbon, Prinz v.（1621 ～ 86 年）25, 83
コンティ Conti, A. Prinz v.（1629 ～ 66 年）25

【サ行】
ザヴィニー Savigny, Fr. K. v.（1779 ～ 1861 年）47
サキ Saqui, Madame（1786 ～ 1866 年）150
サン・マルス Cinq=Mars, H. C. d. R. Marquis d.（1620 ～ 42 年）48, 86
サンソーン Sanson, Ch.=H.（1740 ～ 1793 年）56
サント＝ブーヴ Sainte=Beuve, Ch.=A.（1804 ～ 69 年）136-137
シーザー → カエサル
シエース Sieyés, E.=J. Comte.（1748 ～ 1836 年）55
シェイクスピア Shakespeare, W.（1564 ～ 1616 年）37, 86, 138, 141-142, 144, 166, 197
ジェームズ 2 世 James II（1633 ～ 1701 年）58, 88
シェファー Scheffer, A.（1795 ～ 1858 年）16-17, 19-21, 70
ジェラール Gérard, F. Baron（1770 ～ 1837 年）69
ジェリコ Géricault, Th.（1791 ～ 1824 年）69
シャトーブリアン Chateaubriand, F.=R. Vicomte d.（1768 ～ 1848 年）54-56, 87
ジャル Jal, A.（1795 ～ 1873 年）32
シャルル 10 世 Charles X（1757 ～ 1836 年）30, 58, 88, 135
ジャン・パウル Jean Paul, Fr. R.（1763 ～ 1825 年）137
シュヴァルツ Schwarz, A.（1766 ころ～ 1830 年）145
シュテークマイアー Stegmayer, M.（1771 ～ 1820 年）171
シュトゥバン Steuben, K. W. Baron v.（1788 ～ 1856 年）48
シュトレックフース Streckfuß, K.（1778 ～ 1844 年）97, 179
シュネッツ Schnetz, J.=V.（1787 ～ 1870 年）16, 38-39, 70
ジョアノ、アルフレド Johannot, A.（1800 ～ 37 年）48
ジョアノ、トニー Johannot, T.（1803 ～ 52 年）70
ショパン Chopin, F.（1810 ～ 49 年）177, 196
ジョルジュ Georges, M.=J. W.（1787 ～ 1867 年）147, 150, 194
シラー Schiller, Fr.（1759 ～ 1805 年）18, 28, 81, 115, 133, 138, 145, 190, 194
ジロデ Girodet=Trioson, A.=L.（1767 ～

1824年）69
スクリーブ Scribe, A.=E.（1791 ～ 1861年）133
スコット Scott, Sir W.（1771 ～ 1832年）47
スターン Sterne, L.（1713 ～ 68年）50, 105, 191
ステーン Steen, J.（1626ころ～ 79年）40
スパルタクス Spartacus（？～前71年）72
スポンティーニ Spontini, G.（1774 ～ 1851年）171
スミスソン → ベルリオーズ
聖ルイ王 → ルイ9世
セヴィニェ Sévigné, M. d. R.=C. Marquise d.（1626 ～ 96年）49, 160

【タ行】

タールベルク Thalberg, S.（1812 ～ 71年）186-187
タッソー Tasso, T.（1544 ～ 95年）166
ダヴィド David, J.=L.（1748 ～ 1825年）69
タリョーニ、フィリッポ Taglioni, Ph.（1778 ～ 1871年）172
タリョーニ、マリー Taglioni, M.（1804 ～ 84年）171-172
タレーラン Talleyrand=Périgord, C.=M. d.（1754 ～ 1838年）19-20
ダンテ Dante, A.（1265 ～ 1321年）65
チェリーニ Cellini, B.（1500 ～ 71年）173
チャールズ・スチュアート → チャールズ1世
チャールズ1世 Charles I（1600 ～ 49年）51-52, 54, 56, 58-59, 88, 112
ティツィアーノ Tiziano Vecellio（1476／77 ～ 1576年）21
ディドロ Diderot, D.（1713 ～ 84年）67
デヴェリア Devéria, Eugène（1805 ～ 65年）48
デジャゼ Déjazet, V.（1797 ～ 1875年）111
テーセウス Thēseus 72-73
デトモルト Detmold, J. H.（1807 ～ 56年）132, 154
デフリーント Devrient, L.（1784 ～ 1832年）184
デムラン・カミュ Desmoulins, L.=S.=C.=B.（1760 ～ 94年）25-26
デュバリー夫人（ルイ15世の側室）Dubarry, J. Gräfin（1743 ～ 93年）67, 90
デュプレ Duprez, G.=L.（1806 ～ 96年）97
デュポンシェル Duponchel, C.=E.（1795 ～ 1868年）169-170, 172
デュマ Dumas, A.（大デュマ、1802 ～ 70年）134, 137-139, 147, 150
トゥー Thou, F.=A. d.（1607 ～ 42年）48, 86
ドウ Dou, G.（1613 ～ 75年）40
ドカン Decamps, A.-G.（1803 ～ 60年）

16, 31-32, 34-36, 71
ドビュロ Deburau, J.=P.=G.（1796～1846年）150
ドラクロア Delacroix, F. V. E.（1798～1863年）16, 27-28, 61, 84
ドラロッシュ Delaroche, P.（1797～1856年）16, 42, 47-48, 50-51, 53, 56, 58-59, 61, 63, 70, 88

【ナ行】

ナーグラー Nagler, K. F. Fr. v.（1770～1846年）103
ナポレオン Napoleon I（1769～1821年）57-58, 63, 69, 73, 80, 87-89, 91, 105-106, 113, 124-129, 133, 157, 193-194
ヌリ Nourrit, A.（1802～39年）97
ネッチャー Netscher, K.（1639～84年）40

【ハ行】

バイエルン国王 → ルートヴィヒ1世
パスタ Pasta, G.（1798～1865年）63
バッハ Bach, J. S.（1685～1750年）159-160
バランシュ Ballanche, P.=S.（1776～1847年）175
パリ大司教 → ケラン、H.-L. d.
ハールーン＝アッラシード Hārūn al-Rashīd（764／66～809年）34
バルテレミ Barthélemy, A.（1796～1867年）30
ピウス7世 Pius VII.（1740～1823年）57, 125
ビュルガー Bürger, G. A.（1747～94年）22
ファヴァール Favart, Ch.=S.（1710～92年）68, 90
ファルコン Falcon, M.-=C.（1812～97年）165
ブーシェ Boucher, F.（1703～70年）68
フェイディアス Pheidias（前490ころ～415年ころ）65
フェティス、エドゥアール＝ルイ＝フランソア Fétis, E.=L.=F.（1812～1909年）154
フェティス、フランソア＝ジョセフ Fétis, F.=J.（1784～1871年）154
ブシャルディ Bouchardy, J.（1810～70年）147-148
フランコーニ Franconi, A.（1738～1836年）124, 150, 169, 170, 193
フランツ1世 Franz I.（1768～1835年）57
フリードリヒ2世 Friedrich II.（1712～86年、フリードリヒ大王、フリッツ）22, 101-102, 191
プリン Prynne, W.（1600～69年）130
ブルトゥス Brutus, M. J.（前85～42年）26, 75, 83-84, 91-92
ブルドン・ド・ルワズ Bourdon de l'Oise, F.=L.（1758～98年）26
ベーア、アマーリエ Beer, A.（1766～1854年）158

ベートーヴェン Beethoven, L. v.（1770～1827年）163
ペドロ1世 Dom Antonio Pedro de A. B.（1798～1834年）20
ペリエ Périer, C.（1777～1832年）30
ベリサリウス Belisar（505～565年）152, 195
ペルジーノ Perugino（Vanucchi, P. d. C.）（1450ころ～1523年）45
ベルジョイオーソ Belgiojoso, Ch. T. Principessa di（1808～71年）176, 186, 193
ベルタン Bertin, L.=F.（1766～1841年）71
ベルリオーズ Berlioz, Henriette 旧姓 Smithson（1800～54年）174
ベルリオーズ Berlioz, L.=H.（1803～69年）90, 173-174
ヘングステンベルク Hengstenberg, E. W.（1802～69年）107
ボカージュ Bocage, P.=M.（1799～1862年）141, 150
ホガース Hogarth, W.（1697～1764年）36
ポテル Potter, P.（1625～54年）28, 84
ホフマン Hoffmann, E. T. A.（1776～1822年）173
ポリュビオス Polybios（前203ころ～120年ころ）110, 192
ホルバイン Holbein, Hans（1497／98～1543年）21
ホルン Horn, F. Ch.（1783～1837年）141
ボロメーウス Borromeo, C. Graf（1538～84年）159

【マ行】

マイアーベーア、ジャコモ Meyerbeer, G.（1791～1864年）97, 155-169, 195
マイアーベーア、ブランカ Meyerbeer, B.（1830年生）168
マザラン Mazarin, J. Herzog v. Nevers（1602～61年）48-50
マラー Marat, J.=P.（1744～93年）69
マリ・ルイーズ Marie（Maria）Louise（1791～1847年）57
マリブラン Malibran, M. F.（1808～36年）63
マルクス、アードルフ Marx, Adolf Bernhard（1795～1866年）159
マルフィーユ Mallefille, J.=P.=F.（1813～68年）147
ミーリス Mieris, F. v.（1635～81年）40, 71
ミケランジェロ Michelangelo, B.（1475～1564年）65, 71
ムッシュー・フェテュス → フェティス、エドゥアール＝ルイ＝フランソア
ムリーリョ Murillo, B. E.（1618～82年）37
メッテルニヒ Metternich, K. W. L. Fürst v.（1773～1859年）92, 179
メナール Maynard, L. d.（1800～37年）

67
メンツェル Menzel, W.（1798 ～ 1873 年） 33, 64, 85
メンデルスゾーン＝バルトルディ Mendelssohn=Bartholdy, F.（1809 ～ 47 年） 159
モーツァルト Mozart, W. A.（1756 ～ 91 年） 159, 163, 165, 177
モリエール Molière（1622 ～ 73 年） 107

【ヤ・ラ行】
ユゴー Hugo, V.=M.（1802 ～ 85 年） 86, 90, 134-137, 139, 147, 150, 191, 194
ラウパッハ Raupach, E.（1784 ～ 1852 年） 64, 89, 99-101, 105, 190
ラシーヌ Racine, J.-B.（1639 ～ 99 年） 133
ラファエロ Raffaello, S.（1483 ～ 1520 年） 45-46, 177
ラフォンテーヌ Lafontaine, A. H.（1758 ～ 1831 年） 53
ラムネ Lamennais, H.=F.=R. d.（1782 ～ 1854 年） 175
ラムラー Ramler, K. W.（1725 ～ 98 年） 101
リシュリュー卿 Richelieu, A.-J. d. P. Duc d.（1585 ～ 1642 年） 48, 86
リスト Liszt, F.（1811 ～ 86 年） 173-176, 186
リチャード 3 世 Richard III（1452 ～ 85 年） 50, 86
ルイ・フィリップ Louis Philippe（1773 ～ 1850 年） 20, 71, 73, 75, 77-80, 89, 91-92, 135, 182, 196
ルイーゼ（不詳） 24
ルイ 9 世（聖王）Louis IX（1214 ～ 70 年） 56
ルイ 13 世 Louis XIII（1601 ～ 43 年） 48, 86, 170
ルイ 14 世 Louis XIV（1638 ～ 1715 年） 25, 49, 67, 88, 90, 107, 197
ルイ 15 世 Louis XV（1710 ～ 74 年） 90, 182
ルイ 16 世 Louis XVI（1754 ～ 93 年） 51, 53-56, 87, 182
ルートヴィヒ 1 世 Ludwig I.（バイエルン国王、1786 ～ 1868 年） 73, 118, 193
ルジュモン Rougemont, M.=N. B. Baron d.（1781 ～ 1840 年） 147-148
ルモーア Rumohr, K. F. v.（1785 ～ 43 年） 35
レーヴァルト、ファニー Lewald, F.（1811 ～ 89 年） 101, 147
レオ 12 世 Leo XII.（1760 ～ 1829 年） 24
レシェール Le Sueur, E.（1617 ～ 55 年） 69
レソール Lessore, É.=A.（1805 ～ 76 年） 16, 37-38, 70, 88
レメートル Lemaître, F.（1800 ～ 76 年） 140-141, 185
レンブラント Rembrandt H. v. R.（1606 ～ 69 年） 16, 59

ロウ Lowe, Sir H.（1769 ～ 1844 年）63, 89
ロクスタ Locusta（クラウディウスとネロ帝の時代）19-20, 83
ロッシーニ Rossini, G.（1792 ～ 1868 年）155-160, 162, 167, 195
ロベール Robert, Leopold（1794 ～ 1835 年）16, 39, 41-46, 60-61, 63, 70, 85
ロベスピエール Robespierre, M. d.（1758 ～ 94 年）26, 69, 83-84, 157
ロングヴィル王子 Longueville, Heinrich II. v.（1595 ～ 1663 年）25

【ワ行】

ワシントン Washington, G.（1732 ～ 99 年）57
ワトー Watteau, J.=A.（1684 ～ 1721 年）68

付記

ハイネのテキストには、いわゆる差別語が用いられており、本作品中においても複数箇所で差別語が用いられています。本書では、それをそのまま日本語に訳出しました。ハイネの作品はすでに歴史的なテキストであり、それを出来る限り忠実に、現代日本の読書界に伝える必要があると考慮したためで、差別を助長する意図は一切ありません。読者の皆様方に、ご理解をお願いいいたします。

【訳者紹介】

木庭　宏（きば・ひろし）

1968年　大阪市立大学大学院文学研究科修士課程修了
1993年　博士（文学）（大阪市立大学）
2006年　神戸大学名誉教授
専　攻　ドイツ文学、民族社会論

著　書　『ハイネとユダヤの問題――実証主義的研究――』（1981 年、松籟社）
『民族主義との闘い――ハインリヒ・ハイネ<ドイツ・冬物語>研究――』（1987 年、松籟社）
『ハイネとオルテガ』（1991 年、松籟社）
『ハイネの見た夢』（1994 年、日本放送出版協会）
『神とたたかう者――ハインリヒ・ハイネにおけるユダヤ的なものをめぐって――』（1995 年、松籟社）
『ハイネとベルネ――ドイツ市民社会の門口で――』（1996 年、松籟社）
『ハイネ――挑発するアポリア――』（2001 年、松籟社）
『ハイネのおしゃべりな身体』（2004 年、松籟社）
『日曜日の蝶たち』（2005 年、松籟社）
『ハイネのことばの絨毯――物と動物の形象表現に関する研究――』（2007 年、松籟社）

訳　書　E・シュタイガー『ゲーテ』全 3 巻（共訳、1981 ～ 82 年、人文書院）
ハインリヒ・ハイネ『ルテーチア』（責任編集、1999 年、松籟社）
H・G・ハージス『消せない烙印』（2006 年、松籟社）ほか

ハイネ散文作品集　第6巻

2008年9月5日　初版第1刷発行

定価はカバーに
表示しています

訳　者　木庭　宏
発行者　相坂　一

〒612-0801 京都市伏見区深草正覚町1-34
発行所　松籟社
（しょうらいしゃ）
電話　075-531-2878
振替　01040-3-13030
ウェブサイト　http://shoraisha.com/

Printed in Japan
印刷・製本　モリモト印刷（株）

ISBN978-4-87984-263-3　C0397